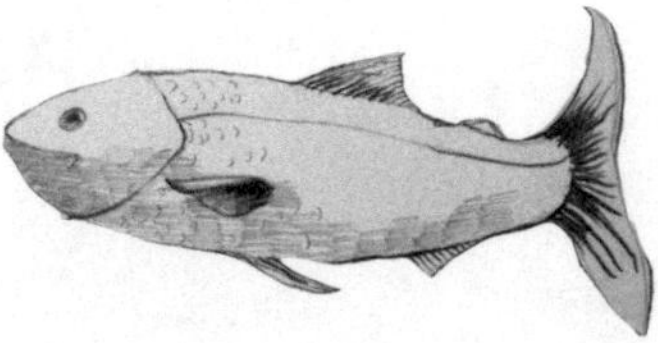

RUTH CERHA

ROMAN

Kopf aus den Wolken

eichborn

1. Auflage 2010

Umschlaggestaltung: Christiane Hahn
unter Verwendung eines Fotos von
© Natalie Miller/Trevillion images
Lektorat: Karsten Kredel
Ausstattung, Typografie: Susanne Reeh
Satz: Fotosatz Amann, Aichstetten
Druck und Bindung: CPI – Clausen & Bosse, Leck
ISBN 978-3-8218-6114-2

FSC
Mix
Produktgruppe aus vorbildlich bewirtschafteten Wäldern und anderen kontrollierten Herkünften
www.fsc.org Zert.-Nr. GFA-COC-001223
© 1996 Forest Stewardship Council

Eichborn Verlag, Kaiserstraße 66, 60329 Frankfurt am Main
Mehr Informationen zu Büchern und Hörbüchern aus dem Eichborn Verlag finden Sie unter www.eichborn.de

Für Niko, Lana und Irina

Heute habe ich mir neue Schuhe gekauft, aus geflochtenem Leder, in tigergelb und dunkelgrün, Dschungelschuhe. Bequem und trotzdem flott, sagte die Verkäuferin. In diesen Schuhen werde ich die Savanne durchqueren, das Dickicht der Städte und der Menschen, die Wüste und das Meer. Die Schuhe werden dann kaputt sein und ich am Ziel.

TEIL EINS

If you ever get close to a human
And human behaviour
Be ready to get confused

Björk

1

Am Mittag gehe ich durch die Straßen meines Viertels, die Türen der Geschäfte stehen offen, die Wolken ziehen so schnell, dass die Sonne kommt und geht wie eine Lampe, die man an- und wieder ausmacht. Die Geschäftsleute winken mir im Vorbeigehen aus dem Dunkel der Läden, ich freue mich über die Vertrautheit ihrer müden Gesichter. Ich versuche, es nicht eilig zu haben, meine Zeit nicht zuzupflastern wie eine Autostraße, ich gehe viel zu Fuß und falle gerne in die Schlaglöcher.

Im Gewürzladen am Eck stehe ich lange mit geschlossenen Augen und sauge die Gerüche in mich ein. Eigentlich will ich nichts kaufen, aber der Gewürzhändler ist ein mürrischer Mensch und würde selbst fürs Riechen Geld verlangen, also habe ich in meiner Küche eine Menge Gewürze, die ich niemals benutze.
Als ich die Augen wieder aufmache, steht eine Frau vor mir, breiter Rücken in geblümter Bluse, drahtige, schwarze Locken, die nicht echt aussehen, ich versuche, mir das Gesicht dazu vorzustellen. Wie viel?, fragt sie und hebt einen Mörser hoch, warmes, pudriges Parfum entströmt ihrer Achsel. Der Mörser ist aus rötlichem Stein, groß und schwer, der Gewürzhändler hebt kaum den Blick und sagt: hundertfünfundneunzig, und ob-

wohl das ein unverschämter Preis ist, will ich ihn plötzlich haben, jetzt und sofort.
Ich trete neben die schwarzhaarige Frau, kann ich mal sehen, sage ich und strecke meine Hände aus, befremdet stelle ich fest, dass sie zittern. Die Frau zuckt zurück, vielleicht nur vor Schreck, ich glaube, ich bin unsichtbar, wenn ich mit geschlossenen Augen dastehe und rieche. Widerstrebend reicht mir die Frau den Mörser, zum Ausgleich lächelt sie mich freimütig an. Ein wunderschönes Stück, sagt sie, aber ich sehe den Mörser gar nicht an, ich brauche keinen Mörser, ich koche ja kaum noch, seit Paul weg ist.
Das Lächeln der Frau hält mich fest. Sie ist jünger, als ich sie von hinten eingeschätzt habe, ihre Lippen sind fast mohnrot, obwohl sie keinen Lippenstift trägt, auch die Wangen sind rot, sie erinnert mich an jemanden, gleichzeitig weiß ich, dass es diesen Jemand nicht gibt. Ich kaufe ihn, sage ich, doch die Frau schüttelt den Kopf, sie fasst sich mit der Hand in den Nacken und lächelt immer noch. Tut mir leid, ich hatte mich schon entschieden, und zum Gewürzhändler gewandt: Wenn Sie ihn mir bitte einpacken, Sie nehmen nur Bargeld, oder? Der Gewürzhändler schält sich hinter einem Regal hervor und brummt zustimmend, während er mir den Mörser aus der Hand nimmt und ihn umständlich in mehrere Schichten Zeitungspapier packt. Ich gebe Ihnen zweihundert, sage ich zu ihm, prompt hält er inne. In seinen misstrauischen Alltagsblick mischt sich eine Spur von Belustigung. Zweihundert, was?, krächzt er, und dafür wünscht mir die Dame hier die Pest an den Hals, nein, Vögelchen, da muss schon mehr drin sein. Es ist mir peinlich, dass er mich *Vögelchen* nennt, ich spüre, dass ich rot werde und sage schnell: Also gut, zweihun-

dertzehn, das ist aber mein letztes Angebot! *Mein letztes Angebot*, ich muss verrückt sein, was in aller Welt ist in mich gefahren? In der Tür erscheint eine stark geschminkte Frau in einem sehr grünen Kleid, in der linken Hand eine brennende Zigarette, die sie nach draußen hält. Marjana, was ist, kommst du endlich? Marjana winkt, sagt: Just a second, und zu mir: Sie brauchen doch diesen Mörser gar nicht, warum wollen Sie so viel dafür bezahlen?

Ich habe es sehr eilig, das Geld auf den Ladentisch zu zählen, erst als ich mit dem in Zeitung gewickelten Monstrum in der Hand auf der Straße stehe, fällt mir die Gegenfrage ein: Tun Sie nie Dinge, von denen Sie nicht wissen, warum?

Am nächsten Tag steht Marjana vor meiner Tür. Ich lasse sie nicht gleich herein, frage ohne Begrüßung: Wie hast du mich gefunden? Der fehlende Gruß soll Verachtung ausdrücken, aber der Satz klingt hölzern und falsch. Marjana lächelt ihr mohnrotes Lächeln. Wasn't hard work, das Vögelchen ist bekannt. Sie schmiegt sich an die kühle Wand des Stiegenhauses wie eine Katze, es scheint ihr nichts auszumachen, dass ich sie nicht hereinbitte.

Sag nicht Vögelchen zu mir. Ich drehe mich um und gehe in die Küche, die Tür lasse ich offen stehen, es ist keine Einladung.

Ich höre, wie Marjana hinter mir herstöckelt, das Geräusch ihrer Absätze hallt von den leeren Wänden wider.

Kaffee, Tee?

Wein, sagt Marjana, rot. Es ist zehn Uhr vormittags. Eine Alkoholikerin.

Sie sitzt an meinem Küchentisch und sieht mich erwartungsvoll an. Ich hole den Mörser vom Regal und knalle ihn vor ihr auf den Tisch, ihre Armbänder klimpern.
Du brauchst mir kein Geld zu geben. Nimm ihn einfach und geh.
Ich will den Mörser nicht, sagt sie, und irgendetwas in mir implodiert, wie ein Stück Plastik, das man ins Feuer wirft. Mit unsicheren Händen gieße ich Wein in zwei Gläser und trinke im Stehen. Ich will mich nicht zu ihr an den Tisch setzen, wenn ich es täte, würde sie einen kleinen Koffer aufklappen und einige saubere Bögen Papier vor mir ausbreiten, bedruckt mit winzigen Buchstaben in einer fremden Sprache, ich würde unterschreiben, alles. Marjana steht auf und geht ans Fenster, macht es weit auf, zieht die Schuhe aus und setzt sich aufs Fensterbrett, einen Fuß drinnen, einen draußen, als würde sie auf ihm reiten. Den Rücken an den Fensterstock gelehnt, blinzelt sie in die Sonne, die sich in ihrem Weinglas spiegelt. Ich stehe neben dem Tisch wie ein ungebetener Gast und weiß nicht, was ich hier soll.

Ich öffne die Augen und sehe Marjana, die neben mir auf dem Rücken liegt und mit ihrem Handy spielt. Wolken türmen sich über meinem Kopf, es wird ein Gewitter geben. Marjanas Schultern sind weiß wie Schnee, es ist mir unbegreiflich, wie sie das bei dieser Sonneneinstrahlung fertigbringt, wahrscheinlich geht sie nur raus, um Mörser zu kaufen und Fremde zu besuchen. Ich weiß immer noch nicht, was sie von mir will. Eine Weile schon bin ich wach und schaue ihr zu, bevor sie es merkt, dann dreht sie ihren Kopf und lächelt mich verklärt an, vielleicht ist sie einfach nicht ganz bei Trost. Während ich Kaffee mache, singt sie unter der Dusche, die ganze Situation ist unscharf, als schaute ich durch ein kaputtes Fernglas. Sie in meinem Bad, ihre schwarzen Haare verschwinden in einem Wasserstrudel im Abfluss, ich in der Küche beim Zuschrauben der Espressomaschine, eine irrtümliche Zusammenstellung auf einem Splitscreen. Marjana kommt herein und fragt: Hast du Eier, strubbelt sich die Haare mit meinem Handtuch trocken, ich sage: Ich habe seit Ewigkeiten keinen Besuch mehr gehabt. Marjana hält in der Bewegung inne und sieht mich überrascht an: Magst du keine Eier? Als wäre das der einzige Grund, keine im Haus zu haben.

Als ich losgefahren bin, war ich dreiundzwanzig. Seither ist Zeit vergangen, in Zahlen kann ich sie nicht messen. Ich hätte Buch führen können über die Kilometer, die ich zurückgelegt habe, aber was nützte mir das? Ich habe längst jedes Maß verloren. Das Zählen war mir schon immer ein Gräuel. Wie viele Liebhaber, Stunden, Tage, Geld auf dem Konto, Schuhe im Regal, Gedanken in meinem Kopf? Eines der Dinge, vor denen ich Reißaus genommen habe, sinnlos, denn das Zählen ist uns offenbar angeboren, eine Art Erbsünde. In Amsterdam habe ich mal einen Typen getroffen, der sich alle Fragen aufschrieb, die an ihn gerichtet wurden und auf die er keine Antwort wusste. Er meinte, in die Hölle zu kommen, wenn er sie nicht alle beantwortete, bevor er starb. Die Hölle ist individuell.

Wir gehen also auf den Markt, einkaufen. Marjana arbeitet sich vorwärts wie eine große Heuschrecke durch ein reifes Kornfeld, immer ein paar Schritte vor mir. Sie kauft Feigen, Datteln, Käse, Oliven, halt mir doch bitte die Tasche auf, Vögelchen, ich sage: Nenn mich nicht Vögelchen, wolltest du nicht Eier? Du magst doch keine Eier, außerdem ist es jetzt zu spät für Frühstück, findest du nicht? Ich finde gar nichts und stelle befremdet fest, dass mir das angenehm ist. Wir setzen uns in eines der Cafés am Markt und bestellen Caj. Marjana sieht mich von der Seite an. Also, wie lange lebst du schon hier? Ich lebe nicht hier, ich bin auf Reisen. Und woher hast du dein Arabisch, es ist ganz passabel für eine Europäerin, you know that? Von meinem Großvater, he was Egyptian. Really? Aber die Wohnung, du hast doch eine richtige Wohnung. Ja, aber nicht für lange. Wie lange? Bis ich weg muss. Ach, sagt Marjana und faltet die Hände über dem Tisch, dann bist du also eine Art Nomadin, soll ich dich so nennen: meine kleine Nomadin? Ich bin nicht klein, nicht dein, ich heiße Anna. Ich nenn dich doch auch bei deinem Namen, oder willst du das nicht? Nenn mich, wie du willst, sie führt ihr Teeglas zum Mund, der Tee ist heiß und sie verbrennt sich die Lippen. Mein Vater ist Diplomat, er hat mir diesen Namen gegeben, den Namen seiner Mutter, mehr ist ihm zu mir nicht eingefallen. Aber es ist doch ein schöner Name, Marjana, und er hat seine Mutter sicher geliebt. Nein, er hat sie gehasst, warum bist du überhaupt von zuhause weg? Frag lieber nicht. So spannen wir unser Netz, um uns darin zu verfangen, zwischen all den *nenn mich nicht so* und *frag mich nicht* und *ich bin nicht* und *nein, alles ist anders, als du glaubst.*

Männer, sagt Marjana in einem gurrenden Tonfall, der irgendwo zwischen Lust, Verachtung, Ärger und Bewunderung liegt, eine Mischung, die ich in meinem Verhältnis zum anderen Geschlecht nie zustande gebracht

habe. Männer, ja, natürlich. Zaid war der Schlimmste, aber auch der Beste von allen. Nein, das muss nicht so sein, aber bei Zaid war es eben so. Wir sitzen in der Küche vor halb leer gegessenen Tellern und Schüsseln. Marjana hat gekocht, die Küche sieht aus wie ein Schlachtfeld, gegen meinen Willen finde ich das gemütlich. Zaids großes Verdienst war, mich von meinen Eltern loszueisen, sagt sie. Natürlich konnte er auch hervorragend vögeln. Natürlich? Klar, sonst hätte ich doch nichts mit ihm angefangen. Klar. Ich nicke zustimmend und bedaure einen Moment lang, anders zu sein. Ich habe Beziehungen begonnen wegen eines bestimmten Blicks oder eines Satzes zwischen Tür und Angel, wegen Wolkenformationen und Lichtverhältnissen, ich sage nicht, dass das immer eine gute Idee war.
And your favourite?
Was für eine seltsame Frage, ich weiß nicht, kann ich nicht sagen. Ich versuche abzubiegen, Marjana lässt mich nicht.
Kannst du doch. Grinsend beugt sie sich vor und krabbelt mit einer Spinnenhand auf mich zu, ich gerate in Panik. Ich will nicht über Paul reden, nicht auf diese Weise, *wie war er im Bett, was hat dir die Beziehung gebracht.* Ich habe nicht über Paul gesprochen, seit er weg ist, und das ist das einzig Gute daran. Ich schweige in mein Weinglas, und Marjanas Grinsen stirbt. Früher oder später, prophezeit sie, wirst du's mir erzählen oder dran ersticken.
Aber ich bin nicht wie sie. Ich hole anders Luft, unter Wasser, ich bin ein Kiemenatmer, ein Astronaut, ich haue ab ins Weltall und sauge Sauerstoff aus einer Flasche.

Marjana liegt auf dem Bauch auf meinem Teppich und lernt, also gehe ich spazieren und versuche, ein wenig nachzudenken. Das Nachdenken ist schwierig geworden, seit Marjana da ist. Sie ist laut, auch wenn sie nicht spricht, sich nicht bewegt, sie macht Lärm in meinem Kopf. Draußen auf der Straße ist es vergleichsweise still, trotz der Bauarbeiten auf dem Tahrir Square. Seit Monaten habe ich den Platz gemieden, jetzt gehe ich hin, um herauszufinden, was lauter ist: Marjana oder die Presslufthämmer. Was ich sehe, ist ein Stummfilm: Kräne, Bagger, riesige Betonmischmaschinen, Baufahrzeuge und Lastwagen mit Bergen von Schutt und Sand auf der Ladefläche, es ist ein gigantischer Lärm, doch ich höre ihn nicht, als schaute ich in ein Aquarium, die Arbeiter schwimmen von hier nach dort. Ich habe manchmal solche Ausfälle in meiner Sinneswahrnehmung, ein Sinn gewinnt über den anderen, ein paar Mal schon wäre ich fast von einem Auto überfahren worden, weil sich irgendein Geräusch oder Musik aus einem Ghettoblaster vor meine Optik geschoben hat wie ein Vorhang. Nur den Geruchssinn verliere ich nie. Das Aquarium riecht nach Abgasen. Ich flüchte nach Hause, mache einen Umweg, um nicht am Groppi vorbeizukommen, Marjana hat sich in der Zwischenzeit auf den Rücken gedreht, sie lässt ihr Buch sinken, als ich hereinkomme, und fragt: Warst du einkaufen? Hast du mir was mitgebracht?, wie ein Kind, das Hausarrest hat.

Paul kam ins Groppi an dem Tag, an dem ich dort anfing. Ich war ziemlich nervös, mein Chef, ein gebildeter, kultivierter Ägypter, war stolz darauf, eine Wienerin in seinem Lokal zu beschäftigen. Er war ein älterer Herr, Österreich war für ihn Sisi, Bruno Kreisky und das Kaffeehaus. Zuletzt hatte ich in einem Technoclub in Amsterdam gearbeitet, im Groppi servierte ich Silbertabletts mit reich verzierten Teegläsern und der berühmten Patisserie an Marmortischchen, an denen ein gehobenes Publikum die Jugendstileinrichtung bewunderte. Zwischendurch strich ich mir die Schürze glatt.

Paul hatte sich hierher verirrt, und ich eilte an seinen Tisch, um ihn nicht zu lange den Blicken der anderen Gäste auszusetzen, ohne dass er ein Getränk vor sich hatte. Als ich ihm seinen Kaffee brachte, fragte er in dem kleinen Moment, in dem ich mich über ihn beugte: Wie kommst denn du hierher, auf Deutsch. Lange Geschichte, murmelte ich, und er nickte. Erzählst du sie mir? Doch nicht jetzt! Na dann später.

Den restlichen Nachmittag saß er da, den langen, dünnen Oberkörper in dem schlammfarbenen T-Shirt über den Tisch gebeugt, bestellte jede Stunde Kaffee, las und sah mich nicht mehr an, während mein Chef in einer Ecke neben der Sarabantina stand und mich keine Minute aus den Augen ließ. Als ich um sechs Uhr zu arbeiten aufhörte, folgte er mir nach draußen und ging neben mir her, der Muezzin ersparte uns ein Gespräch. Es war kurz nach Neujahr, und es regnete jeden Tag, Kairo versank im Schlamm. Auf den nicht asphaltierten Straßen stand das Wasser in riesigen Lachen, Paul gab mir die Hand, und ich hüpfte über Pfützen oder wich ihnen aus, immer nach der anderen Seite als er, sodass wir uns nur mehr an den Fingerspitzen berührten. Irgendwann gaben wir es auf, zogen die Schuhe aus und horchten auf das Geräusch, mit dem sich der Schlamm bei jedem Schritt zwischen unsere Zehen drückte, die Ägypter sahen auf unsere Füße, stießen sich gegenseitig an, lachten und schüttelten die Köpfe. Als wir vor meiner Tür standen, sagte er: Und jetzt die Geschichte. Komm rein, sagte ich, es klang viel zu sehr nach einem Versprechen. Dann, um Zeit zu gewinnen: Wie kommst du denn hierher? Er stellte seinen Rucksack im Flur ab, öffnete ihn und zog einen Skizzenblock heraus. Eine Weile blätterte er darin herum, dann reichte er mir ein loses Blatt. Die habe ich heute früh gemacht, noch am Flughafen, ich hatte die deutschen Gesichter so satt. Auf dem Blatt war ein Kopf oder eigentlich nur die Andeutung eines Kopfes, ein Fragment, mit dünnen Bleistiftstrichen ins weiße Nichts gesetzt, ein alter Mann im Halbprofil, von dem nur ein Auge zu sehen war, ein Stück Mund, ein feines, kaum sichtbares Lächeln, das schüttere Haar verlor sich am Hinterkopf in der Struktur des Papiers. Das Ganze wirkte so unsicher und gleichzeitig so exakt, dass es mich fast zum Weinen brachte. Und deshalb bist du hierher gekommen? Ja, ich hatte das Gefühl, wegzumüssen, um weitermachen zu können, Kairo war der nächste erreichbare Last-Minute-Flug. Das kommt mir bekannt vor, sagte ich. Ja? Ich ging in die Küche und stellte Teewasser auf. Du kannst heute Nacht hierbleiben, morgen besorge ich dir ein Quartier, wie lange willst du bleiben?

Diese leeren Wände, sagt Marjana missbilligend, ich hätte mir wenigstens ein paar Poster aufgehängt.
Halb liegend lehnt sie an einer dieser leeren Wände, mehrere Kissen im Rücken und eins im Nacken, ein nachtblaues Tuch um die Hüften gebunden, der weiße Oberkörper nackt. Mit einem zierlichen, silbernen Löffel rührt sie in einem Teeglas, beides geklaut im Groppi, zum Abschied, der grüne Geruch von Nanaminze hängt in der Luft.
Ich bleib ja nie lange, sage ich, Königin der ausweichenden Antworten, zahlt sich nicht aus.

Marjana kann es kaum glauben.
Du hast ein halbes Jahr lang diese nackten Wände angeschaut?
Warum nicht, sage ich ein wenig gereizt und spüle schwungvoll mit einem Schluck Tee meine Lüge hinunter. Wir schweigen, Ali Farka Toure singt seinen Wüstenblues, ich bin sicher, dass Marjana über die nächste Frage nachdenkt, mit der sie mich drankriegen wird, doch auf einmal seufzt sie, und ich merke, dass sie mit ihren Gedanken woanders ist. Sie lässt sich zur Seite fallen und stützt ihren Kopf in die Hand, ihr Blick wandert an mir vorbei ins dunkle Zimmer.
Als Kind fand ich das Reisen schrecklich, sagt sie, reisen war wie sterben. Ich habe mich so oft verabschiedet, dass ich es heute nicht mehr kann, ich sage niemals goodbye, what's good about bye? Reisen bedeutete Weggehen, sonst nichts. Immer wieder lief ich durch neue Häuser, neue Räume, auf der Suche nach etwas, nach einem Stück von mir. Aber alles, was ich fand, war das Fremde, es fühlte sich an, als hätte ich eine leere Schachtel statt eines Brustkorbs. Die meisten Häuser bekamen wir möbliert, das Einzige, was uns gehörte, war der Inhalt der Schränke. Irgendwann weigerte ich mich, sie überhaupt einzuräumen. Ich lebte aus zwei Koffern und verteilte meine Sachen auf dem Boden. Das schaffte die Illusion ab, ich wäre irgendwo zu Hause.
Marjana zündet sich eine Zigarette an und bläst den Rauch senkrecht nach oben, die Unterlippe vor die Oberlippe schiebend.
Ich habe zwei Schwestern, fährt sie fort, ich war also nicht allein mit meinem Problem. Wir hatten ein Spiel, es hieß: Bei wem wird es dir am wenigsten leid tun. Je-

der zählte seine Freunde und Freundinnen auf, und dann reihten wir sie danach, wie sehr wir es bedauern würden, sie zu verlieren, wenn wir das nächste Mal gingen. Wir machten eine Liste, nach der wir Punkte vergaben. Das Besondere war, dass wir nicht versuchten herauszufinden, wer uns am meisten, sondern wer uns am wenigsten fehlen würde, das waren die Gewinner in unserem Spiel. Wir sprachen nie darüber, aber wir achteten sorgfältig darauf, uns nicht zu sehr an die Verlierer zu hängen, die, die ganz unten standen auf unseren Listen. Wir waren Ökonominnen der Liebe.
Marjana runzelt die Stirn, lächelt ein wenig verloren, dann nimmt sie einen tiefen Zug von ihrer Zigarette. Die Musik ist zu Ende, ich weiß nicht, wie lange schon. Die Stille ist angefüllt mit Marjanas Erinnerungen.
Wann wirst du gehen, fragt sie plötzlich.
Ich zucke mit den Achseln. Wenn es Zeit ist.
Ach, dann bin ich ja beruhigt.
Ich spüre, wie Wut in mir aufsteigt, kindlicher Trotz. Was macht dich so verdammt sicher? Es könnte morgen sein.
Ihre Antwort kommt sofort und ohne Zögern: Ich bin nicht sicher, I'm a time addict.
Ich zünde mir ebenfalls eine Zigarette an und blase mit dem Rauch meine mir fremde Wut aus.
Ja, sage ich, das sind wir alle.

Das Meer wirkt bei mir wie eine Gehirnspülung, alles in meinem Kopf wird durchsichtig. Die Wellen rauschen durch meine Ohren direkt an die Schaltstellen meines Nervensystems und legen dort einen Hebel um. Fischbewusstsein. Denken als Mittel zum Überleben und zur Nahrungsbeschaffung und sonst nichts.

Paul sagte, ich muss raus aus der Stadt, fahr mit mir ans Meer. Während ich vor mich hin arbeitete, Geld verdiente und dann weiter zog, immer weiter, hatte er ein Ziel: Gesichter zu finden, vielleicht sein eigenes. Ich erklärte ihm, dass ich von Khalil keinen Urlaub bekommen würde, er sagte, erzähl ihm, du bist krank, nein, sag ihm, dein Vater stirbt, du musst für zwei Wochen nach Hause. Kluger Paul, kein anderes Argument hätte für einen ägyptischen Arbeitgeber schwerer gewogen. Seit gut zwei Jahren hatte ich nicht mehr an meinen Vater gedacht, ich sagte: Mein Vater ist tabu. Warum, fragte Paul, ist er tot? Weiß ich nicht, fuhr ich ihn an, ist mir egal, wenn du ihn noch einmal erwähnst, musst du gehen. Dann gehe ich eben, sagte Paul ruhig. Fährst du nun mit mir ans Meer?

Wir fuhren mit dem Bus den Nil entlang. Zu beiden Seiten des Flusses verlief ein grüner, fruchtbarer Streifen: üppiges Grasland, Bambus und Schilf, Dattelpalmen, Akazien, sogar Obstbäume. An der Grenze zur Wüste endete die Vegetation so übergangslos, als hätte man sie mit dem Stanleymesser abgeschnitten, auf der Landkarte. Danach nur mehr Ödnis, grau, braun und beige.

Ich hatte Khalil angerufen und ihm erklärt, ich hätte eine Darmgrippe und läge im Bett. Kurz bevor wir losfuhren, bekam ich Durchfall, wir nahmen einen Bus mit Toilette, ein winziger, würfelförmiger Raum im hinteren Teil des Busses mit einem kleinen Fenster, in dem ich den größten Teil der Fahrt zubrachte. Ich musste schräg auf der Klomuschel sitzen, um meine Knie unterzubringen, vor dem Fenster zogen die Palmen und später, als wir Richtung Rotes Meer abbogen, die Wüste vorbei, das Bild schaukelte, als würde ein Betrunkener aus der Hand filmen.

Als wir in Hurghada ankamen, war ich gesund, wir fanden ein sauberes, überteuertes Zimmer in einem Neubau mit Jalousien vor den Fenstern, die die ganze Nacht im Wind klapperten. Der Wind war allgegenwärtig, er blies mir Namen und Zahlen aus dem Schädel und bedeckte alles mit einer feinen Schicht aus gelbem Sand, der einem die Augen verklebte und die Poren verstopfte. Ich kämpfte mit meinen langen, dünnen Haaren, die mir dauernd im Gesicht klebten, Paul löste sie mit zwei Fingern von der salzigen Haut und borgte mir Haargummis, die ich alle verlor. An den Vormittagen ging Paul auf den Basar, um zu zeichnen, die Leute wollten ihm seine Zeichnungen abkaufen und reagierten beleidigt, weil er es nicht tat. Paul sagte, er hatte befürchtet, dass sie sich durch seine Porträts beleidigt fühlen würden, aber sie waren geschmeichelt, wahrscheinlich dachten sie, Paul sei ein berühmter deutscher Künstler. Währenddessen ging ich spazieren, es war außerhalb der Saison, große Teile von Hurghada wirkten verlassen wie eine Geisterstadt. Ich fühlte mich, als spielte ich eine Urlauberin in einem amerikanischen Film, die Rolle schien mir schlecht besetzt. Wir gingen schnorcheln, wir sahen Korallen, aber keine Fische, als würden auch sie Urlaub machen. Den halben Tag ließen wir uns vom Wasser tragen, bis wir vollgesogen waren wie überdimensionale Schwämme, runzlig und aufgeweicht in den Konturen. Ich schlief das erste Mal mit Paul, daran war das Meer schuld und ein kleiner Satz, wie so oft, er sagte ihn beim Essen, über seinen Fisch gebeugt, ich dachte gerade darüber nach, dass uns wohl jeder im Lokal für ein Paar hielt, er sagte: Wenn Fische sprechen könnten, würde ich sie nicht essen. Und deshalb, ergänzte ich, essen Menschen keine Menschen. Er nickte. Genau, wir essen nicht, mit wem wir sprechen. Aber wir töten, sagte ich, die Sprache hindert uns nicht am Töten. Ja, sagte Paul, dieses Ja, das einen Gedanken beendete, als wäre einem beim Schreiben das Papier ausgegangen. Paul roch nach feuchter Erde und Farn und ein wenig nach Zitrone, er blieb lange Zeit sehr still und kam dann mit schnellen, fliegenden Atemzügen, seine Brust hob und senkte sich unter mir, er löste seine Hände von meinem Körper und breitete die Arme aus wie die Möwen ihre Flügel über dem Meer. Einen Tag später wurde er krank, er hatte sich wohl bei mir angesteckt und offenbar verfügte er nicht über meine Widerstandskräfte. Er verlor so rasch so viel Flüssigkeit, dass es bald nichts mehr gab, was er hätte von sich geben können, die Farbe wich aus seinem Gesicht, und ich bekam Angst. In der glühenden Hitze lief ich durch den Ort und läutete den Apotheker aus seiner Mittagsruhe. Er gab mir Tierkohle und Elektrolyte, die ich mit viel Wasser in Paul einfüllte, als wäre er eine leere Feldflasche. Den halben Tag lag er da, schlief nicht, sprach nicht, er sah nur apathisch aus dem Fenster, ich überlegte, ob seine Gehirnströme vielleicht gelitten hatten. Ich schlief noch einmal mit ihm, um diesen Verdacht zu zerstreuen und seine Reflexe zu prüfen, die jedoch einwandfrei funktionierten. Er bewegte sich kaum, aber seine Hand kroch mir langsam ins Kreuz und den Rücken hinauf wie eine noch halb erstarrte Eidechse, auf die morgens die Sonne scheint. Sie war warm. Mittendrin begann er zu reden, er phantasierte von Fischen und Menschenfressern, wahrscheinlich hatte er Fieber, sein Atem war heiß. Die Fische werden kommen und uns fressen. Sei froh, dass sie noch nicht da sind. Hörst du, Anna? Wir sollten bald abreisen, sie bereiten sich vor. Sie werden nicht mit uns verhandeln, sie werden

uns fressen, einfach so. Recht geschieht uns. Weil wir nie versucht haben, mit ihnen zu sprechen.
Ich kannte jemanden, der es versucht hat, sagte ich und grub meine Nägel in seine Schultern. Paul seufzte, lächelte und breitete seine Arme aus. Danach dachte ich einige Minuten lang, er sei tot oder eingeschlafen, doch kurz bevor ich selbst in den Schlaf fiel wie vom Rand der Welt, fragte er:
Und, ist es ihm gelungen?

Marjana ist bei mir eingezogen, so schnell und unauffällig, dass ich es kaum bemerkt habe. Das Unauffällige daran war, dass sie mich nicht um meine Meinung gefragt hat. Jetzt stehen ihre Highheels in einer langen Reihe in meinem Flur, direkt neben meinen Dschungelschuhen. Warum trägst du die nie, fragt mich Marjana. Das sind meine Reiseschuhe, wenn ich die anziehe, bin ich weg. Und deine restlichen Schuhe, wo ist dein Schuhschrank? Kein Schuhschrank für Nomaden, ich deute auf meine halb zerfallenen Pumas und die schlichten, schwarzen Sandalen, die neben der Tür stehen, in die schlüpfe ich jetzt und trete in die feuchtwarme Abendluft hinaus, Marjana möchte mit mir ausgehen. Sie sagt, sie will mir ihr Kairo zeigen, Kairo by night, ich glaube, sie will mich betrunken machen, um mich zum Reden zu bringen. Immer wieder mache ich den Fehler, sie für berechenbar zu halten, dabei ist es gerade ihre Weigerung, auch nur ein Gramm Energie in das Verbergen ihrer Absichten zu investieren, die sie völlig unberechenbar macht. Ich zähle also die Straßenecken bis zur ersten Frage, es sind drei. Seit wann bist du eigentlich unterwegs?, es klingt, als würde sie fragen: *Was hast du eigentlich studiert* oder: *Welches Obst magst du am liebsten.*

Ich überlege, ob ich jetzt irgendeine Phantasiezahl nennen oder die Wahrheit sagen soll, zögere einen Moment zu lang, Marjana sagt: Come on, quickly, we have to cross, nimmt mich an der Hand und beginnt mir, noch während wir die Straße überqueren, von ihrer Zeit in Madrid zu erzählen. Ich laufe neben ihr her, sie bringt die Sprachen durcheinander, und ich muss sie unterbrechen, weil ich kein Spanisch kann, ich fühle mich betrogen. In dem Club, in den wir gehen, komme ich mir so einsam vor, wie ich es alleine niemals bin, obwohl Marjanas Freunde so bemüht sind, mich in ihr Gespräch einzubeziehen, dass es schon fast peinlich ist. Ich aber bin stumm, so stumm wie der Fisch auf Pauls Teller, ich wünsche mir, die Fische mögen kommen und mich fressen. Ich trinke zu viel, um die aufkommende Sehnsucht nicht zu spüren, aber ich habe vergessen, dass Alkohol sentimental macht, und verliere mich in Erinnerungen. Erst um vier Uhr morgens, als ich sicher bin, dass Marjana schläft, sage ich: Zehn Jahre, in genau zwei Wochen sind es zehn Jahre. Marjana hebt die Hände und streckt ihre zehn langen Finger in den Streifen Mondlicht, der durchs Fenster auf unser Bett fällt.

2

Ich sagte niemandem Bescheid. Ohnehin hatte ich kaum Freunde und die Angst, ein Abschied könnte meine Mutter aus dem labilen Gleichgewicht ihrer Schmetterlingswelt in eine bodenlose Dunkelheit stürzen, hatte mich schon lange genug davon abgehalten zu gehen. Ich verschwand also einfach, meinen Wohnungsschlüssel ließ ich auf dem Weg zum Bahnhof in einen Gully fallen. Ich hatte die Familienbeihilfe für die letzten zwei und die nächsten zwei Monate in der Geldbörse, im Rucksack außer meinen Kleidern nur ein gerahmtes Foto und das Lehrbuch der Humanbiologie. Im Zug setzte ich mich in einem leeren Abteil neben die Tür und schloss die Augen. Ich hielt sie die ganze Fahrt über geschlossen, auch wenn ich wach war, und öffnete sie nur, um meine Fahrkarte und meinen Pass vorzuweisen. Der Schaffner musterte mich, als sei ich eine Dreizehnjährige, die von zu Hause ausgebüchst war, und genauso fühlte ich mich auch. In Stuttgart stieg ich aus, weil ich nicht mehr sitzen konnte. Kurze Zeit später wusste ich, dass ich es gut getroffen hatte, damals wollte ich nicht an einen Ort, der mir gefiel. Ich wollte ein Alien sein. Ich fand einen Job in einem Mövenpick-Restaurant und widmete mich mit der Distanz eines Wissenschaftlers der Aufgabe, die Bestellungen der Gäste zu verstehen. Ich wohnte in einem kleinen, möblierten Zimmer ziemlich weit draußen, da ich mir die Mieten in der Innenstadt nicht leisten konnte. Die Einrichtung war das, was man vielleicht als adrett bezeichnet, mir war zuvor noch nie etwas untergekommen, worauf ich dieses Wort hätte anwenden können. Alles war entweder kariert oder geblümt, auch die Kleidung meiner Vermieterin. Im Wohnzimmer stand ein riesiger Fernsehschrank, davor ein monströses Sofa, dessen Stoffdesign mir verborgen blieb, weil es zur Gänze unter einem schneeweißen, leintuchartigen Schonbezug verschwand. Mehrmals lud mich Frau Görling ein, mit ihr darauf Platz zu nehmen, um wenigstens die Tagesschau zu sehen, man müsse doch wissen, was in der Welt vor sich gehe, nie hatte mich das weniger interessiert. Ihr Mann, erzählte sie mir, sei vor fünf Jahren an einem Herzinfarkt gestorben, ihre Tochter vor zwei Jahren ausgezogen, direkt nach dem Abitur, in irgend so eine Wohngemeinschaft. Sie passte mich ab, wenn ich nach Hause kam, und dann stand ich auf der Treppe ins Obergeschoss, ein Bein zwei Stufen über dem anderen, erstarrt in der sportlichen Übung, möglichst schnell in mein Zimmer zu kommen. Ich war einsam, aber ich brauchte es, einsam zu sein, und Frau Görling weckte in mir kein Mitleid. Ich war mir sicher, dass sie sich früher in demselben eintönigen Singsang bei ihrer Nachbarin über das nächtliche Schnarchen ihres Mannes und die Punkfrisur ihrer Tochter beschwert hatte. Sie nahm sich wichtig auf eine Art, die alles, was ihr zustieß, in persönliche Beleidigung verwandelte.

Ich gewöhnte mir an, nach der Arbeit nicht nach Hause zu gehen. Stattdessen setzte ich mich in der Fußgängerzone auf eine Bank und schaute den Leuten beim Leben zu. Ich konzentrierte mich dabei auf ihre biologischen Funktionen, die sichtbaren und die unsichtbaren. Ich verfolgte den Weg des Pizzastücks, das aus der Hand einer Frau mit sorgfältig manikürten Fingernägeln in ihren kirschrot geschminkten Mund wanderte, über den Rachen die Speiseröhre hinab und in ihren Magen. Ich studierte den Bewegungsablauf eines Skaters, der sein Bord unablässig dieselben drei Stufen hinunterrattern ließ, wobei er versuchte, nach einem gezielten Sprung wieder darauf zu landen. Dabei memorierte ich die wichtigsten Funktionen der Muskeln und Gelenke in der Reihenfolge, in der sie zum Einsatz kamen. Es beruhigte mich. Die Biologie hat mich immer beruhigt. In den Jahren davor waren mir die Stunden, in denen ich es geschafft hatte, mich in die abgestandene Luft eines Hörsaals zu flüchten, die liebsten gewesen. Die Professoren, deren langweiliger Vortrag die anderen zur Verzweiflung brachte, mochte ich besonders. Sie schweiften nicht ab, stellten nichts in Frage, sie hielten sich an die Tatsachen, und das war es, was ich brauchte. Während die meisten um mich herum vor sich hin dösten, lauschte ich aufmerksam den Ausführungen über die Funktionsweise eines gesunden, unwillkürlich schlagenden Herzens und war ruhig.

An meinen Abenden in Stuttgart versuchte ich mir dieses Gefühl in Erinnerung zu rufen, doch die Königsstraße war kein Hörsaal. Ich beobachtete die Menschen auf ihrem kurzen Weg an mir vorbei und schweifte ab. Ich wollte zu viel wissen. Kamen sie von der Arbeit oder vom Friseur? Waren sie auf dem Weg zum Einkaufen oder nach Hause? Wie sah es dort aus? Was aßen sie am liebsten und was taten sie, wenn sie sich unbeobachtet fühlten? Wovon träumten sie nachts?

Der Himmel schien hier immer bewölkt zu sein, überzogen mit einer Schicht aus trübem Cellophan. Das machte mir die Stadt zur zweiten Haut, denn auch wenn ich von zuhause weggegangen war, um einer unerträglichen Situation zu entfliehen, so war ich deshalb noch lange nicht bereit, es nett zu haben. Ich wollte mir selbst so fremd werden, dass ich nicht mehr in mein eigenes Leben passte. Dann, so dachte ich, würde ich vielleicht etwas damit anfangen können.

Eines Morgens kam Alex ins Mövenpick, um zu frühstücken. Bei einer Rechnung von nicht einmal sieben Mark gab er mir zehn Mark Trinkgeld und legte seine Visitenkarte daneben. Falls du einen Job suchst, sagte er, der besser zu dir passt, ruf mich an. Ich konnte mir nichts vorstellen unter einem Job, der besser zu mir passen sollte, ich dachte an Kleidungsstücke, die man anprobierte und wieder zurück auf den Bügel hängte oder kaufte, eine Weile trug und dann in einen Sack für die Altkleidersammlung stopfte. Ich rief an, weil ich hoffte, keinen Fisch mehr servieren zu müssen. Während ich die Nummer wählte, gingen mir Bilder und Geräusche von Peepshows und Telefonsex durch den Kopf, aber Alex entpuppte sich als Besitzer einer Kneipe in der Stuttgarter Innenstadt, wo die Leute an der Bar standen oder in großen Schaufenstern saßen, die früher einmal die Auslagen eines Ladens gewesen sein mussten. Es wurde ausschließlich getrunken, das Essensangebot beschränkte sich auf Chips und Erdnüsse, die Belüftung war schlecht und die Musik laut. Mein Rhythmus veränderte sich. Ich ging zur Arbeit, wenn Frau Görling sich zur Tagesschau auf ihrem Sofa niederließ, war selten vor sechs Uhr morgens zu Hause, wo ich, nach Tabak und Alkohol stinkend, ins Bett fiel und bis zum Nachmittag schlief. Nach drei Wochen warf mich Frau Görling hinaus, Alex besorgte mir eine kleine Wohnung in einem Mietshaus, das ihm gehörte. Er war zufrieden mit mir, weil ich schnell war und konzentriert, während der Arbeit nicht trank und wenig sprach. Ich ließ mich nicht von Gästen in lange Gespräche verwickeln wie die anderen, ich mochte das Kellnern im Traveller's Club, weil es eine klare Sache war: Jemand war durstig, bestellte etwas, ich brachte es ihm. Keine unabschätzbaren Erwartungen, keine Enttäuschungen, kein messbarer Erfolg. Die Leute gaben Trinkgeld, weil es sich gehörte und weil sie betrunken waren, nicht, weil sie mich so nett fanden oder das Bier besonders gut. Das Traveller's war ein guter Platz, um mein Bewusstsein einzuwintern, ich verpackte es in Plastik und legte ein paar Mottenkugeln dazu. Ich war froh, keine freien Wochenenden mehr zu haben, die ich mir mehrmals um den Körper wickeln musste wie ein zu großes Kleid. Ich fühlte mich gut, auf eine anspruchslose Art, die ihre Qualität auf der Basis von Abwesenheiten entwickelte: der Abwesenheit von Lügen, Wahnsinn, Joints und Schmetterlingen.

Aber das konnte Alex nicht wissen. Er dachte, ich sei schüchtern, depressiv, vielleicht selbstmordgefährdet. Er beschloss, mich zu retten.

Alex war vierundvierzig, sah aber älter aus, weil er Mimik und Gesten eines Zwanzigjährigen benutzte, die an ihm wirkten wie ein Paar Jeans, aus denen er herausgewachsen war. Seine Vorstellung von Rettung bestand darin, unangemeldet bei mir aufzutauchen, in meiner Küche herumzusitzen und mir Dinge aus seinem Leben zu erzählen, die mich nichts angingen, und aus einem Annäherungsversuch, mit dem ich schon viel früher gerechnet hatte. Ich hätte ihn ohne viele Umstände abwehren und weitermachen können wie bisher, wäre nicht dieser Nachmittag gewesen, an dem er kam, um mich zu einem Ausflug abzuholen. Im Auto saß seine Tochter Janina, die in meinem Alter war, herausgeputzt wie für einen Discobesuch oder eine Hochzeit. Alex lud uns zum Eisessen und in den Zoo ein, als wären wir fünf, Janina redete ununterbrochen, küsste ihren Vater mal auf die eine, mal auf die andere Wange und tanzte um ihn herum wie um ein goldenes Kalb. Ich sagte, ich bräuchte etwas zu trinken. Als wir im Café saßen, begann Alex über den schlechten Service herzuziehen und Janina verstummte. Wenn sie nicht sprach, schrumpfte sie wie ein Ballon, aus dem die Luft entweicht, sie kratzte

sich dauernd mit ihren überlangen Fingernägeln an den Oberarmen, sodass weiße Striche auf der Haut erschienen, die später rot wurden. Als sie aufs Klo verschwand, ging ich ihr nach. Eine Weile hörte ich zu, wie Janina sich erbrach, während ich die hässlichen, vergoldeten Wasserhähne betrachtete, dann verließ ich die Toilette und das Lokal. Ich bezahlte nicht und drehte mich nicht um. In der Nacht lag ich wach und horchte auf das leise Kratzen an den Rändern meines Bewusstseins. Jetzt hätte ich mich gerne zu Frau Görling aufs Sofa gesetzt, ich begriff plötzlich, warum Leute fernsahen. Ich überlegte, ins Traveller's zu fahren, obwohl ich heute frei hatte, aber dann saß ich neben meinem Bett auf dem Boden und rauchte, bis ich das Gefühl hatte, keinen Rauch mehr einatmen zu können. Ich versuchte, Janinas Stimme loszuwerden, die in meinem Kopf plapperte, ihre rosa glänzenden Lippen und die kleinen funkelnden Strassohrringe, die dabei hin- und herbaumelten.
Um drei Uhr morgens läutete es an der Tür. Alex war betrunken, er sagte, entspann dich doch mal, und versuchte, mich zu küssen. Ich schlug ihm so heftig ins Gesicht, dass er aus der Nase blutete. Fünf Stunden später stieg ich in den Zug. Ich hatte noch nie jemanden geschlagen.

Marjana raucht meine letzte Zigarette. Sie sitzt mir gegenüber auf dem Bett, nackt, die Haare offen, und obwohl wir die ganze Nacht wach waren, sieht sie überhaupt nicht verquollen aus. Sie hat mich kein einziges Mal unterbrochen, ist nicht einmal in die Küche gegangen, um Tee zu kochen. Durch das offene Fenster dringt die morgendliche Symphonie der Stadt, Verkehrslärm, Menschen, Ziegen, Musik. Mir ist kalt, obwohl es drau-

ßen mindestens fünfundzwanzig Grad haben muss, ich lege mir die Bettdecke über die Schultern, sie rutscht wieder hinunter. Marjana schweigt immer noch, einen Moment lang fürchte ich, sie könnte nie wieder mit mir sprechen, eine Angst, die mir vertraut ist. Das Schweigen, in dem man den Nachhall der eigenen Geschichte hört, ist das Schlimmste. Man erzählt immer mehr, als man möchte, und weniger, als nötig ist.
Es macht mich unruhig, das Erzählen. Es erinnert mich daran, dass es keinen Grund gibt, noch hier zu sein. Vor zwei Monaten habe ich im Groppi aufgehört, die magische Grenze von einem halben Jahr ist längst überschritten. Ich streife mit Marjana durch Kairo, sitze in Kaffeehäusern herum und rauche dicke Shishas zu dunklem Tee und weiß nicht warum. Das Geld wird weniger, im Flur stehen meine Dschungelschuhe und starren mich vorwurfsvoll an. Ich sollte Mehmet sagen, dass ich Ende des Monats ausziehen werde, aber die leeren Wände hindern mich daran, mir ist, als hätte ich sie noch nicht lange genug angeschaut. Ich versuche mich zu erinnern, wo welches Bild gehangen hat, indem ich die Augen schließe, um eine Art Nachbild zu erzeugen, aber meistens ist es Paul, dessen Nachbild erscheint, und dann muss ich die Augen geschlossen halten, um die weißen Wände nicht zu sehen. Es ist anstrengend geworden, hier zu sein, ich bringe die Zeiten durcheinander, und es scheint mir wahrscheinlicher denn je, dass in Wirklichkeit alles zugleich passiert und nur unser armes Hirn die Ereignisse in einer bestimmten Reihenfolge auf eine Schnur fädelt, um zurechtzukommen.

Paul saß in Shorts auf dem Steinboden und zeichnete, ein Bein ausgestreckt, das andere angewinkelt, gebeugter Rücken, leicht zur Seite geneigter Kopf, die selbstvergessene Haltung, um die ich ihn beneidete, seit ich ihn kannte. Ich rührte in einem Topf mit Okraschoten und sah zu, wie seine Hand sich über das Papier bewegte. Vor etwa zwei Wochen hatte er angefangen, mich zu zeichnen, er zeichnete mich beim Kochen, beim Lesen und Frühstücken, im Bad und im Bett, während ich schlief. Er hätte mich gerne auch im Groppi gezeichnet, bei der Arbeit, aber Khalil ließ es nicht zu. Doch Paul war nicht zufrieden mit den Ergebnissen. Er sagte, er wolle etwas aufs Papier bringen, das man nicht sehen könne, wenn man mich direkt anschaute, er sagte, es sei nur da, wenn er nicht auf mein Gesicht fokussierte, wenn er an mir vorbeischaute oder wenn ich durch eine plötzliche Bewegung zufällig für kurze Zeit in sein Gesichtsfeld geriet. Es war nicht Besessenheit, die ihn antrieb, eher die Hartnäckigkeit eines Forschers. Er hatte etwas gesehen. Er wusste, dass es da war. Es musste möglich sein, es sichtbar zu machen, es zu zeigen. Er wollte es *mir* zeigen. Ich hatte mich daran gewöhnt, an die Anwesenheit des Forschers, das Geräusch des Bleistifts auf dem Papier, die überall in der Wohnung herumliegenden Blätter, Pauls Kopfschütteln, mit dem er einen weiteren gescheiterten Versuch kommentierte. Ich sah mir die Blätter nicht wirklich an, warf höchstens einen flüchtigen Blick darauf, wenn ich sie zur Seite räumte, um den Tisch zu decken, oder darüber hinweg ins Bett stieg. Ich behandelte sie wie Einrichtungsgegenstände, so hielt ich mein Unbehagen in Schach.

Ich rührte also in meinem Topf und schenkte der Gestalt auf dem Papier, die für mich ohnehin auf dem Kopf stand, nicht viel Beachtung. Während des Essens fiel mir auf, dass Paul mich unentwegt anstarrte, ich fragte: Was ist los, hab ich was an der Nase? Doch er schüttelte nur den Kopf, senkte rasch den Blick und aß weiter. Nach dem Essen machte er einen Spaziergang, ich war zu müde, blieb zu Hause und las. Als er zurückkam, legte er mir die Zeichnung direkt auf mein Buch, sodass ich nicht weiterlesen konnte. Hier, sagte er, das ist es, siehst du es? Ich sah hoch in Pauls Gesicht, doch er erwiderte meinen Blick nicht, sondern zwang ihn abwärts auf das Blatt. Es kam mir vor, als schwebte ich hoch über mir wie in diesen Schilderungen von Menschen, die ihren Körper vorübergehend verlassen haben. Da unten stand ich, meine Arme hingen herab wie zwei zu dünn geratene Äste eines Baumes, mein Kopf fiel weit nach vorne und war zur Seite verdreht, als würde ich versuchen, trotz meiner Größe den Betrachter von unten anzusehen. Paul hatte meine Haare weggelassen und aus der senkrechten Falte zwischen meinen Augenbrauen eine Narbe gemacht. Um den Mund war mehr Wut und Trotz, als ich je in mir verspürt hatte, und aus meinen Augen sah mir unverkennbar mein Bruder entgegen, deutlicher als auf jedem Foto. So, sagte Paul, und jetzt sag mir, was es ist. Du hast es versprochen. Ich berührte das Papier, um sicherzugehen, dass es nur eine Zeichnung war, ich fuhr mit einem Finger die Konturen des Gesichts nach, an einer Stelle verwischte der weiche Bleistift ein wenig, Paul legte mir eine schweißnasse Hand zwischen die Schulterblätter und sagte noch einmal: Du hast es mir versprochen.

3

Meine erste Erinnerung an Franjo ist etwas Dunkles, das um mich herumtanzt, an mir zupft und zerrt und Funken sprüht. Franjo war vier Jahre alt, als ich zur Welt kam, und auf den Fotos von damals ist seine wilde Freude zu sehen, über etwas Lebendiges, das mit ihm gemeinsam tanzen und Funken sprühen würde. Eines davon trage ich immer noch mit mir herum: Ich als Einjährige in einem der Elfenkleidchen, die meine Mutter mir genäht hatte, und Franjo, der mich in verkrusteten Gummistiefeln quer durch den Schlamm hinter sich herzieht, ungeduldig, mir endlich all die Wunder zu zeigen, die in Pfützen und Tümpeln auf ihn warteten. Ich ging mit ihm, immer, aber ich sah nicht, was er sah. Ich hatte ein anderes Gemüt, ich war stiller, aber auch beeindruckter von der Oberfläche der Dinge, leichter abzulenken, langsamer. Seine Intensität faszinierte und beängstigte mich, sie pflanzte in mir eine Unruhe, die mir, obwohl sie nicht Teil meiner Persönlichkeit war, im Laufe der Jahre so vertraut wurde wie mein rechter Arm.

Für meine Mutter war Franjo eine Naturgewalt, schon weil er ihr erstes Kind war. Sie erzählte mir einmal, dass sie sich bis zum Schluss nicht hatte vorstellen können, ein Kind zu gebären, sie glaubte einfach nicht daran. In ihren Träumen entwichen unter Schmerzen lediglich große Mengen von Wasser und Luft aus ihrem Bauch, die Ärzte bedauerten. Einmal gebar sie einen Barsch. Aber Franjo kam, und meine Mutter hörte niemals auf zu staunen, dass in ihrem Körper etwas hatte entstehen können, das ihr so wenig ähnelte. Franjo hatte sehr dunkelbraune, fast schwarze Haare und ebensolche Augen, die sein Gesicht beherrschten. Neben meiner goldblonden Mutter mit ihren sanften Zügen wirkte er wie ein kleiner Dämon, und nur die vollen, leicht aufgeworfenen Lippen hatten jene Weichheit, die ihn als ihren Sohn auswies. Mutter war unfähig, Franjos Temperament zu zügeln, nicht nur, weil es für sie völlig fremd und unverständlich war und sie ohnehin keine Chance gehabt hätte, sondern weil sie es nicht wollte. Sie betrachtete ihn als eine Art Biotop, in das man nicht eingreifen durfte, ein kompliziertes System, bei dem man nie wusste, was womit zusammenhing und was man vielleicht zerstörte, wenn man etwas anfasste. Also überließ sie ihn größtenteils sich selbst. Ich sehe Franjo, wie er durch die Wohnung stürmt, zur Tür hinaus und die Straße hinunter, ich auf meinem Beobachtungsposten am Küchenfenster. Er machte auf mich immer den Eindruck, als hätte er es eilig, auch wenn er stundenlang in unserem Zimmer saß und Behausungen baute für all die Lebewesen, die er ins Haus brachte. Er sammelte Molche, Tausendfüßler, Wasserläufer, Ameisen, Heuschrecken, alle Arten von Käfern, Regenwürmer und vor allem Spinnen. Er interessierte sich nicht für Katzen oder Hunde, auch nicht für Vögel, Raubtiere oder Dinosaurier, und verweigerte Zoobesuche von klein auf. Seine ganze Begeisterung galt den geräuschlosen, heimlichen Erdregenten, sie kannte keine Grenzen, und er verlangte unbedingt, dass man sie teilte. Meine Mutter beugte sich über das Getier wie über einen Mikrokosmos von Außerirdischen und sagte: Fabelhaft, mein Junge. Manchmal krabbelte mir nachts etwas über Arme oder Beine, und ich erwachte schreiend. Mutter kam und beruhigte mich, niemals machte sie Franjo einen Vorwurf. Jahre später, als ich schon in die Volksschule ging und Franjo ins Gymnasium, hörte ich ein Gespräch mit an, das Mutter mit einer Nachbarin zwischen Tür und Angel führte. Frau Zufal hatte sich Insektenvertilgungsspray ausleihen wollen und Mutter erklärte ihr, warum wir keines besaßen. Lachend erzählte sie von Franjos kindlicher Leidenschaft für alles, was krabbelte und kroch, und wie schwer das für sie zu ertragen gewesen sei, wo sie doch unter Arachnophobie litt. Ich schlug im Lexikon nach und erholte mich nie wieder von meiner Verwirrung. Ich lernte, dass alles, was in meiner Familie vor sich ging, ein Rätsel beinhaltete, die entscheidenden Dinge waren unsichtbar, verborgen hinter einer Spanischen Wand.

Es war mein Vater, der die Insekten aus dem Leben meines Bruders vertrieb. Er ging eines Tages, während Franjo in der Schule, ich im Kindergarten und meine Mutter bei der Arbeit war, ins Kinderzimmer und trug sie alle mitsamt ihrer kunstvollen Wohnungen aus Glas, Plastik oder Holz in den Garten. Er machte ein Feuer und leerte die nicht brennbaren Behälter darüber aus, die hölzernen Käfige warf er hinein, wie sie waren. Als Franjo nach Hause kam, saß er vor dem erloschenen Feuer und rauchte. Mörder, sagte Franjo zu ihm, und mein Vater lachte, als gäbe es nichts Lächerlicheres auf der Welt als seinen Sohn, der tote Insekten für Opfer eines gemeinen Mordes hielt. Es war Spätherbst, am eisblauen Himmel hing die Sonne wie ein vergessener Lampion, es roch nach verfaultem Obst und den verbrannten Käfern, Franjo drehte sich um und ging ins Haus. Er war neun Jahre alt. Mit seinem Vater redete er nie wieder, nicht ein einziges Wort.

Unser Haus lag auf einem Hügel am Stadtrand von Wien, wo sich sozialer Wohnbau, Kleingartensiedlungen und biedere Einfamilienhäuser mischten. Es sah aus wie eine wuchernde Schrebergartenhütte, und genau das war es auch. Mutter hatte es von meiner Großmutter geerbt, deren Lebenscredo die Zweckmäßigkeit gewesen war. Ungestört von ästhetischen Überlegungen hatte sie im Laufe der Jahre eine Wellblechgarage, eine Art Loggia aus dunklem Holz, in die sie später Alufenster einsetzen ließ, sowie eine betonierte Speisekammer an das ursprüngliche Haus angeklebt. Seither hatte sich nicht mehr viel geändert, und so lebten wir in diesem seltsamen Museum der Baumaterialien zwischen hoffnungslos abgewohnten Möbeln aus drei Jahrzehnten, über die meine Mutter indische Tücher gebreitet hatte, die nach Räucherstäbchen rochen. Sie litt unter der Hässlichkeit und kleinbürgerlichen Atmosphäre, hatte aber kein Geld, um etwas zu verändern. Der kleine, abschüssige Garten war der einzige Ort, aus dem sie etwas machen konnte, und bevor sie nach und nach in Depressionen versank und sich stundenlang im Badezimmer einschloss, war unser Garten ein Paradies. Es gab wilde Rosen, Passionsblumen, alle möglichen Beeren und duftende Kräuter. Ihr Duft hat mich das Riechen gelehrt, und vielleicht hänge ich heute deshalb so sehr an Gerüchen, weil es die Erinnerung an Momente wachruft, in denen ich meine Mutter annähernd glücklich erlebt habe: mit Spaten und Gartenschere in der Hand, die Hände voller Erde. Ihr Rückzug begann am Tag, nachdem Vater Franjos Tiere verbrannt hatte. Wir saßen beim Essen, und Vater bezichtigte Franjo, sein Feuerzeug genommen zu haben. Franjo schwieg mit großer Konzentration in seinen Teller. Wo hast du es, knurrte mein Vater, bring es sofort her. Franjo stand auf und holte sich das Salz, als er sich wieder hinsetzen wollte, packte Vater ihn am Handgelenk. Was ist, herrschte er ihn an, bringst du den Mund nicht auf? Mutter schloss die Augen, aber Franjo wandte sich ihr zu. Sag ihm, er soll mich loslassen, verlangte er, doch dazu kam sie nicht. Mein Vater holte aus und gab Franjo eine klatschende Ohrfeige, sein Kopf flog zur Seite, meine Mutter sprang auf und schrie: Karim, bitte! Franjo machte sich los und lief aus dem Haus. Plötzlich war es wieder still, Mutter saß zusammengesunken auf ihrem Stuhl, im Gesicht meines Vaters zuckte ein Muskel, während er sich eine Zigarette drehte. Ich war noch keine fünf, aber ich verstand, dass Mutter diesen Nachmittag nicht im Badezimmer verbrachte, um sich zu waschen, sondern weil es der einzige Raum war, den man abschließen konnte.

Ich lag auf dem Boden und fror, es war Februar, die Unterschiede zwischen Tag und Nacht sind in Kairo zu dieser Jahreszeit am größten. Paul brachte mir eine Decke. Er hob ein paar Blätter auf, die noch am Boden herumlagen, kurz sah es so aus, als wolle er sie zerreißen, doch dann hielt er inne und sah sie sich nochmals an. Er setzte sich hin und lehnte sich gegen die Wand. Deine Mutter, fing er an, brach wieder ab und schwieg. Ich war froh über das Schweigen, ich konnte mir einbilden, es sei ein ganz normaler Abend und ich hätte nichts gesagt. Ich horchte auf die Stille zwischen den Wänden und das Blubbern des Teewassers, es war spät und ich wurde dösig.
Wie heißt sie, fragte er schließlich, ich schreckte hoch aus meinem Halbschlaf.
Wer?
Na, deine Mutter, wie heißt sie?

Ach so, sagte ich, Magda. Ich holte den Namen aus meiner Mundhöhle und stülpte ihn nach außen wie eine Kaugummiblase. Magda.
Paul goss den Tee auf, ich lag unter meiner Decke und sah ihm dabei zu wie ein Patient seiner Krankenschwester. Guter, starker Caj, schön süß, sagte er, komm, trink. Ich setzte mich auf und schlürfte in kleinen Schlucken, mir wurde sofort irrsinnig heiß. Paul machte es sich bequem und rührte in seinem Tee. Magda und Karim, Karim und Magda, sagte er vor sich hin, weißt du eigentlich, warum deine Eltern geheiratet haben? Ich habe das bei meinen nie so ganz herausfinden können.

In der Familie meiner Mutter schienen Männer nicht vorgekommen zu sein. Großmutter hatte sich nach dem Krieg von einem amerikanischen Besatzungssoldaten ein Kind machen lassen, der Soldat war bereit gewesen, sie mit nach Amerika zu nehmen und zu heiraten, aber sie wollte nicht. Sie bekam das Kind und blieb bei ihrer Mutter wohnen, sehr zum Entsetzen der Nachbarn, nicht aber meiner Urgroßmutter, die ihren Mann kurz nach der Hochzeit im Ersten Weltkrieg verloren hatte, Anfang der Zwanzigerjahre einen amerikanischen Bankier kennen gelernt und mit ihm meine Großmutter gezeugt hatte. Auch sie hatte freiwillig auf Eheleben und die Segnungen der Neuen Welt verzichtet, dem Bankier jedoch verdankte sie das Haus am Wolfersberg, in dem ich aufgewachsen bin. Der familiäre Hang zu amerikanischen Samenspendern endete, als meine Mutter sich auf dem Gymnasium in den Sohn eines Geschäftsmannes ägyptischer Herkunft und einer deutschen Schauspielerin verliebte. Mein Vater war von verschiedenen Kindermädchen großgezogen worden, die er sicher fest im

Griff hatte. Meine Mutter hat mir erzählt, dass er mit seinem Charme alle Lehrer um den Finger wickelte und nie schlechte Noten bekam, obwohl er kaum lernte und dauernd zu spät kam. Die Mädchen himmelten ihn an, und alle Jungen wollten seine Freundschaft, er aber kam und ging, wie es ihm gefiel, eine charismatische Figur, von der ich nur mehr die Kehrseite zu sehen bekam, die Perversion seiner Macht über die Menschen in seiner Umgebung. Für meine Mutter, die in der Atmosphäre eines muffig riechenden, altmodischen Feminismus aufgewachsen war, bedeutete diese Liebe Rebellion. Großmutter begleitete sie mit lauten Unkenrufen, die sich nicht bewahrheiteten. Mein Vater trank nie, dafür rauchte er Unmengen Haschisch, und er betrog Mutter nicht, weil er zu träge war. Er war ein Paradiesvogel in einem Käfig, meine Mutter war fasziniert von seiner ganz und gar zwecklosen Schönheit. Sie hatte keine Vorstellung von Familie, doch sie sehnte sich nach einer Harmonie, einer inneren Ordnung, die sich in der äußeren Welt ausdrücken sollte. Sie fand sie in den Lehren von Rudolf Steiner, begann eine Ausbildung als Volksschullehrerin und beschäftigte sich mit Waldorfpädagogik, während mein Vater in der luxuriösen Wohnung seiner Eltern saß, rauchte und Frank Zappa hörte. Er wurde von seinen Eltern unterstützt, die glaubten, er studiere Medizin. Mutter lag in seinem riesigen Bett und schaute auf zu den hohen Stuckdecken, die Architektur des Jugendstils musste ihr vorgekommen sein wie ein Ausdruck der erhabensten Harmonie, bestimmt dachte sie an den Weltenbaum und die Lehren vom Goldenen Schnitt. Großmutters plötzlicher Tod holte sie aus der dünnen Luft dieser Höhen zurück in die Realität. Sie musste sich um das Haus kümmern, die persönlichen Angelegenheiten ihrer Mutter regeln und ein Begräbnis organisieren, zu dem kaum jemand kam. Sie wurde sich ihrer Lage bewusst: Außer einer einzigen, uralten Großtante hatte sie keine Verwandtschaft. In diesem Niemandsland klammerte sie sich an das Haus und an Rudolf Steiner, sie verschwand im Garten und sprach mit den Pflanzen. Zu meinem Vater ging sie in dieser Zeit nicht. Sie sagte mir, sie habe sich des Gefühls nicht erwehren können, dass der Tod ihrer Mutter eine Art Bestrafung für ihre Beziehung gewesen war, obwohl es religiöse Moralvorstellungen in unserer Familie nie gegeben hatte.

Als Vater jedoch eines Tages mit einem Strauß frisch geklauten Flieders vor ihrer Tür stand und sie bat, ihn zu heiraten, fiel sie ihm in die Arme wie eine Verdurstende. Erst später fand sie heraus, dass seine Eltern ihn hinausgeworfen und ihm die finanzielle Unterstützung gestrichen hatten, weil sie entdeckt hatten, dass er in zwei Jahren nicht eine einzige Prüfung abgelegt und sie mit großer Eloquenz belogen hatte. Eine übereifrige Putzfrau hatte außerdem ein Kilo Haschisch zwischen seinen Unterhosen gefunden. Doch das wusste meine Mutter nicht. Sie sah diesen riesigen Strauß Flieder und den flehenden Ausdruck in seinen Augen. Sie dachte, die Ehe würde sie von ihrer Einsamkeit befreien, und aus diesem Irrtum heraus nahm sie seinen Antrag an.

Warum heiraten Menschen, fragt mich Marjana.

Sie hat mich auf die Aussichtsplattform des Kairoturms geschleppt, auf dem ich noch nie war, weil ich prinzipiell keine Sehenswürdigkeiten besuche. Aber wir stehen ohnehin nicht meinetwegen hier oben, auch nicht, um die tolle Aussicht auf El Qahira zu genießen. Ich beobachte, wie der Wind meine Zigarette raucht.

Weiß nicht, sage ich, die meisten Menschen fühlen sich wahrscheinlich vollständiger, wenn sie zu zweit sind.
Und du? Marjana fragt es unter dem Fernrohr durch, an das sie ihre Augen gepresst hält, ich kann sehen, wie ihre Lippen die Laute formen, sie sind zu dick, um wirklich spitz zu werden, ich finde das schön. Ich zucke mit den Schultern.
Ich kann mir nicht vorstellen, dass ich mich durch die ständige Anwesenheit eines anderen weniger unvollständig fühle als allein, sage ich und halte ihr mit beiden Händen die Aussicht zu. Sie sieht mich an und lacht.
Da gibt's nichts zu lachen. Mein Ton ist unfreundlich, rasch schaue ich nun selbst durch das Fernrohr, um ihrem Blick zu entgehen. Warum nur habe ich ständig das Gefühl, dass sie weiß, woran ich denke? Bin ich paranoid?
Als wir wieder unten auf der Straße stehen, hakt sich Marjana bei mir unter, seltsamerweise reagiert sie auf abweisende Äußerungen mit körperlicher Nähe, seltsamerweise habe ich nichts dagegen. Wir schlendern den Nil entlang zur Tahrirbrücke und überqueren den Fluss. Marjana bleibt mitten auf der Brücke stehen und macht eine übertrieben theatralische Geste.
Und, wollte dich schon mal jemand heiraten?
Ja, in Italien.
Marjana fällt vor Lachen fast ins braune, schlammige Wasser.
Ich sag's ja, die Klischees stimmen eben doch.
Nein, man fällt nur auf sie rein.
Na, du aber nicht, sonst würdest du jetzt irgendwo in Modena Spaghetti kochen.
Triest, sage ich, es war in Triest. Mir gefiel der Name, so ähnlich wie trist, ein deutsches Wort, it means something

dreary. Das war unmittelbar, nachdem ich aus Deutschland weggegangen bin, ich hatte wohl die deutschen Gesichter satt, wie Paul sagen würde.
Wer ist Paul?
Ein Freund, er hat hier in Kairo eine Zeit lang bei mir gewohnt.
Marjana hebt eine Augenbraue. Ist er noch hier?
Nein. Und der Typ in Triest war übrigens kein Italiener. Ich hatte einen Job in der Touristeninformation, sie brauchten da jemanden, der Deutsch und Englisch spricht. Ich war zuständig für laute deutsche Touristen und ihre vorgebräunten Ehefrauen, amerikanische Mädchen mit blonden Pferdeschwänzen und Beinen, die so gerade waren wie ihre Zähne, Engländer mit ungesund geröteter Haut und Segeltuchjacken und österreichische Individualreisende, die Englisch mit mir sprachen, weil sie sich schämten, nicht Italienisch zu können. Auch die Japaner kamen zu mir und sagten *okay* und *thank you*, egal, was ich ihnen erzählte.
Marjana kichert, und ich komme mir unehrlich vor, eigentlich war es nicht lustig.
Jedenfalls teilte ich Stadtpläne aus und beschrieb ihnen den Weg zu ihrem Hotel, der Piazza dell'Unita und dem Palazzo Tergesteo, indem ich ihn mit Kuli auf dem Plan nachzog. Tom kam aus London und holte sich insgesamt vierzehn Stadtpläne von mir, bevor er mich zu einem Kaffee ins Pirona einlud. Joyce soll dort seinen Ulysses begonnen haben, Tom wusste alles darüber. Er schrieb langwierige Gedichte, die er mir ins Büro brachte und dort vortrug, wenn gerade niemand da war. Er hatte wenig Geld und übernachtete in der Jugendherberge, trotzdem versuchte er nie, mit auf mein Zimmer zu kommen. Nach zwei Wochen erklärte er mir, wir wären

füreinander bestimmt, und bat mich, ihn zu heiraten. Ich kam mir vor wie eine grundierte Leinwand, auf die eine merkwürdige Szene gemalt wurde, die ich nicht verstand. Danach stand ich lange vor dem Spiegel und betrachtete mich argwöhnisch. Was hatte ich an mir, das Tom dazu veranlasst haben konnte zu glauben, wir wären füreinander bestimmt? Konnte man es sehen?
Nein, sagt Marjana, aber man kann es sich einbilden. Sie bleibt mitten auf der Straße stehen, die Leute hinter ihr prallen auf sie wie bei einem Auffahrunfall und drängen sich dann an uns vorbei.
Anna, wohin wirst du gehen?
Hm. Vielleicht nach New York oder Dehli, Europa langweilt mich.
Marjana nickt. Nimmst du mich mit?
Ich ziehe sie am Ärmel weiter, wir sind ein Verkehrshindernis.
Was ist los?, frage ich, während wir uns durch den Menschenstrom schieben, der in dieser Stadt immer in die verkehrte Richtung zu fließen scheint, ich denke, du hasst das Reisen.
Marjana hat scheinbar die Orientierung verloren, ich navigiere sie energisch in Richtung Midan Talaat Harb. Inzwischen ist es so laut um uns herum, dass eine Unterhaltung fast unmöglich ist.
Café Riche, schreie ich und deute mit der Hand die Straße hinunter.
Als wir endlich sitzen, schaut Marjana eine ganze Weile stumm aus dem Fenster, ehe sie sagt: Aber ich habe nichts anderes gelernt.

In der darauffolgenden Nacht finde ich keinen Schlaf. Steif liege ich auf dem Rücken im Bett neben Marjana und atme ängstlich ihren Geruch ein. Da ist ihr Parfum, schwach, doch dahinter verbirgt sich noch etwas anderes, grau und leicht abgestanden liegt es auf meiner Zunge wie kalter Rauch: ein Hauch von Leder, zu oft gereinigte Polstersitze, Zigarettenkippen, Automatenkaffee, trockene Sandwiches, die nach Metall schmecken, das Metallische liegt über allem wie ein dünner Film, der sich nicht entfernen lässt, außer vielleicht mit einem Pfefferminzkaugummi … es ist der Geruch des Reisens, den Marjana im Schlaf ausschwitzt wie eine ansteckende Krankheit.

Die Tasche packen. In die Dschungelschuhe schlüpfen, in den Zug steigen oder ins Flugzeug. Sitzen und die Augen geschlossen halten. Es ist die einzige Macht, die ich kenne: zu verschwinden. Doch Marjana ist offenbar entschlossen, mich nicht verschwinden zu lassen. Sie trifft ihre Vorkehrungen, ist nervös und überdreht, Reisefieber, sagt sie. Aber ich weiß nicht, was das ist. Ich kenne nur diesen merkwürdigen, kleinen Mechanismus, der so verlässlich funktioniert wie die Unruhe einer mechanischen Uhr: Er hält mich am Laufen. Was mich immer aufs Neue dazu bringt, alles aufzugeben, oder vielmehr, erst gar nichts anzufangen, was nicht innerhalb weniger Stunden aufgegeben werden könnte, ist kein Fieber, sondern das gleichmäßige Aufrollen und Entrollen einer Feder in meinem Inneren, das mich beruhigt. Was mich nervös macht, ist die Angst, Marjana könnte diesen Mechanismus stören.

4

Eine Woche nachdem Paul mir meinen Bruder ins Gesicht gezeichnet hatte, träumte ich von Insekten. Ich lag auf einem großen Haufen Holz in unserem Garten, zwischen Wicken und Heckenrosen, schaute in den Himmel, der sich über mir wölbte wie eine gläserne Kuppel, und hörte, wie sie kamen. Sie krabbelten von allen Seiten über die Erde auf mich zu, sie machten einen gespenstischen Lärm, der sich immer mehr steigerte, je näher sie kamen. Es klang, als hätten sie Beine aus Metall und verrostete Scharniere statt Gelenken, ein mechanisches Kreischen. Es tat weh in den Ohren, ich hielt sie mir zu, doch es änderte nichts. Ich versuchte, meine Beine zu bewegen, sie machten dasselbe Geräusch wie die der Insekten, ich begann zu schreien, aber ich konnte meine eigene Stimme nicht hören, es war einfach zu laut. Als ich glaubte, es nicht mehr ertragen zu können, kamen die Flammen. Sie fuhren aus dem Holz und schlugen über mir zusammen, ich zerfiel zu Asche und stieg mit der erwärmten Luft auf in den blassblauen Himmel, und es war still, wunderbar still.

Seit ungefähr fünfzehn Jahren war dies der erste Traum, an den ich mich nach dem Aufwachen erinnern konnte. Paul lag neben dem Bett bäuchlings auf dem Boden und zeichnete Spinnen, schon seit Tagen tat er nichts anderes mehr. Für einen kurzen Moment wurde ich wütend, ich wollte ihm den Bleistift aus der Hand schlagen und ihn anschreien, doch dann ließ ich es. Ich blieb liegen und sah ihm zu und hielt meinen Traum vorsichtig in meinem Kopf fest wie einen flaumigen kleinen Vogel.

Wusstest du, sagte Paul statt guten Morgen, dass Spinnen Hörhaare haben, die auf ihren Beinen wachsen?
Ich wusste nicht, dass Spinnen überhaupt hören, gab ich zu.
Na ja, sie hören nicht wirklich, aber sie nehmen Erschütterungen wahr. Die Männchen spannen an das Netz der Weibchen einen Bewerbungsfaden und –
Ich musste lachen. Bewerbungsfaden?
Ja, sagte er, so heißt das eben, ich kann nichts dafür. Also, sie spannen diesen Faden und zupfen daran, dann wissen die Weibchen, dass sie da sind.
Spinnentelefon.
So ähnlich, ja.
Paul zeichnete mit kleinen, schnellen Bewegungen, ich horchte auf das Geräusch, wir schwiegen eine Weile. Ich registrierte, dass die Bilder aus meinem Traum jetzt verschwommener waren, als hätte das Sprechen ihnen die Deutlichkeit genommen. Was blieb, war ein Gefühl ohne Boden und ein leichter Geruch nach Rauch.

Leise stand ich auf und ging bloßfüßig in die Küche, um Teewasser aufzusetzen, die Fliesen waren angenehm kühl. Es war mein freier Tag. Ich öffnete das Fenster, steckte den Kopf hinaus und drehte ihn, um den Himmel sehen zu können. Er war klar, durchsichtig blau, fast wie das Meer. Es würde noch nicht zu heiß sein, um einen Spaziergang zu machen. Ich setzte mich aufs Fensterbrett, um meinen Tee zu schlürfen, und beobachtete das Treiben auf der Gasse unter mir. Zwei kleine Buben kickten eine leere Blechdose vor sich her, das Scheppern hätte eigentlich laut sein müssen, ging jedoch völlig unter im Hupen mehrerer Autos, die versuchten, an zwei störrischen Eseln vorbeizukommen, die die Straße blockierten. Der Besitzer der Esel, ein zerknitterter, alter Mann in Turban und Galabeia, zog vergeblich an dem Strick, an dem er die Esel führte, und schimpfte unaufhörlich, vermutlich abwechselnd über seine unfolgsamen Tiere und die ungeduldigen Autofahrer. Der Sohn des Gemüsehändlers stand mit einem Freund vor dem Laden und begutachtete mit ihm gemeinsam ein halbverrostetes Coca-Cola-Schild, das normalerweise neben dem Eingang hing und vor einigen Tagen heruntergefallen war, während ich frische Mangos eingekauft hatte. Der Gemüsehändler hatte die Mangos fallen gelassen, war aus dem Laden gestürmt und hatte mit klagender Stimme ein unverständliches Lamento angefangen, als wäre das Haus über ihm zusammengestürzt. Nach etwa einer Viertelstunde, in der sämtliche Nachbarn aufgetaucht waren, um zu sehen, was los war und den Gemüsehändler ausgiebig zu bedauern, kam er wieder in den Laden, lächelte mich freundlich an und bediente mich weiter in der äußerst zuvorkommenden Art, die er allen seinen Kunden zuteil werden ließ.

Paul und ich teilten eine Leidenschaft für ausgedehnte Stadtspaziergänge. Es ging dabei nicht darum, bestimmte, besonders schöne Plätze aufzusuchen oder ins Grüne oder gar an die frische Luft zu kommen (was in Kairo ohnehin kaum möglich war, ohne es zu verlassen), sondern es ging ums Gehen, also um die Fortbewegung. Wir gingen weder langsam noch schnell, von Anfang an hatten wir ein gemeinsames Tempo gehabt, ohne uns darüber verständigen zu müssen, wir gingen gleichförmig und ließen uns durch nichts und niemanden aufhalten. Wir hatten keinen Plan und kein Ziel, manchmal wurde es Nacht, bis wir wieder zu Hause waren und wir unsere schmerzenden Füße in Schüsseln mit kaltem Wasser und Pfefferminze kühlten. Meist sprachen wir wenig während unserer Wanderungen, dafür sahen wir umso mehr. Es kam vor, dass wir uns gegenseitig aufmerksam machten auf Dinge, die wir sahen, aber in der Regel schreckten wir davor zurück, in der Wahrnehmung des anderen herumzupfuschen. Erst nachts, nachdem wir miteinander geschlafen hatten, erzählten wir uns von unseren Eindrücken und Beobachtungen.

Doch heute war es anders. Ich bemerkte es gleich, als wir durch den Khan el-Khalili Richtung Süden gingen. Gegen seine Angewohnheit blieb Paul immer wieder stehen, tat so, als wolle er etwas kaufen, nahm es in die Hand, ohne es wirklich anzuschauen, begann halbherzig zu handeln, stellte es wieder zurück und ging weiter. Zuerst dachte ich, er suche tatsächlich etwas, doch dann fiel mir auf, dass er nicht das geringste Interesse an den Dingen hatte, die sich um uns türmten. Etwas ganz anderes beschäftigte ihn, und die Gesten und die Worte, die aus seinem Mund kamen, waren nichts als die Tätigkeit seines unbeaufsichtigten Verstandes. Ich nahm ihn an der Hand und beschleunigte die Schritte, um so schnell wie möglich aus dem Basar rauszukommen, ich ging in Richtung Zitadelle, Paul trottete neben mir her, ohne es zu bemerken. Irgendwann blieb er wieder stehen, ich wollte ihn weiterziehen, aber er ließ meine Hand los und sah mich an.

Wie ging es weiter mit Franjo, fragte er. Ich muss die ganze Zeit an ihn denken, weißt du.

Da bist du nicht allein, dachte ich, aber ich sprach es nicht aus. Ich drehte mich um und ging los, ohne mich zu vergewissern, dass Paul mir folgte. Ich spürte sein

Zögern, sein schlechtes Gewissen, dann war er wieder neben mir. Ich holte tief Luft und hoffte, sie würde reichen, ein einziger, langer Atemzug.

An seinem zehnten Geburtstag schenkte ihm meine Mutter einen Fisch. Sie bewies damit ihr untrügliches Gespür für die Menschen, die sie liebte. Es war ein blauer Antennenwels, ein bizarr aussehender Süßwasserfisch mit einem gefleckten, stachelbesetzten Körper und einem Maul an der Unterseite, mit dem er sich an den Wänden des Aquariums festsaugte und die Algen abgraste. Franjo war fasziniert. Er konnte stundenlang vor dem Glaskasten sitzen und den Fisch beobachten, was vor allem deshalb bemerkenswert war, weil der Antennenwels ausgesprochen faul ist und sich oft stundenlang kaum bewegt.

Franjo begann, sein mageres Taschengeld für Wasserpflanzen auszugeben, von denen der Wels manche einfach auffraß. Er verdiente sich etwas dazu, indem er für Frau Zufal Einkaufstaschen nach Hause trug und ihren Dackel spazieren führte, er kaufte noch mehr Fische, Schleierschwänze, Grundeln, kleine Buntbarsche. Er besorgte sich in der Stadtbibliothek Bücher über Fische und ihre Haltung, in denen er bis spät in der Nacht unter der Bettdecke las, während ich beim sanften Schimmer der Aquariumsbeleuchtung wach lag und auf das Blubbern der Filterpumpe horchte. Ich konnte von meinem Bett aus die Fische sehen, wie sie hin- und herschwammen, ihre hauchdünnen, durchscheinenden Flossen bewegten oder still unter einem Stein standen, als würden sie schlafen. Franjo baute ihnen Höhlen, besorgte ihnen bestimmte Wurzeln und Mückenlarven, die sie gerne fraßen, und sprach immer weniger. Mit Vater sprach er ohnehin nicht mehr, aber auch sonst wurden seine Äußerungen knapper und sparsamer. Mutter und mir erzählte er manchmal von den Fischen, was mich langweilte, weil er Worte gebrauchte, die ich nicht verstand. Doch Mutter war dankbar für alles, was aus seinem Mund kam. Sie spürte, dass Franjo dabei war davonzuschwimmen, an einen Ort, an den sie ihm nicht folgen konnte.

Einmal, als sie krank war und nicht zur Arbeit gehen konnte, fand ich sie nach der Schule vor dem Aquarium sitzend. Sie bemerkte mich nicht, als ich hereinkam, und ich blieb stehen und machte kein Geräusch, um sie nicht zu erschrecken. Sie saß da und stierte in den Behälter, ich war sicher, dass sie schon den ganzen Vormittag da gesessen hatte. Ich wusste, dass sie die Fische hübsch fand, so wie ich sie hübsch fand, hübsch und bunt und stumm. Ich wusste, dass sie versuchte herauszufinden, was Franjo dazu veranlasste, seine ganze Leidenschaft diesen Kreaturen zu widmen, wie er es schon bei den Insekten getan hatte – warum er sie so sehr brauchte. Warum er nie Freunde nach Hause brachte. Niemanden besuchen ging. Wohin er unterwegs war.

Kurz darauf sagte er meiner Mutter, er wolle tauchen lernen. Dieser Wunsch löste einen Riesenstreit zwischen meinen Eltern aus, einen der wenigen, die ich mitbekam. Mutter arbeitete damals als Lehrerin in einer Waldorfschule und ernährte damit unsere Familie. Franjo und ich gingen auf eine staatliche Schule, weil sie umsonst war – in jeder Hinsicht, wie Mutter immer betonte, mit einem kleinen, bitteren Lächeln. Wir fuhren nicht auf Urlaub, und abgesehen von den Kleidern, die mir meine Mutter selber nähte, trug ich Franjos abgelegte Sachen, obwohl er ein Junge war. Der einzige, echte Luxusgegenstand in unserer Wohnung war Vaters Stereoanlage, die Mutter ihm von dem Geld geschenkt hatte, das von der kleinen Erbschaft meiner Großmutter übrig geblieben war. Mutter ging sehr geschickt mit dem Geld um, das sie verdiente, sie war erfindungsreich und fand immer irgendwo Dinge aus zweiter Hand, die noch gut waren – Fahrräder, Eislaufschuhe, Faschingskostüme und natürlich Franjos Aquarien. Aber für Tauchkurse hätte das Geld nicht gereicht, übrigens auch nicht für den Klavierunterricht, den ich gerne gehabt hätte, ganz zu schweigen von einem Instrument. Also bat sie meinen Vater, er möge sich endlich bei seinen Eltern entschuldigen, mit ihnen Frieden schließen und sich um einen Job in der Firma seines Vaters bemühen. Es muss sie große Überwindung gekostet haben, ihn darum zu bitten, denn wenn sie in der Vergangenheit seine Eltern auch nur erwähnt hatte, war er außer sich geraten, hatte mit Gegenständen um sich geworfen, gebrüllt, er hätte keine Eltern und von wem sie überhaupt spräche, um danach in einer Agonie zu versinken, die noch tiefer und beunruhigender war als zuvor. Seit seinem Hinauswurf hatte er jeglichen Kontakt zu seinen Eltern abgebrochen, die Briefe, die von seinem Vater gekommen waren, hatte er anfangs ungelesen weggeworfen, später in einer Art Ritual im Garten verbrannt.

Mein Vater hat nie wirklich gearbeitet. In der ersten Zeit nach der Heirat, als meine Mutter noch ihre Ausbildung machte und Franjo schon unterwegs war, jobbte er in einem Anfall von Protest gegen seine Eltern, kurzzeitig getrieben von einer Art heroischem Ernährerinstinkt, als Obst- und Gemüseverkäufer auf dem nahegelegenen Meiselmarkt. Eine Zeit lang lief es ganz gut, er versprühte seinen Charme, flirtete mit den Hausfrauen, und der türkische Besitzer des Standes war zufrieden mit ihm. Dann fing er an, den Türkenjungs am Markt Dope zu verkaufen, um sein Gehalt aufzubessern, und es war reines Glück, dass ihm nichts Schlimmeres passierte, als dass ihn sein Chef hinauswarf und die Frau des Chefs eines Tages bei meiner Mutter auftauchte und sie grob beschimpfte. Mutter erzählte mir davon, als ich nach der Schule meinen ersten Job annahm, um studieren und sie unterstützen zu können. Danach ging Vater noch ein paar Monate lang halbherzig Zeitungen austragen, doch als Mutter begann, als Lehrerin zu arbeiten, hatte er wohl das Gefühl, dass seine zweifelhaften Qualifikationen nicht mehr gebraucht würden. Seit ich denken konnte, saß er den ganzen Tag zu Hause, rauchte unzählige Zigaretten, die einen süßlichen, harzigen Geruch in unserer Wohnung verbreiteten, trank literweise Kaffee und hörte Musik. Lange Zeit glaubte ich, das sei normal. Erst als ich zur Schule ging, kamen mir Zweifel.

Wo ist dein Papa?, fragte ich meine Freundin Nina eines Nachmittags, nachdem wir eine Weile Quartett gespielt hatten, es war so unglaublich still in dieser Wohnung, es roch nach frischer Wäsche und irgendeinem Parfum. Meine Mutter benutzte kein Parfum. Nina sah mich groß an und sagte:

Er ist im Büro, wie immer.

Wie immer, wiederholte ich.

Ich begriff, dass bei uns zu Hause die Dinge anders liefen als in anderen Familien. Offenbar gab es kein Gesetz, das Vätern verbot, tagsüber das Haus zu verlassen und einen Beruf auszuüben. Ich wusste nur nicht, was für einen Beruf mein Vater hätte ausüben sollen. Ich versuchte, ihn mir an einem Bürotisch vorzustellen oder hinter der Theke des Eissalons, in dem ich im Sommer mein Taschengeld ausgab, aber es gelang mir nicht. Niemand würde ihm fürs Kaffee trinken und Musik hören Geld bezahlen, auch nicht fürs Rauchen, soviel war mir klar.

Am Abend, als Mutter ihn bat, das jahrelange Schweigen zwischen ihm und seinen Eltern zu brechen, hörte ich sie zum ersten Mal über die Tatsache sprechen, dass mein Vater nicht arbeitete. Ein Mann war vielleicht der einzige Luxus, den sie sich leistete, um einen hohen Preis.

Natürlich wartete sie, bis Franjo und ich im Bett waren, bevor sie ihm den Kopfhörer abnahm und die Anlage ausmachte, aber unsere Wohnung hatte Wände wie eine Pappschachtel, und wir konnten bequem jedes Wort hören, das nebenan gesprochen wurde.

Karim, begann sie, und ich wusste, sie saß ihm gegenüber auf einem unserer abgewetzten Stühle, aus denen dauernd die Querstreben der Rückenlehnen herausfielen, kerzengerade, die Hände zwischen den Oberschenkeln. Wie lange hast du deine Mutter jetzt schon nicht mehr gesehen?

Welche Mutter?, fragte mein Vater, seine Stimme klang, als würde man mit grobkörnigem Schleifpapier über eine zu glatte Oberfläche fahren.

Wie gesagt, diesen Teil kannten wir. Er lenkte weder Franjo von seiner nächtlichen Lektüre ab noch meinen Blick von einem Schwarm verspielter, kleiner Buntbarsche, die sich in der rechten oberen Ecke des Beckens tummelten.

Man hörte, wie der Stuhl zurückgeschoben wurde, und kurz darauf das Rascheln einer Zeitung.

Am Nachmittag hatte mir Mutter das Bild in der Fernsehbeilage gezeigt. Wir besaßen keinen Fernseher, und deshalb hatte ich sie noch nie gesehen: Agnes Engelhorn, deutsche Filmschauspielerin, in ihrer Jugend berühmt geworden durch einige große Rollen in zweifelhaften Liebesschnulzen vor nationalsozialistischer Kulisse, von denen sie sich nach dem Krieg mit Auftritten in harmlosen Komödien zu distanzieren versuchte. Schließlich war sie aus dem Kino verschwunden und spielte seither in Krimis und Familienserien fürs Fernsehen. Das Bild zeigte sie jedoch in einem ihrer alten Filme aus den Vierzigerjahren, blond gelockt, mit falschen Wimpern und Federboa: meine Großmutter. Sogar Franjo hatte im Vorbeigehen einen Blick darauf geworfen.

Doch keiner von uns hätte gedacht, dass Mutter es riskieren würde, unserem Vater dieses Bild zu zeigen. Beim Geräusch der raschelnden Zeitung tauchte Franjo unter seiner Bettdecke auf, und ich löste mich von den Buntbarschen, unsere Blicke trafen sich. Es blieb eine Weile still, dann hörten wir, wie Vater die Zeitung zerriss. Er machte es gründlich, es dauerte ziemlich lange. Als Nächstes kam sein Lachen, das eigentlich keines war. Franjos ganzer Körper zuckte zusammen, quer durch das Zimmer konnte ich die unversöhnliche Wut in seinen Augen erkennen, einzig beleuchtet von der Taschenlampe, die immer noch unter seiner Bettdecke brannte. Einen Moment dachte ich, er würde aufspringen, hinüberlaufen und mit beiden Fäusten auf seinen Vater einschlagen, da passierte etwas anderes: Mutter begann zu schreien. Nie zuvor und nie wieder danach habe ich sie so schreien gehört. Ihre Stimme überschlug sich, sie franste an den Rändern aus und verließ ihren Körper wie ein wildes Tier, das man zu lange in einen Käfig gesperrt hatte. Es war beängstigend, ich verstand kaum, was sie schrie, so hypnotisiert war ich von Klang und Lautstärke ihres Ausbruchs. Er endete mit einer Ohrfeige, so schlagartig, als hätte man meiner Mutter die Stimmbänder durchgeschnitten. Soviel ich weiß, war es das erste und einzige Mal, dass Vater sie schlug.

Ich hielt den Atem an, aber nichts weiter geschah. Jemand sammelte die Papierschnipsel auf, die Hintertür öffnete sich mit dem üblichen Quietschen, und Vaters schlurfende Schritte wanderten an unserem Fenster vorbei. Franjo und ich beeilten uns, aus dem Bett zu kommen, und klebten unsere Gesichter an die Scheibe.

Er ging in den Schuppen und holte Holz in einer Kiste. Bald darauf loderte ein Feuer auf, Vater ging mit der leeren Kiste zurück ins Wohnzimmer, wir mussten uns nicht ducken, als er erneut an unserem Fenster vorbeikam: Er hätte uns ohnehin nicht gesehen. Kurz darauf kam er wieder in den Garten, setzte sich auf seinen Klappstuhl und stellte die Kiste neben sich ab, in der sich jetzt die zerrissene Zeitung befand. Der Stuhl stand so, dass wir nur von hinten sahen, wie sein Arm immer wieder in die Kiste wanderte und weitere Papierschnipsel in die Flammen beförderte. Sein restlicher Körper blieb unbeweglich. Meine Mutter war ihm gefolgt, während der ganzen Zeremonie hockte sie mit dem Gesicht zu uns am Feuer, die Arme um die Knie geschlungen, und redete auf ihn ein. Dass sein Vater ihm verzeihen würde, sagte sie ihm, dass er sich zwar betrogen und verletzt gefühlt habe durch die Lügen, jedoch sicher bereit wäre, seine Entschuldigung anzunehmen, nach all den Jahren, schließlich sei er, Karim, noch jung gewesen damals. Dass wir dringend Geld bräuchten. Dass seine Kinder Talente und Begabungen hätten, die gefördert werden sollten. Und schließlich, dass er selbst vielleicht zufriedener sein könnte mit sich und seinem Leben, wenn er Arbeit hätte, eine Aufgabe, die ihn nicht allein dem sinnlosen Fortschreiten seiner Tage ausliefern würde. Ich habe diesen Monolog fast wortwörtlich in meinem Kopf aufbewahrt, für den Tag, an dem ich alt genug sein würde, ihn zu verstehen.

Mein Vater sagte zu alldem kein einziges Wort. Er saß da, bis alle Zeitungsfetzen verbrannt waren, bis meine Mutter lange nach ihrem letzten Satz mit einem kleinen Nicken aufgestanden und sehr langsam ins Haus zurückgegangen war. Er saß auch noch da, nachdem das Feuer bereits ausgegangen war und Franjo und ich uns leise in unsere Betten zurückgeschlichen hatten. Ich lag noch lange wach und wartete auf seine Schritte, doch sie kamen nicht.

Inzwischen waren wir am Fuß der Zitadelle angekommen.

Lass uns hinaufgehen und auf die Stadt schauen, sagte Paul.

Ich besuche keine Sehenswürdigkeiten.

Er blieb stehen und sah mich an.

Soll das heißen, du hast die Dächer von Kairo noch nie von oben gesehen?

Ich schüttelte den Kopf und kam mir ein bisschen dumm vor.

Paul nahm entschlossen meine Hand und ging mit mir die Straße entlang, die in einer großen Kurve steil anstieg, zum Eingang der Festung. Ich hatte nicht die Kraft, mich zu wehren, vielleicht wollte ich es auch gar nicht, plötzlich schien es mir nicht mehr so wichtig, mich nicht wie ein Tourist zu benehmen. Ohnehin hatte ich kaum bemerkt, was um mich herum vorging, seit ich in die Vergangenheit eingetaucht war. Die Bilder meiner Kindheit waren erschreckend genau, die Häuser und Straßen Kairos wirkten dagegen seltsam verschwommen.

Dennoch konnte ich nicht verhindern, dass mich ein pathetisches Gefühl überkam, als wir oben standen und den Blick über das Meer aus Stein wandern ließen, das nicht als Ganzes zu umspannen war mit einer einzigen menschlichen Wahrnehmung. Der Himmel war so klar, dass man bis nach Gizeh sehen konnte, die graphische Schönheit der Kuppeln und Minarette buhlte ununterbrochen wie eine kapriziöse Filmdiva um die Aufmerksamkeit des Auges. Doch was mich wirklich gefangen nahm, war das Leben auf den Dächern: Zwischen Schuttbergen hingen Wäscheleinen, spielten Kinder, Hühner und Gänse liefen herum, eine übervölkerte Stadt richtete sich dort ein, wo noch Platz war, wie die Tauben, doch ohne Flügel. Ich musste mir eingestehen, dass ich wichtige Dinge oft nicht sah; dass ich durch meine Weigerung, dem selektiven Blick von Reiseführern zu folgen, einer anderen Art von Selektion anheimfiel: der durch meine eigene Eitelkeit.

Glücklicherweise sagte Paul nicht: Ist es nicht fantastisch? Und ich musste nichts sagen wie: Ja, großartig! Wir sagten nichts, das konnten wir gut, und als wir satt waren, kehrten wir um und gingen in den Vorhof der Alabastermoschee, wo ich natürlich auch noch nie gewesen war. Obwohl immer wieder einige Touristen den Hof durchquerten, war dies der stillste Ort in Kairo, den ich je besucht hatte. Wir setzten uns auf die kleine Stufe am Fuß des Brunnenhauses und lehnten uns gegen eine der Säulen.

Also hat Franjo nie tauchen gelernt, sagte Paul traurig.

Ich schwieg lange in die alabasterne Stille hinein, ich stellte mir vor, dass diese Stille hier schon seit Jahrhunderten zwischen den Mauern stand, unberührt von Menschen und Kriegen und Revolutionen.
Nein, sagte ich dann. Franjo hat nie tauchen gelernt.

TEIL ZWEI

It's so subconscious
The way that I feel
Too bad my subconscious life
Is the more real

Ani DiFranco

5

Ich sitze im Flugzeug und schwitze an Stellen, an denen ich noch nie geschwitzt habe. Der Geruch von Panik steigt mir in die Nase, es ist mein eigener. Ich halte die Augen fest geschlossen, aber es nützt nichts, ich weiß, dass Marjana neben mir sitzt, und wenn ich die Augen öffne, um mein Essen in einer Plastikbox in Empfang zu nehmen, wird sie immer noch da sein, den ganzen langen Weg nach New York. Eigentlich bin ich müde, aber ich kann nicht richtig schlafen, döse nur und träume davon, in anderen Flugzeugen zu sitzen oder in Zügen, von denen ich nicht weiß, wohin sie fahren oder in die ich versehentlich eingestiegen bin, obwohl ich ganz woanders hinwollte, und immer sitzt Marjana neben mir. Ich schrecke hoch und öffne in einem Reflex die Augen. Marjana schläft. Ich glaube, sie hat eine Schlaftablette genommen, noch vor dem Start. Ich habe ihr gesagt, dass ich nicht spreche, während ich reise, und tatsächlich hat sie noch kein Wort gesagt, seit wir losgefahren sind. Sie wirkt beinahe ängstlich bedacht, mich nicht zu stören. Ich schaue sie an. Im Schlaf haben ihre Züge etwas Kindliches, wie bei vielen Menschen, aber dann fällt mir auf, dass sich überhaupt etwas in ihrem Gesicht verändert hat, als hätte man eine Schicht Make-up von ihrer Haut gezogen. Die Konturen sind weicher, alles ist weniger offensiv. Paul hat meinen Blick für Gesichter geschärft.

Weißt du was, sage ich, während wir unser Essen, eine winzige, halbvertrocknete Hühnerkeule mit Kartoffeln, zu uns nehmen, es ist dumm, so zu tun, als wäre man allein, wenn man es nicht ist. Erzähl mir was.

Marjana zuckt zusammen, als sie meine Stimme hört. Hätte ich vorgehabt, sie aus der Fassung zu bringen, könnte ich jetzt zufrieden sein. Sie wirft mir einen vorsichtigen Blick zu.

Are you sure?

Du hast Soße am Kinn.

Geistesabwesend greift sie nach ihrer Serviette und wischt sich über den Mund, der Soßenfleck bleibt, wo er ist.

Was soll ich denn erzählen?

Keine Ahnung, irgendwas. Vom Reisen, von deiner Familie.

Marjana starrt ihr Huhn an. Mir kommt der Gedanke, dass sie die Schlaftablette vielleicht nicht aus Rücksicht auf mich genommen hat.

Komm schon, dränge ich, um mein Unbehagen zu überspielen, wo waren die Jungs am besten? Wer konnte am besten küssen, und wo hast du überhaupt deinen ersten Kuss bekommen?

In London, sagt Marjana mechanisch, an einem Fish-and-Chips-Stand.

Dann bestellt sie zwei Wodka-Zitron.

Wir reden den ganzen Flug hindurch, das Kuriositätenkabinett der verunglückten Lieben wird ausgiebig besichtigt. Marjana schildert ihre ersten Erlebnisse, als würde sie mir einen besonders guten Witz erzählen, obwohl sie meist damit endeten, dass Marjana in einem Flugzeug saß und hoffte, das neue Haus möge hoch genug sein und das Fenster ihres Zimmers auf eine asphaltierte Straße hinausgehen. Unter dem Einfluss des Alkohols gelingt es sogar mir, der Tatsache, dass keine meiner Beziehungen länger als ein paar Monate gedauert hat, einen komischen Anstrich zu geben.

Als wir in New York ankommen, sind wir betrunken und haben über so viele traurige Dinge gelacht, dass wir ganz erschöpft davon sind. Über Paul habe ich kein Wort verloren.

Wir fahren mit der U-Bahn in die Stadt und kommen an der Fifth Avenue Ecke 53rd Street an die Oberfläche. Ich bin zum ersten Mal hier, Marjana hingegen hat schon in New York gelebt, als sie zwölf war, ist hier zur Schule gegangen, ins Kino und zum Eis essen. Jetzt hat sie ein seltsames Leuchten in den Augen, das mich mehr interessiert als die hohen Häuser und funkelnden Lichter. Sie dreht sich ein paar Mal um sich selbst, den Blick nach oben gerichtet, befeuchtet mit der Zunge ihre Lippen, dann lässt sie ihre Tasche fallen und umarmt mich, steif stehe ich da und strecke unbeholfen die Arme zur Seite wie ein Verkehrspolizist, unfähig zu entscheiden, ob ich sie um Marjanas Taille oder um ihren Hals legen soll.

Danke, sagt Marjana, nachdem sie sich von mir gelöst hat. Sie strahlt.

Ich zucke die Achseln, bringe ein schiefes Lächeln zustande und verkneife mir zu fragen wofür, weil ich nicht zugeben will, dass ich es nicht weiß. Aus Verlegenheit krame ich die Karte aus meinem Rucksack, die ich von einem gewissen Liam Riley vor drei Jahren in Sagres, Südwestportugal, bekommen habe. Ich arbeitete damals in einer Strandbar, die einem deutschen Aussteiger gehörte, Liam war DJ und tourte gerade durch Europa, zuletzt hatte er in Paris und Madrid Platten aufgelegt. Er hing die meiste Zeit in der Bar herum, trank Kaffee und hatte Kopfhörerstöpsel in den Ohren. Wir gingen zusammen schwimmen, schliefen unter den Sternen und philosophierten über das Leben in den Städten. Er war gebürtiger New Yorker.

As many people as stars in the sky, meinte er.

You like it?, fragte ich ihn.

I'm used to it, and I always get a little scared in places like this. Er machte eine Handbewegung, die den menschenleeren Strand, das Meer und den Himmel über uns einschloss.

Einmal hatten wir Streit, weil er mich überreden wollte, mit ihm zu kiffen. Ich wollte nicht erklären, warum mir schon allein vom Geruch schlecht wurde. Er behauptete, ich hätte Angst, die Kontrolle über mich zu verlieren. Am Ende schlief ich mit ihm, hauptsächlich, um ihm das Gegenteil zu beweisen.

Als er abreiste, gab er mir seine Adresse und lud mich ein, nach New York zu kommen und bei ihm zu wohnen, wann immer mir danach war. Dabei wusste er nichts über mich, gar nichts.

Ich zeige Marjana die Karte. Brooklyn, murmelt sie und runzelt die Stirn, als müsse sie sich erinnern, warum hast du das nicht gleich gesagt. Wir sind völlig falsch, das hier ist *Manhattan*. Sie lacht. Na egal, ich bin wohl automatisch hierher gekommen, wir haben zwei Straßen weiter gewohnt. Komm, lass uns was essen gehen und dann rufen wir diesen Kerl an.

Wir rollen unsere Taschen zu einer Sushi-Bar, erst jetzt merke ich, wie betrunken ich bin. Menschen, Stimmen,

Gerüche, Verkehr, Lichter und Schaufenster verschmelzen zu einer zweidimensionalen Kulisse, ein Film, der auf die schlecht aufgespannte Leinwand meines Gehirns projiziert wird, allerdings läuft er ein wenig zu schnell, genauso wie die bunten Tellerchen mit den California Makis darauf, was machen die überhaupt hier in New York, denke ich, und schon sind sie weg.
Marjana scheint mit dem Tempo keine Schwierigkeiten zu haben, geschickt fischt sie Garnelen vom Fließband, redet so schnell, wie sie isst, ich kann ihr kaum folgen. Sie erzählt von einer New Yorker Schulfreundin, die offenbar eine erstaunliche Sammlung von Lippenstiften besaß, die sie alle gestohlen hatte. Die beiden Mädchen schlossen sich regelmäßig im Badezimmer ein und verbrachten Stunden damit, sich vor dem Spiegel zu bemalen, bis die Schulfreundin eines Tages in einem Anfall moralischen Entsetzens über sich selbst alle Lippenstifte in den Teich im Central Park warf. Leider musste sie feststellen, dass sie nicht etwa untergingen, sondern, für alle sichtbar, an der Oberfläche schwammen. In ihrem wilden Entschluss, sich der Zeugnisse ihres Verbrechens ein für allemal zu entledigen, lag sie am Ufer auf dem Bauch und angelte mit ein paar Ästen alle Lippenstifte wieder aus dem Wasser. Schließlich vergrub sie sie in einer stillen Ecke des Parks unter einem Baum. Marjana versuchte wochenlang, die Koordinaten dieses ungewöhnlichen Grabes aus ihr herauszupressen, ohne Erfolg.
Ich schaue an ihr vorbei auf die Straße, ein junges, japanisches Paar späht misstrauisch durch die Glasfront in das Lokal, die Frau hat knallrote Lippen.
Sommer oder Winter, frage ich.
Was? Marjana sieht mich verständnislos an, ihr Blick ist leicht glasig vom Alkohol.

War das im Sommer oder im Winter, wiederhole ich.
Ach so. Mai oder Juni, im Winter friert der Teich zu.
Dann hätte ich sie vielleicht riechen können.
Marjana macht große Augen. No kidding?
Not really.
Marjana begleicht die Rechnung mit ihrer Kreditkarte.
Wir erreichen Liam nicht am selben Abend und müssen im Hotel schlafen. Aus Rücksicht auf meine finanzielle Lage nehmen wir ein Zimmer im YMCA ohne eigenes Bad, Marjana verschwindet sofort in den Swimmingpool, während ich angezogen auf dem Bett liege, den Geräuschen aus den benachbarten Zimmern lausche und mir Sorgen mache, dass sie ertrinkt. Irgendwie fühle ich mich verloren, das Bett ist zu groß, die Matratze zu weich, ich könnte in ihr schwimmen wie Marjana im Pool, die Füllung mit kräftigen Bewegungen meiner Arme immer wieder zur Seite drängen, unter dem Federkern hindurchtauchen, hinab in den Schlaf … Als Marjana zurückkommt, zieht sie mich behutsam aus wie ein Kind, ich werde nur kurz wach, im Raum ist es dunkel, nur Marjanas Gesicht leuchtet in einem Lichtstreifen, der von der Straße hereinfällt, sie zieht die Vorhänge zu, um ihn auszusperren. Im Nebenzimmer zerbricht ein Glas, und jemand weint.

Liam wohnt in Williamsburg, eine Gegend im Norden von Brooklyn, die vor einigen Jahren von der Künstlerszene entdeckt wurde. Alte Industriebauten aus dem 19. Jahrhundert wurden zu Lofts, hippe Cafés, Clubs und schicke Läden schossen aus dem Boden, und die Preise schnellten in kurzer Zeit in die Höhe.
Ich habe schon hier gewohnt, als es noch nicht trendy war, sagt Liam ohne Stolz. Keine Laptops auf jedem

zweiten Cafétisch. Einfach nur Häuser und Straßen und die Läden der Chassidim und der Polen. Just Brooklyn.

Wir sitzen in einem Café an einem wackeligen Holztischchen. Liam sieht ziemlich verknautscht aus, als hätte er zu lange in einer zu kleinen Tasche gesteckt. Seine kinnlangen aschblonden Locken stehen in alle Richtungen weg, die Haut unter seinen Augen ist dünn und bläulich gefärbt, und er räuspert sich in einem fort, was die Unterhaltung stellenweise mühsam macht. Außerdem rutscht er dauernd auf seinem Stuhl herum.

Aber es ist cool hier, sagt Marjana. Ich habe sie noch nie das Wort cool benutzen hören.

Liam schiebt seinen Unterkiefer vor und reibt sich das Kinn, wie ich es schon in Portugal an ihm gesehen habe, es gibt ein kratzendes Geräusch, weil er unrasiert ist.

Ist okay, wenigstens kann ich jetzt auch in der Nachbarschaft Platten auflegen, früher gab es hier keine guten Clubs.

Er kramt eine Packung Zigaretten aus seiner Jackentasche, ebenso zerknittert wie er, holt mit zwei Fingern eine Zigarette heraus, glättet sie mit dem Handrücken auf dem Tisch und geht hinaus, um zu rauchen. Marjana geht aufs Klo. Ich folge Liam nach draußen und stelle mich neben ihn.

Du magst sie nicht, stelle ich fest.

Liam zuckt die Achseln. Ich mag ihre Schuhe nicht, antwortet er gleichmütig.

Unwillkürlich muss ich an meine zweite Begegnung mit Marjana in Kairo denken, an das aufdringliche Geräusch ihrer hohen, dünnen Absätze auf dem Steinboden.

Aber sie ist nicht, wie du denkst.

Niemand ist, wie man denkt, sagt Liam.

Als Marjana vom Klo zurückkommt, will Liam Dame spielen. Ich kann nicht Dame spielen, aber Marjana kann es, Liam holt Spielbrett und Figuren und noch mehr schwarzen Kaffee. Die beiden spielen schnell und routiniert, schwarze und weiße Steine ziehen über die Felder, türmen sich übereinander, werden vom Brett genommen, ich beobachte das Spiel mit Interesse, ohne es zu verstehen. Marjanas Schuhe scheinen vergessen, als ich einmal unter den Tisch sehe, liegen sie da wie diese Exemplare auf Flohmärkten, die niemals irgendjemand anprobiert.

Wir schlafen bei Liam auf der Couch. Die Wohnung ist klein und vollgestopft mit riesigen Sitzmöbeln unterschiedlicher Stilrichtungen. Außer dem Sofa auf Rollen, deren Feststellmechanismus sich immer wieder löst, gibt es einen giftgrünen, plüschigen Ohrensessel, einen gestreiften Liegestuhl mit Sonnenschirm, eine Fernsehliege aus schwarzem Kunstleder, zwei Sitzsäcke und eine Hängematte. Einen Tisch gibt es nicht. Liam dachte erst, er könnte mich in einem der Clubs unterbringen, in denen er als DJ arbeitet, aber zu seiner eigenen Überraschung wird niemand gebraucht. So hängen wir also bei ihm herum, essen chinesisch aus Pappschachteln, hören seine Platten, begleiten ihn am Abend in die Clubs und machen lange Spaziergänge durch die Stadt. Ich habe Marjana genötigt, sich bequeme Schuhe zu kaufen, damit wir große Distanzen zurücklegen können, es ist das Einzige, was mich beruhigt. Noch nie habe ich länger als zwei Wochen gebraucht, um Arbeit zu finden.
Marjana sagt: Wozu brauchst du Arbeit, du hast doch mich.

Sie hat angefangen, für mich zu bezahlen, in Geschäften, beim Essen, an der Bar, sogar in der U-Bahn. Ich habe sie nicht darum gebeten.
Es ist mir unangenehm, wenn du für mich bezahlst, sage ich.
Warum? Es ist doch das Geld meines Vaters, nicht meines.
Ich überlege kurz, ob das bedeutet, dass sie nicht für mich bezahlen würde, wenn das ganze Geld ihr gehörte.
Dein Vater würde nicht für mich bezahlen wollen.
Umso besser, sagt sie. Ihr Ton ist so gehässig, dass ich zusammenzucke. Marjana merkt es, ein peinliches Schweigen tritt ein. Wir sitzen auf dem Sofa und essen zur Abwechslung Pizza, die Geräusche, die wir dabei machen, hallen in meinen Ohren wider, als wären sie hundertfach verstärkt. Als die Schachteln mit den unansehnlichen Resten darauf vor uns liegen, sitzen wir regungslos in einer unnatürlichen Stille, die in mir den Wunsch weckt, jemand einen Stock tiefer möge laut und falsch singen oder sich mit seinen Familienangehörigen streiten.
Jedenfalls muss ich arbeiten, sage ich lahm, so oder so.
Warum?, fragt Marjana wieder.
Aber ich werde ihr nicht mehr antworten, solange ich selbst nicht gelernt habe, Fragen zu stellen.

Ich versuche es wie üblich in den Touristeninfos, dann in ein paar Delis, in einem Laden voll kitschiger Accessoires in Liams Gegend und in unzähligen Cafés, vergeblich. In der Nacht liege ich wach und quäle mich mit Schuldgefühlen. Vielleicht liegt es ja an mir und ich bemühe mich gar nicht richtig, vielleicht bin ich bereits der Versuchung erlegen, die von Marjanas kleiner goldener

Karte ausgeht, die sie so bereitwillig in die Hände von Kellnerinnen und Verkäufern legt.
Ich habe das Gefühl festzusitzen, manchmal wache ich morgens auf und bin erstaunt, in New York zu sein und nicht in Kairo. Schon während des Fluges erschien mir die Illusion, in der Luft zu stehen, viel realer als das Wissen, mit neunhundert Stundenkilometern unterwegs zu sein. Wir sind nicht gereist, nicht so, wie ich es verstehe. Wir haben uns nur verpflanzt, wie diese Leute, die mit dem Wohnwagen auf einen Campingplatz fahren, um dort ihr Zuhause in Miniaturformat aufzubauen, inklusive Gartenzwerge und Blumenkästen mit Pelargonien darin. Aber vielleicht bin ich nicht anders. Vielleicht habe ich meine eigenen Gartenzwerge, für niemanden sichtbar, an denen ich unterschiedliche Kulissen vorbeiziehe und mir dabei einbilde, heimatlos und unabhängig zu sein, wenn auch nicht frei. Vielleicht täten mir ein paar Blumenkästen ganz gut.
Ich dachte, wenn ich Kairo verließe, würde ich weniger an Paul denken, aber das ist leider nicht der Fall. Ich leide nicht so sehr unter seiner Abwesenheit wie unter meiner eigenen, als hätte er einen Teil von mir mit sich genommen, einen Stapel Papier, fein säuberlich verschnürt in einer kobaltblauen Mappe, die nach Leim riecht. Bevor Marjana kam, war es mir nicht so schwer gefallen, so zu tun, als gehörte dieser Teil nicht zu mir, doch seit sie bei mir ist, habe ich vergessen, wie das geht: zu vergessen.

Liam kommt auf die Idee, mir einen Job in einer Galerie zu verschaffen, die der Freundin eines Freundes gehört. Ich habe Bedenken, weil ich keine Ahnung von Gegenwartskunst habe, aber Liam meint, das sei nicht nötig.

Tu einfach so, als würdest du dich auskennen, sagt er fröhlich, das tun doch alle, mehr oder weniger. Außerdem sollst du nur aufpassen, dass nichts geklaut wird.
Wir fahren also nach SoHo, an einem kalten, unfreundlichen Tag, der erste, an dem die Temperatur unter zehn Grad sinkt. Der Wind bläst durch die Avenues von Harlem bis hinunter zum Battery Park und trägt den Geruch von Salz und Meer bis in die U-Bahnstationen, die Hochhäuser schwanken, Wolken türmen sich über meinem Kopf.
Die Galerie ist ein klinischer Ort. Sie ist kaum zu unterscheiden von den teuren Boutiquen ringsherum, in denen fünf Kleider in einem fünfzig Quadratmeter großen Raum hängen, von denen jedes einzelne mehr kostet als eine durchschnittliche Monatsmiete für eine Singlewohnung in Manhattan. Rita ist groß und sehr dünn, hat hüftlange Haare, die sie zu einem strengen Pferdeschwanz zusammengebunden hat, sie trägt einen knallgelben Rollkragenpulli und ebensolche Strümpfe zu einem lackledernen Minirock. Als wir hereinkommen, sitzt sie an einem gläsernen Schreibtisch und trägt eine Brille, die sie sofort abnimmt, als sie uns sieht. Ihr Lächeln wirkt, als wäre es eine sehr anstrengende sportliche Übung, ihre Zähne sind so weiß, dass ich sofort an Zahnstein denken muss. Sie küsst Liam, dem das sichtlich missfällt, auf beide Wangen und gibt mir die Hand.
Anne, right?
Not right, I'm Anna.
Liam stößt mir unauffällig seinen Ellenbogen zwischen die Rippen.
Rita fasst sich entschuldigend an die Stirn. Sorry, I forgot, you're German!
I'm Austrian.

Oh, really?
No. I just didn't want you to think I'm a Nazi.
Liam lacht dröhnend, Rita sieht mit ihrem Totenkopfgrinsen unsicher zwischen uns hin und her.
She's from Vienna, sagt Liam schließlich, während er sich Lachtränen aus den Augenwinkeln wischt. Als würde das meinen schlechten Witz erklären.
Oh, I *love* Vienna!, sagt Rita, I've been there last year to see this terrific exhibition of Gerald Rockenschaub. You know him?
He's my brother-in-law, sage ich, und endlich verschwindet ihr Lächeln. Es ist eine Wohltat. Ich fische ein Päckchen Zigaretten und ein Feuerzeug aus meiner Tasche.
Sorry, sagt Rita säuerlich, no smoking in here.
Ohne ein weiteres Wort drehe ich mich um und gehe hinaus.

Warum hast du das getan?, fragt mich Liam, als wir die Straße hinunter Richtung Lower East Side gehen. Ich dachte, du wolltest einen Job.
Das dachte ich auch. Ich drehe mich gegen den Wind und zünde mir meine Zigarette an.
Okay, ich weiß, sie ist furchtbar, räumt Liam ein und reibt sich das Kinn, ich weiß auch nicht, was Chris an ihr findet. Aber Job ist Job, oder? Wahrscheinlich hättest du gar nicht so viel mit ihr zu tun gehabt.
Er hat recht. Aber es war nicht Rita, die mich dazu verführt hat, mich selbst zu boykottieren, nicht ihr ausdrucksloses Gesicht, die vom Koksen eingefallenen Wangen oder ihre falsche Freundlichkeit. Es war nicht die leblose Atmosphäre der Galerie und auch nicht die fotorealistischen Darstellungen nackter Frauen, deren

durchsichtige Haut den Blick auf ihre Eingeweide freigaben.
Noch während des kurzen Gesprächs mit Rita ist mir klar geworden, dass ich nicht hierher gekommen bin, um Arbeit zu finden. Ich weiß nicht, warum ich gekommen bin, wie so oft in letzter Zeit bewege ich mich wie eine Schlafwandlerin. Mir fällt ein, dass ich als Kind im Schlaf das Bett verlassen hatte und durch das nächtliche Haus gewandert war. Mutter behauptete, sie habe einmal gesehen, wie ich durch den schmalen Spalt zwischen meinem Bücherregal und Franjos Bett hindurchgeglitten sei, eine physikalische Unmöglichkeit für jedes Lebewesen, das über mehr Leibesfülle verfügt als eine Maus, aber sie bestand auf der Geschichte. Ich habe gesehen, was ich gesehen habe, sagte sie, schon immer hatte sie ihrer eigenen Wahrnehmung mehr vertraut als einem Konsens, auf den sich die Menschen ihrer Meinung nach nur aus Verlegenheit geeinigt hatten. Sie glaubte, Materie sei eine Ausdrucksform göttlicher Energie wie alles andere, was im Universum existiert, und daher grundsätzlich überwindbar. Mutter war nicht religiös, sie hatte diese Ideen nicht aus Büchern, wusste nichts über Quantenphysik, sie hatte nur eine besondere Art des Sehens, die ihr eine Welt zeigte, die oft nicht übereinstimmte mit dem, was für andere Tatsachen waren, in der sie jedoch überleben konnte. Doch später verkehrten sich die Dinge, und genau diese Art des Sehens kostete sie ihren Verstand.
Schweigend gehe ich neben Liam her und hänge meinen Gedanken nach, immer wieder gierig an der Zigarette ziehend, kalte Luft dringt in meine Lungen und löst einen stechenden Schmerz aus. Liam bleibt unschlüssig vor einem kleinen Plattenladen stehen und

schaut durch die Auslage, in der sich verschwommen unsere Gesichter spiegeln, er drückt seine Nase an die Scheibe und legt die Hände wie Scheuklappen an die Schläfen. Dann dreht er sich zu mir um.

Was dagegen, wenn wir kurz reingehen?

Geh nur, ich warte so lange hier draußen.

Mit zu Fäusten geballten Händen in den Hosentaschen stehe ich da, trete von einem Bein aufs andere, hüpfe auf und ab und auf und ab. Eine Springschnur wäre schön, es hätte dann einen Sinn, das Hüpfen. So kommt es mir plötzlich lächerlich vor, also höre ich damit auf und beginne mich umzusehen. Die Gegend hier ist mir angenehmer als SoHo, man sieht alte Häuser, die noch nicht zu Tode renoviert wurden, und Menschen, die gewöhnliche Dinge einkaufen wie Milch, Katzenfutter und Klopapier. Schräg gegenüber entdecke ich einen Laden mit ungeputzten Schaufenstern und einem blauen, leicht abgeschabten Holzrahmen drumherum. Ich überquere die Straße und spähe durch die trüben Scheiben in einen leeren Raum, an dessen Wänden in regelmäßigen Abständen Bilder hängen. Niemand ist zu sehen. Aus dem hinteren Teil des Raumes, der durch drei Säulen vom vorderen getrennt ist, dringt schwaches Licht. Ich drücke am Türknauf, zu fest, die Tür öffnet sich so leicht, dass ich praktisch in den Raum hineinfalle, wie zur Entschuldigung schließe ich sie möglichst leise hinter mir.

Gut zwei Minuten bleibe ich stehen und warte, bis sich die Energie meines plötzlichen Eindringens verflüchtigt hat, die Luft wieder ruhig zwischen den Wänden zirkuliert. Von irgendwoher kommt leise Musik. Langsam setzte ich einen Fuß vor den anderen, immer an der Wand entlang, und sehe mir die Bilder an. Es sind Fotografien, stark vergrößerte Schwarz-Weiß-Abzüge, teilweise übermalt oder koloriert, Bilder von Menschen, die gerade noch zu sehen sind: eine Hand auf einer Türklinke, ein halbes Auge in einem Türspalt, eine lange Haarsträhne von jemandem, dessen restlicher Körper unter einer voluminösen Bettdecke verborgen ist. Das Gesicht einer Frau hinter einer entlaubten Gartenhecke, das dichte Geäst lässt nur kleine Details durchblitzen, ein Stückchen Ohrmuschel, den linken Mundwinkel, einen Leberfleck am Kinn, es sieht aus, als hätten sich die übrigen Teile des Gesichts in Luft aufgelöst.

Ich mache mich auf die Suche nach den Lautsprechern, aus denen die Musik kommt, finde aber keine. Hinter den Säulen scheint jemand zu wohnen, jedenfalls liegt hier eine Matratze auf dem Boden, nicht weit davon entfernt steht eine Bierkiste mit einem provisorisch darübergelegten Holzbrett und zwei billige Klappsessel. Auf dem Holzbrett eine halb leer getrunkene Kaffeetasse, lose Blätter mit Notizen und Skizzen liegen herum. Geistesabwesend nehme ich einen Zettel vom Tisch, während ich über die Musik nachdenke, ich kenne diesen Song, kann mich aber nicht erinnern, von wem er ist und wo ich ihn schon mal gehört habe, vor mich hin summend stiere ich auf den Zettel, ohne ihn zu lesen. Eigentlich sollte ich jetzt wieder gehen, bevor jemand kommt, ich habe keine Lust, irgendetwas zu erklären. Aber es ist, als hätte ich das Gehen verlernt, ich bekomme meine Füße nicht von der Stelle. Die Atmosphäre des Raumes und der Bilder hat mich eingefangen, die staubige Stille, diese eigenartige Verlassenheit, die körperliche Abwesenheit von jemandem, dessen Präsenz so deutlich spürbar ist, als könne man sie mit Händen greifen. Und noch etwas anderes ist da, eine Irritation am Rande meines Gesichtsfeldes: ein Blatt

Papier, achtlos mit vier Reißnägeln an eine der Säulen gepinnt. Ich zwinge mich hinzusehen, doch dauert es ungewöhnlich lange, bis ich erkenne, was ich sehe. Vor mir hängt ein Porträt von Franjo, sein unergründlicher Blick ist auf mich geheftet, sein linkes Ohr ein Fisch, der rechte Teil seines Gesichts in Auflösung begriffen, die Wange ausgefranst, das Auge ohne Begrenzung nach außen, die Iris läuft aus wie Wasser oder vielleicht etwas Dickeres, Blut oder Tinte. Aber Franjo hat nie geschrieben, und niemand hat sein Blut gesehen. Paul hat geträumt, es waren seine eigenen Träume, gegen Ende wurden sie dunkler, verworrener, angefüllt mit Symbolen, die er nicht deuten konnte, und er zeichnete wie besessen, um sie festzuhalten. Dies war seine allerletzte Zeichnung gewesen, bevor er Kairo verließ. Bevor ich ihn gehen ließ.

6

Die Träume fingen an, kurz nachdem wir auf der Zitadelle gewesen waren. Paul träumte vom Tauchen, vom lautlosen Gleiten im tiefen Blau, umgeben von Schwärmen bizarrer Fische, den hypnotischen Bewegungen der Wasserpflanzen und der stillen Schönheit der Korallen, von unterirdischen Höhlen. Er erzählte mir von diesen flüssigen Welten mit abwesendem Blick, und eine Zeit lang hatte ich den Eindruck, er kehrte nie richtig von dort zurück, auch wenn er wach war. Er schlief fast den ganzen Tag und stand erst auf, wenn ich von der Arbeit nach Hause kam, um zu essen und zu zeichnen.

Zuerst war ich nicht sicher, ob Pauls Träume überhaupt etwas mit mir oder Franjo zu tun hatten, ängstlich schlich ich in der Wohnung umher, machte vorsichtige, bedachte Bewegungen, in dem Versuch, laute Geräusche zu vermeiden, als könnte ich ein schlafendes Tier wecken.

Dann begann Paul, in den Höhlen und auf dem Meeresgrund Tote zu finden. Die Toten waren ihm unbekannt, doch fühlte er sich berührt, als wären es Verwandte oder enge Freunde gewesen, stets versuchte er, sie zu retten, obwohl er wusste, dass es zu spät war. Tiefe Trauer und Verzweiflung überkam ihn, er wollte weinen, doch unter Wasser konnte er es nicht. Manchmal weinte er, wenn er aufwachte, ich kämpfte gegen das Bedürfnis, mich abzuwenden, wenn ich es sah, es erzeugte in mir eine falsche Distanz, zu Paul, zu mir selbst. Aus einem vagen Schuldgefühl heraus ertrug ich es, Abend für Abend bei ihm zu sitzen und ihm zuzusehen, wie er Leichen malte, eine nach der anderen. Wer ist das?, fragte er mich immer wieder, doch ich war nicht imstande, ihm zu antworten. Wie gelähmt saß ich da und versuchte zu begreifen. Warum sah Paul in seinen Träumen meine Eltern, meinen Bruder und sogar meinen Großvater, so klar und deutlich, dass man hätte glauben können, sie wären ihm Porträt gesessen? Doch sie waren alle tot. Sie lagen am Grunde des Meeres im tiefen Blau, ihr Haar bewegte sich im Rhythmus der Wasserpflanzen, und die Fische knabberten stumm an ihren Gliedmaßen.

Ich wollte abhauen. Heimlich kündigte ich im Groppi, nun erzählte ich Khalil doch noch die Geschichte von meinem sterbenden Vater, und wie ich gehofft hatte, bestand er nicht auf der vereinbarten Kündigungsfrist. Sobald er jemand Neuen gefunden hätte, könne ich gehen, meinte er. Inzwischen nahm ich Schlaftabletten, um Paul nachts nicht stöhnen zu hören, vielleicht auch, weil ich Angst hatte, seine Träume könnten irgendwann auf mich übergreifen. Aus demselben Grund schlief ich nicht mehr mit ihm, obwohl ich sein dringendes Bedürfnis danach spürte. Aber er hatte in diesen Nächten nicht die Kraft, mich zu verführen, ich schob seine Hände von meinem Körper, und er fiel hinab ins Reich der Toten und der Stummen. Die Schlaftabletten verloren bald ihre Wirksamkeit, Stunde um Stunde lag ich wach und dachte nach. Ich dachte, bis sich ein quälender Druck wie ein Helm um meinen Schädel legte und meine Schläfen schmerzhaft pochten, meine Vernunft versuchte verzweifelt, die Oberhand zu gewinnen über das Flüstern und Fragen in meinem Inneren. Konnte es sein, dass eine magische Verschiebung stattgefunden hatte? Dass Paul sah, was ich nicht sehen konnte? Er hatte unbedingt meine Geschichte hören wollen. Hatte er sich in ihr verloren? Betrieb ich eine Art Voodoo, mit dessen Hilfe ich mir mein eigenes Leid vom Hals hielt, der bewirkte, dass Paul es statt meiner durchlebte? Ich brauchte keine Nadeln. Ich hatte mein Schweigen, und ich hatte Paul. Er kam freiwillig in mein Haus, offenbarte seine nackte Haut und bettete seinen Kopf auf mein Polster.

Die Tage im Groppi verbrachte ich wie in Trance, Khalil führte es auf meine familiäre Situation zurück und stellte mitfühlende Fragen, es fiel mir leicht zu lügen. Und vielleicht log ich ja gar nicht, vielleicht lag mein Vater ja tatsächlich im Sterben, oder er war bereits tot und meine Mutter hatte Selbstmord begangen, wie ich es jahrelang befürchtet hatte. Diese Angst, die mich so lange verfolgt hatte, bis ich von zu Hause wegging, kehrte zurück. Wie ein eiserner Schraubstock legte sie sich erneut um meine Brust, und es gab Momente, in denen ich den vertrauten Impuls verspürte, einfach loszurennen, zu rennen und zu rennen, all die Kilometer bis nach Wien und in den Marsweg, atemlos die Tür aufzureißen und zu sehen, ob sie noch lebte, wie ich es früher oft getan hatte, mitten in einer Vorlesung oder auf dem Weg zum Einkaufen.

Unterdessen hatte Paul angefangen, seine Zeichnungen überall in der Wohnung aufzuhängen, er sagte, er müsse sie ständig sehen, damit sie ihren Schrecken verlören. Er probierte verschiedene Systeme aus, hängte die Bilder, auf denen mein Vater und mein Großvater zu sehen waren, ins Wohnzimmer und meine Mutter in die Küche, Franjo hing zunächst im Schlafzimmer. Dann übersiedelte er ihn in den Flur, zusammen mit meiner Mutter, hängte meinen Großvater in die Küche, schließlich arrangierte er bestimmte Kombinationen aller Familienmitglieder in verschiedenen Zimmern. Dazu kam, dass er die Angewohnheit entwickelte, mit ihnen zu reden, er sagte Dinge wie: *Schon gut, alles wird gut*, während er eine neue Zeichnung aufhängte, oder: *Es tut mir leid, aber ich konnte nichts mehr tun.* Ich dachte, nun hätte er endgültig den Verstand verloren, doch natürlich war ich es, die langsam durchdrehte. Ich lebte in einer Art Familiengrab, einem Leichenschauhaus, in das ich täglich aus freien Stücken zurückkehrte. Ich bekam unkontrollierte Schweißausbrüche, plötzliche Sehstörungen, meine Tage blieben aus, und mein linkes Augenlid zuckte manchmal eine halbe Stunde lang, ohne dass ich es daran hindern konnte. Ich wusste nicht, warum ich Paul nicht mitsamt seinen Träumen hinauswarf, in meine Dschungelschuhe schlüpfte und verschwand. Vielleicht hatte ich den Punkt äußerster Fremdheit mir selbst gegenüber erreicht, nach

dem ich so lange auf der Suche gewesen war. Es fühlte sich an, als würde ich demnächst aus meinem Leben hinauskippen wie aus einer Skibindung.
Ich war kurz davor, alle Bilder von den Wänden zu reißen, ich träumte den Tanz tausender kleiner Fetzen Papier, die auf meine Straße rieselten, Sommerschnee, da hörte Paul plötzlich auf, Leichen zu malen, von einem Tag auf den anderen. Stattdessen fertigte er nun Porträts an, lebendige Porträts, lächelnde, zornige, traurige, gedankenverlorene Bilder der ehemals Toten. Er erklärte mir, nun wisse er, was er zu tun habe, wie er sie retten könne – indem er ihnen mit dem Bleistift Leben einhauchte. Er entwickelte einen nahezu religiösen Eifer, gepaart mit einer merkwürdigen Euphorie, die mir nicht ganz geheuer war. Dennoch konnte ich nicht umhin, erleichtert zu sein, der Schraubstock um meine Brust lockerte sich ein wenig, und ich ertappte mich dabei, wie ich vor einem Bild meiner Mutter stand, versunken in den Anblick dieses Gesichts, das ich so lange nicht gesehen hatte. Es war ein seltsames Bild, ich konnte nicht entscheiden, ob der Ausdruck ihrer Augen überrascht, erfreut oder sogar entsetzt war, die verschiedenen Emotionen schienen dauernd zu wechseln, während ich das Bild betrachtete. Ihr Haar war offen – so hatte sie es nur getragen, bevor sie zu Bett ging –, und die Sehnen an ihrem Hals traten deutlich hervor, wie bei einer alten Frau. Erst als ich mich gerade abwenden wollte, um in die Küche zu gehen und das Abendessen vorzubereiten, sah ich, dass etwas Entscheidendes fehlte: Sie hatte keinen Mund.
Als ich in die Küche kam, saß Paul am Tisch vor einer offenbar fertigen Zeichnung. Er sah nicht auf, als ich hereinkam, es war möglich, dass er mich gar nicht be-

merkt hatte, so vertieft war er in das Bild. Ich begann, Zwiebeln zu schneiden. Das Fenster stand offen, draußen fiel ein für diese Jahreszeit ungewöhnlicher Regen, ein leichter, feiner Regen, der nichts wog und nach poliertem Silber roch. In der Küche war es still, nur das monotone Tack-tack-tack des Messers auf dem Schneidbrett zerhackte die Zeit in dünne Scheiben, vor dem Messer zerfiel die Zwiebel in kleine Würfel. Ich fiel in Trance, jene Art von Trance, die durch einfache Tätigkeiten hervorgerufen wird: kehren, Geschirr spülen, Gemüse putzen, Unkraut jäten, stricken. Ich dachte an die Mädchen und Frauen in den Spinnstuben, die sich Märchen erzählt hatten, an Dornröschen, die sich an der Spindel gestochen und hundert Jahre geschlafen hatte. Ich spürte, wie müde ich war, die Müdigkeit kroch mir die Beine hinauf wie Dornengestrüpp, gerne hätte ich mich davon überwuchern lassen, ich hätte nichts dagegen gehabt, hundert Jahre zu schlafen, ich stellte es mir friedlich vor. Das Bild unseres Gartens tauchte vor mir auf, am Ende war er völlig verwildert gewesen, zugewachsen, eine Erinnerung an das Paradies. Meine Mutter kam mir in den Sinn, wie sie in der Hintertür unseres Hauses stand und ihren leeren Blick über die kaum noch erkennbaren Beete schweifen ließ, in denen der Efeu mit seinen knorrigen Fingern langsam das verdorrte Unkraut überzog.

Plötzlich sagte Paul:

Der da ist Franjo.

Ich drehte mich so ruckartig um, dass ich mit dem Ellenbogen das Schneidbrett hinunterwarf, die Zwiebelstückchen verteilten sich auf dem Boden, eine Katze aus der Nachbarschaft, die auf dem Fenstersims gesessen hatte, sprang in die Küche, schnupperte und nieste. Ich

stand da, das Messer in der Hand, und starrte Paul an, doch er sah immer noch auf die Zeichnung.
Seltsam, sagte er stirnrunzelnd, ich habe ihn nicht erkannt, solange er tot war, aber jetzt … er schüttelte den Kopf. Die Augen, der Mund … dieser Mund, hat er ihn von deiner Mutter oder deinem Vater?
Von meiner Mutter, sagte ich schwach und ließ mich auf einen Stuhl fallen. Erst jetzt sah Paul mich an. Er musterte mich aufmerksam, ich spürte, wie er mich langsam durchdrang wie zuvor das Bild, die Poren meiner Haut, den Panzer der Muskulatur, die Säcke, in denen meine Organe hin- und herschwappten. Es war unmöglich, mich zu entziehen, wegzusehen, ich wusste nicht einmal, ob ich es wollte. Ich saß einfach da und ließ es geschehen wie eine notwendige Operation. Als ich mich endlich doch aus seinem Blick löste, sah ich das Messer, das ich immer noch in der Hand hielt. Vorsichtig legte ich es vor mir auf den Tisch, genau parallel zur Tischkante.
Warum hat sie keinen Mund?
Wer? Paul blinzelte.
Meine Mutter. Auf dem Bild im Flur, warum hat sie keinen Mund?
Ich beobachtete sein Gesicht genau, doch es war kein Zeichen der Überraschung in ihm.
Ich weiß nicht, sagte er. Ich habe sie so geträumt.
Er stand auf und ging um den Tisch herum. Als er hinter mir war, spürte ich die lebendige Wärme seines Körpers wie die eines Tieres.
Aber vielleicht weißt du es, sagte er leise, dann legte er seine Hände auf meinen Kopf, als wolle er durch die Berührung dieses Wissen aus den weichen Schichten unter meiner Schädeldecke zum Leben erwecken. Doch

mein Bewusstsein schwand rasch dahin, die Konturen des Tisches mit der Zeichnung und dem Messer darauf wurden undeutlich, und meine Gedanken schwammen auf kleinen Booten einen unbekannten Fluss hinunter. Ich hielt sie nicht auf.
Als ich wieder zu mir kam, lagen wir halbnackt auf dem Fußboden zwischen Zwiebelwürfeln und den Trümmern meiner alt gewordenen, schäbigen Rüstung. Die Katze lag auf einem Stuhl und schlief.

Wir besuchten unseren Großvater. Mutter hielt Franjo und mich an, unsere besten Sachen anzuziehen, und fuhr mit uns in die Innenstadt. An der Oper stiegen wir aus der Straßenbahn und gingen über die Kärntnerstraße. Es war Herbst, und der Wind trieb weggeworfene Flugblätter vor sich her, es roch nach Maroni, Parfum, Pralinen, Leberkäse und neuen Schuhen, alles auf einmal. Ich schloss die Augen und versuchte, die verschiedenen Gerüche voneinander zu isolieren, Mutter musste mich an der Hand nehmen, sonst wäre ich dauernd in andere Fußgänger hineingerannt.
Wir kamen unangemeldet. Mutter hatte ja keine Telefonnummer, nur die Adresse, die sie auf den Briefen als Absender gelesen hatte, bevor sie zu Asche wurden: Himmelpfortgasse 11, Tür Nr. 8. Sie muss sie notiert oder im Gedächtnis behalten haben, das Haus hat sie bestimmt wiedererkannt. Das Tor war riesig, zwei bronzene Löwenköpfe waren in der Mitte der Torflügel angebracht, mit massiven Ringen im Maul. Ich hätte gerne damit angeklopft, ich stellte mir den Klang vor: dumpf und gewaltig, mit einem langen Nachhall. Mutter fuhr mit dem Zeigefinger die Schilder an der Gegensprechanlage entlang, bei Abaza machte sie halt und klingelte.

Nichts geschah. Franjo sah misstrauisch an der Hausmauer empor, dabei schirmte er seine Augen ab, obwohl die Sonne nicht schien. Es war eine Geste, die er sich seit kurzem angewöhnt hatte, als wäre helles Licht eine Zumutung für seine empfindlichen Augen. Mutter klingelte ein zweites Mal, dann schob sie den Ärmel ihres Mantels zurück, sah auf die Uhr und seufzte. Doch sie gab nicht auf. Sie ging mit uns in eine teure Konditorei und bestellte, ohne mit der Wimper zu zucken, Kakao und Torten für Franjo und mich. Sie selbst trank nur ein Glas Tee, wie immer ohne Zucker, aber ich sah sie die ganze Zeit an den zwei Zuckersäckchen herumnesteln, die auf dem Rand ihrer Untertasse lagen. Ich konnte den Blick nicht von ihren Fingern lassen.
Nach einer Stunde probierten wir es noch einmal, diesmal hatten wir mehr Glück. Wir stiegen über eine steinerne Wendeltreppe hinauf in den dritten Stock, Mutter keuchte ein wenig, als wir oben ankamen. Großvater stand in der geöffneten Tür.
Entschuldigen Sie die Störung, sagte meine Mutter und griff nach meiner Hand, als würde ich gleich wieder mit jemandem kollidieren. Ich bin Magda Abaza, ich weiß nicht, ob Sie sich an mich erinnern. Sie wandte den Kopf erst in meine Richtung und dann zu Franjo, der fast so groß war wie sie.
Und das, fügte sie hinzu, sind Ihre Enkelkinder.

Die hervorstechendste Ähnlichkeit zwischen Vater und Großvater lag in den Augen: große, dunkle Fenster in eine fremde Welt. Ich fand, Großvaters Augen sahen noch trauriger aus, aber auch freundlicher. Wenn es mir gelang, meinem Vater in die Augen zu schauen, sah ich meist nur meine eigene Spiegelung, winzig klein und verzerrt. Seine Pupillen waren viel größer als die anderer Leute, sie machten mir immer ein wenig Angst. Manchmal träumte ich, Vater sei groß wie ein Gebirge, ich kletterte auf ihm herum und überall lauerten Gefahren: Seine Brust war Erdbebengebiet, die Nase ein Vulkan und die Pupillen schwarzes Wasser, das mich magnetisch anzog. Manchmal fiel ich hinein und manchmal nicht.

Auch Großvater hatte große Pupillen, doch bei ihm wurde ich mehr angezogen von der sanften, braunen Iris rundherum. Als wir ihn an diesem Donnerstag im Oktober das erste Mal besuchten, war er dreiundsechzig Jahre alt, sein Haar war dicht, jedoch fast vollständig ergraut. Er trug einen vornehmen, altmodisch wirkenden Anzug, dessen Jackett er ablegte, sobald wir saßen. Eine ältliche Haushälterin servierte uns Tee in den Salon, wie Großvater das Zimmer nannte, das vollgestopft war mit Dingen, die ich noch nie gesehen hatte: wuchtige Möbel aus dunklem Holz mit eingeschnitzten Ornamenten, eine reich verzierte Pendeluhr mit einer Tänzerin aus Porzellan in der Mitte, die sich zu jeder vollen Stunde, wenn die Uhr schlug, mit angezogenem Bein um sich selbst drehte. Ein gewaltiges goldgerahmtes Ölbild, Männer in Turbanen und Pumphosen ritten aufeinander zu und kämpften mit Schwertern, die sie über ihren Köpfen schwangen. Eine Unzahl kleinerer Figuren aus Metall, Stein oder Holz stand in einer Glasvitrine, mir gefiel besonders ein Frauenkopf mit einem merkwürdigen Hut, der aus ihrem Kopf zu wachsen schien. Der Hals dagegen war so dünn, dass ich Angst hatte, er würde jeden Moment brechen. Sie war wunderschön. Großvater folgte meinem Blick und erklärte mir, dies sei Königin Nofretete und er könne mir ein andermal mehr über sie erzählen, wenn ich wollte. Ich fühlte mich ertappt und sah sofort woanders hin. Auf einem schwarzen, länglichen Holzkasten standen zwei Lampen mit grün schimmernden Schirmen und Glasperlenschnüren, die jedes Mal, wenn jemand durchs Zimmer ging, ein besonderes Geräusch erzeugten, ein kühles Geräusch, wie Kiesel am Strand, wenn sich die Welle zurückzieht. Ich brauchte eine Weile, bis ich begriff, dass der schwarze Holzkasten ein Piano war. Ich saß mit offenem Mund da und glotzte minutenlang das Klavier an, während Großvater uns alle nacheinander anschaute und den Kopf schüttelte. Unglaublich, sagte er immer wieder, ich kann es einfach nicht glauben. Dann beugte er sich zu Franjo vor und sah ihm direkt ins Gesicht. Wie alt bist du jetzt, mein Junge. Franjo starrte ihn an und antwortete nicht, seine Hände steckten zu Fäusten geballt in den Hosentaschen. Fast dreizehn, sagte meine Mutter, im November hat er Geburtstag. Am wievielten, fragte Großvater, ohne Franjo aus den Augen zu lassen. Franjo öffnete den Mund ein ganz klein wenig, gerade so viel wie nötig. Am vierten, sagte er und machte seinen Mund so schnell wieder zu, als hätte er die zwei Worte gar nicht ausgesprochen, sondern sie wieder eingesogen und hinuntergeschluckt, bevor sie ihn verlassen konnten. Großvater lehnte sich zurück und lächelte. Ein Skorpion, sagte er. Ich sah, wie Mutter kurz die Augen schloss und unmerklich den Kopf schüttelte, doch Großvater beließ es dabei, er erwähnte nicht, dass Franjo im selben Tierkreiszeichen geboren war wie sein Vater. Komm mit, sagte er und stand auf, ich möchte dir etwas zeigen. Er fasste Franjo an der Schulter und schob ihn vor sich her aus dem Zimmer. Ich stand ebenfalls auf, um ihnen zu folgen, doch Mutter hielt mich am Ärmel zurück. Ich verstand, trotzdem war ich eingeschnappt. Mürrisch schlenderte ich hinüber zum Klavier und strich mit der Hand über die glänzende, polierte Oberfläche. Unauffällig versuchte ich, den Deckel zu öffnen, ohne dass Mutter es sah, doch er war versperrt.

Abends im Bett erzählte mir Franjo, Großvater habe ihm eine erstaunliche Sammlung von Korallen, Seesternen und anderen Meeresfossilien gezeigt. Das hatte Franjos Zunge gelöst, er hatte ihm von den Fischen erzählt, die er besaß und von denen, die er nur aus Büchern kannte, von seinem Traum, sie aus nächster Nähe zu beobachten. Großvater hatte Franjo erzählt, dass er am Meer aufgewachsen sei, in der Nähe einer berühmten Stadt namens Alexandria. Es sei nun schon achtundvierzig Jahre her, dass er seine Heimat verlassen habe, und noch immer vermisse er den Geruch von Salz und Fisch.

Beim Abendessen fragte mein Vater, wo wir gewesen seien.

Im Naturhistorischen Museum, antwortete Mutter, ohne zu zögern, und häufte lächelnd Salat auf seinen Teller. Ihr Lächeln machte mir Angst.

Ich bekam Klavierstunden in Großvaters Salon. Ein schlaksiger Student kam einmal die Woche und gab mir Unterricht im Schein der grünen Lampen. Mit seinen langen Haaren und der kleinen, runden Nickelbrille sah er aus wie John Lennon. Seine schmalen Finger huschten über die Tasten, als würde er sie gar nicht anschlagen, sondern die Töne auf irgendeine andere, magische Weise aus ihnen herausholen. Ich war besessen davon, diese Magie zu erlernen, aber der Weg war weit, und ich konnte Großvater nicht so oft besuchen, wie ich es gerne getan hätte. Manchmal lag ich abends lange wach und spielte Klavier auf meiner Bettdecke, und Franjos Fische sangen dazu.

Ich hielt inne. Paul saß mir gegenüber auf dem Fensterbrett und rauchte, was er selten tat, es wirkte immer ein wenig linkisch. Er sah mich nicht an, sondern fixierte einen Punkt irgendwo am Himmel, weit weg. Wahrscheinlich wusste er schon, was kommen würde, dennoch war mir bang, und einen Moment lang verließ mich der Mut. Da tastete Paul nach meiner Hand, sie war ein wenig kühl und seine sehr warm. Ich spürte, wie die Worte hinter meinem Kehlkopf aufliefen, wie mein Hals zu eng wurde, es schmerzte. Ich *musste* weitersprechen. Wenn ich es nicht tat, würde ich mich selbst verlieren.

Wenn ich richtig rechne, begann Franjo seinen ersten Tauchkurs im März 1982, etwa vier Monate nach seinem dreizehnten Geburtstag. Es war Großvaters Geschenk an ihn gewesen, ein hellblauer Gutschein auf einem großen quadratischen Paket, in dem sich die Ausrüstung befand. In unserem Zimmer probierte er sie an, ich werde den Anblick nie vergessen: Dünn wie er war, in dem hautengen, schwarzen Tauchanzug, mit seinen viel zu langen Armen und Beinen. Hinter der Taucherbrille wirkten seine Augen noch größer, und als er mit den Flossen an den Füßen durchs Zimmer stakste, erinnerte er mich an ein riesiges Insekt. Vor dem größeren der beiden Aquarien ging er in die Knie und drückte die Brille an das Glas. Mindestens eine Viertelstunde lang verharrte er reglos in dieser Position, die Arme um die Beine geschlungen. Er hockte da wie eine riesige Schildkröte oder ein Krokodil, diese Tiere im Zoo, die sich nie bewegen, wenn man hinsieht. Ich saß an meinem Schreibtisch und versuchte, meine Hausaufgaben zu machen, aber ich konnte mich unmöglich konzentrieren, immer wieder wanderte mein Blick zu dem erstarrten Wesen vor dem Aquarium.

Er war eine seltsame Mischung damals. Vermutlich sind alle Dreizehnjährigen eine seltsame Mischung, aber Franjo war anders als die Jungen, die morgens mit ihm an der Bushaltestelle standen. Dass er sich fast ausschließlich schwarz anzog, fiel Anfang der Achtziger nicht weiter auf. Auch seine Frisur, der wirre, halblange Wildwuchs seiner dunkelbraunen Locken, die ihm die Augen verdeckten, wenn er sie nicht aus dem Gesicht strich, war nichts Besonderes. Es waren seine Gesten und die Mimik, die viel zu erwachsen wirkten und im krassen Gegensatz zu seinem jungen, faltenlosen Gesicht und dem unfertigen Körper standen – die Art, wie er die Stirn runzelte oder die Lippen schürzte oder sich mit der Hand über den Mund fuhr. Wie er irgendwo stand, die Handrücken an den Hüften, und ins Leere schaute. Er saß nicht breitbeinig und mit hängenden Schultern wie seine Altersgenossen, sondern mit übergeschlagenen Beinen, einen Ellenbogen über der Lehne, wie ein alter Mann in einem Café. Er sah dabei nicht aus, als würde er jemanden nachahmen, einen Erwachsenen vielleicht, den er bewunderte. Franjo bewunderte niemanden. Seine Körpersprache wirkte völlig authentisch, und dann machte er den Mund auf und heraus kam eine krächzende Stimme, die ständig zwischen zwei verschiedenen Tonlagen hin- und herkippte und überhaupt nicht zu seiner Erscheinung passte. Auch einige seiner Angewohnheiten oder vielmehr ihr Fehlen war untypisch für sein Alter. Er hörte zum Beispiel keine

Musik. Lange Zeit dachte ich, er protestierte damit gegen Vater, aber als ich ihn einmal danach fragte, sagte er, er habe nichts gegen Musik, Stille sei ihm einfach nur am liebsten. Wenn ihm etwas misslang, fluchte er nicht, nur seine Augen wurden ein wenig schmaler, er spannte die Lippen an, presste sie aufeinander, und dann probierte er es noch einmal. Es kam vor, dass er etwas aufgab, doch selbst dann hörte ich nie eine grobe Unmutsäußerung aus seinem Mund, er trat nicht gegen die Wand und schmiss keine Türen hinter sich zu. Er schien alle Energien, die sich bei anderen körperlich oder verbal entluden, in sich zu speichern und zu verdichten. Als ich Jahre später im Physikunterricht von extremer Komprimierung von Masse hörte, die zu schwarzen Löchern kollabieren konnte, dachte ich an Franjo. Weder Materie noch Licht oder Information, so hieß es, können aus einem schwarzen Loch nach außen gelangen. Die Grenze dieses Bereichs heißt Ereignishorizont. Ich saß in der dösigen Atmosphäre einer sommerlichen Schulstunde und überlegte, wann Franjo hinter diesem Ereignishorizont verschwunden war, aber es fiel mir nicht ein. Ich muss mit etwas anderem beschäftigt gewesen sein, als es passierte.

Eine Sache, die vor allem Franjos Lehrer irritierte, war seine Eigenart, über eine dritte Person zu kommunizieren. Wenn ihm etwas unangenehm war oder er jemanden nicht mochte, sprach er nicht direkt mit ihm, sondern wandte sich an jemand anderen, um sich mitzuteilen. Fragte ihn zum Beispiel der Mathelehrer, wo er sein Arbeitsbuch habe, wandte sich Franjo an seinen Tischnachbarn: Sag ihm, ich hab's im Schwimmbad vergessen. Der Tischnachbar dachte, dies sei Franjos ganz persönliche, perfide Art, Lehrer auf den Arm zu nehmen, grinste bewundernd und sagte zu Professor Thalhammer: Franjo Abaza lässt Ihnen ausrichten, er hat sein Arbeitsbuch im Schwimmbad vergessen. Aber Franjo hatte Thalhammer gar nicht auf den Arm nehmen wollen. Er senkte den Kopf über sein Heft, während alle lachten und Thalhammer ihm eine Extrahausübung aufbrummte. Geschichten wie diese kursierten viele über Franjo, als ich auf dasselbe Gymnasium kam wie er, aber nur ich kannte ihren Ursprung und ihre Bedeutung. Zu Hause hatten wir uns längst an diese merkwürdigen Unterhaltungen gewöhnt. Zu Anfang hatte Vater Franjo noch direkt angesprochen, und Franjo hatte einfach nicht geantwortet, seine Wand des Schweigens installiert. Ein paar Mal rannte Vater gegen diese Wand, nicht oft, dann gab er auf. Sag deinem Sohn, er soll das Holz in den Schuppen räumen, sagte er zu Mutter, sag ihm, er soll mir das Ketchup aus der Küche holen. Dein Vater bittet dich, das Ketchup zu holen, sagte Mutter zu Franjo. Ich habe nicht gehört, dass er mich darum bittet, sagte Franjo zu seinem Teller, er soll sich das Ketchup selbst holen, niemand außer ihm isst welches. Mutter ging nicht soweit, auch diese Sätze zu wiederholen. Sie nickte bloß ihr berühmtes, kleines Nicken und aß weiter. Vater umklammerte sein Besteck so fest, dass seine Fingerknöchel weiß wurden, und ich überlegte fieberhaft, was ich von der Schule erzählen konnte, irgendwas Nettes über den letzten Ausflug vielleicht. Mutter würde sich nach Details erkundigen, in einem leichten, freundlichen Tonfall, und ich würde noch mehr erzählen. Unser Gespräch würde sein wie ein dickes, weiches Federbett über dem Schweigen. Keiner würde es hören.

Franjo fing an, seinen Körper zu trainieren. Er erklärte mir, es sei wichtig, die Muskeln zu stärken und das Lungenvolumen zu erhöhen. Täglich machte er seine Liegestütze und Sit-ups, und ich sah ihm dabei zu. Es kommt mir vor, als hätte ich Jahre damit verbracht, Franjo zuzusehen: wie er las und schwieg und schwitzte und lernte. Als er das erste Mal übers Wochenende an den Attersee fuhr, um seine Freiwassertauchgänge zu machen, wäre ich am liebsten mitgefahren. Ich hätte gerne gesehen, wie er sich mit einer Flasche auf dem Rücken ins Wasser gleiten ließ, eigentlich wollte ich unter Wasser in einer Glaskuppel sitzen und ihn beobachten, wie er sich bewegte und ob er Schwimmhäute zwischen den Fingern bekam. Diese Fantasie ging auf einen Traum zurück.

Ich hielt erneut inne. Die Erinnerung an den Traum war so plötzlich gekommen, ich hatte nicht gehört, wie sie auf nackten Sohlen durch die unterirdischen Gänge getappt war, um mich rücklings zu überfallen und ihre kalten Finger an meinen Hals zu legen. Ich schluckte, aber natürlich half das nicht. Eine Erinnerung ist nicht wie ein Stück Wurst, das man hinunterschlucken und verdauen kann, um dann auszuscheiden, was man davon nicht braucht.
Du musst ihn nicht erzählen, sagte Paul. War es ein schlimmer Traum?
Nicht, als ich ihn träumte. Das war, als ich vier oder fünf Jahre alt war. Mutter las mir damals eine Menge Geschichten von Meerjungfrauen vor, und in diesem Traum sah ich Franjo mit dem Unterleib eines Fisches durch eine fantastische Unterwasserlandschaft schwimmen. Es sah elegant aus, wie er sich dahinschlängelte,

sein schuppiger Fischschwanz schimmerte, mit den Armen machte er weit ausholende Bewegungen und teilte das Wasser. Seine Haare zog er hinter sich her wie ein breites, braunes Band. Zwischen den Fingern hatte er Schwimmhäute, die hatte ich bei den Enten gesehen, denen ich im Winter Brot brachte, wenn der Teich im Park zugefroren war. Es passierte nichts weiter, es war nur Franjo, halb Mensch, halb Fisch, und ich sah ihm zu.

Und wo warst du?

Ich konnte Pauls Gesicht kaum noch erkennen, es war Nacht geworden, die Kerze auf dem Tisch erleuchtete den Raum nur schwach. Aber sein Blick war zurückgekehrt zu mir, ich fühlte ihn auf meinem Gesicht, jedoch anders als vorher, ruhiger, weniger eindringlich.

Ich dachte über seine Frage nach, über meine Position in diesem Traum. Ich war nicht unter Wasser gewesen, ich hatte ja keine Schwimmhäute gehabt wie Franjo. Trotzdem hatte ich ihn gesehen. Ich hatte *ihn* gesehen, aber nicht mich selbst, nicht einmal meine Arme und Beine. Es war, als hätte ich eine kleine Tür oder ein Fenster in einem Kasten aufgemacht und hineingeschaut, verbotenerweise.

Ich weiß nicht, sagte ich. Nirgends, ich war nirgends. Ich bin in meinem eigenen Traum nicht vorgekommen. Seltsam, nicht?

Ein leichter Wind kam vom Nil herauf, er blies die Kerze aus, und wir saßen im Dunkeln.

7

Immer noch stehe ich da und schaue das Bild an, schaue hindurch auf andere Bilder, jedes eine Tür zum nächsten, als sich rechts von mir eine wirkliche Tür öffnet, die ich bisher nicht bemerkt habe. Die Musik wird plötzlich laut, ein Mann kommt herein, beladen mit einem Teller Toasts, den er professionell auf dem Unterarm balanciert, in der Hand hält er ein Paket Butter, in der anderen ein Marmeladenglas, unter seinem Arm klemmt eine Saftflasche, zwischen den Zähnen ein Messer. Als er mich sieht, stutzt er kurz, sagt: hi, zwischen den Zähnen hindurch, dann stößt er mit dem linken Fuß die Tür hinter sich zu, in dem kurzen Augenblick dazwischen erkenne ich plötzlich die Musik – eine blitzartige Erinnerung an einen heißen Sommertag, ein Café irgendwo am Meer –, bevor sie sich wieder in ein Hintergrundgeräusch verwandelt. Der Mann stellt sein Frühstück auf dem improvisierten Tisch ab und setzt sich.

Want some toast?

Ich schüttle stumm den Kopf. Der Mann beginnt, eine Scheibe Toast mit Butter zu bestreichen, ich sehe ihm dabei zu, als hätte ich noch nie jemanden bei einer solchen Tätigkeit beobachtet. Der Toast knirscht, es riecht nach geschmolzener Butter.

Been looking at the pictures? You like them?

Ich nicke, dann strecke ich einen Finger aus und zeige auf Pauls Zeichnung, ohne noch mal hinzusehen.

Woher hast du diese Zeichnung?

Hab ich von einem Typen bekommen, in Prag.

Prag?
Ja, ich war da letzten Monat bei einer Gruppenausstellung dabei, nur Zeichnungen von jungen Künstlern. Hier in New York interessiert das niemanden.
Das Bild war ausgestellt?
Nein. Aber er hatte es dabei. Wir waren im selben Quartier untergebracht, und er hat sie mir gezeigt, eine ganze Mappe voller Porträts, immer dieselben Leute oder wenigstens Teile von ihnen. Ziemlich bemerkenswerter Stil, und dann die ganzen Tiere: Insekten in den Haaren, Fische als Augen und so weiter. Dieses hat mir am besten gefallen. Er deutet mit seinem angebissenen Toast auf Franjo und kaut geräuschvoll.
Und er hat es dir geschenkt?
Nicht geschenkt, geliehen. Er sagte, er könne es mir nicht schenken, weil es schon jemandem gehört. Aber er glaubte nicht, dass er die Besitzerin je wiedersehen würde. Das Kauen hört auf und der Mann sieht mich an, als fiele ihm erst jetzt auf, dass eine wildfremde Frau ihm eine Menge Fragen stellt.
Warum interessiert dich das alles?, fragt er, sein Blick ist eher neugierig als misstrauisch. Wanna buy it?
Ich nehme die Hände aus den Jackentaschen, dann weiß ich nicht, was ich mit ihnen anfangen soll und stecke sie wieder hinein.
Es gehört mir schon, sage ich.

Um drei Uhr morgens dresche ich mit der Faust gegen Liams Tür. Liam öffnet mir nach einer Ewigkeit in Boxershorts, in der Wohnung riecht es nach Sex. Ich stürme an ihm vorbei in sein Schlafzimmer, Marjana liegt in Liams Bett und sieht mich dümmlich an, auf ihrem weißen Hals prangt ein großer roter Fleck.

Steh auf, sage ich und reiße ihr die Decke weg, wir fahren nach Prag.
Du bist betrunken, sagt Liam von der Tür her, er lehnt im Rahmen und hat sich eine Zigarette angesteckt. So what, sage ich und pflücke im Vorbeigehen die Zigarette aus seinem Mund, Marjana sagt nichts. Im Bad werfe ich Zahnbürste, Duschgel, Hautcreme und Bürste in meine Toilettentasche, etwas zu schwungvoll räume ich das kleine Glasbord über dem Waschbecken, eine offene Schachtel mit Wattestäbchen kippt um, die Stäbchen purzeln ins Becken wie ein Mikadospiel. Marjanas erhitztes Gesicht taucht im Spiegel auf.
Was ist los? Wo warst du?
Erzähl ich dir später. Pack deine Sachen.
Während wir unsere überall verstreuten Kleidungsstücke einsammeln, wundere ich mich über mich selbst. Ich habe das Gefühl, in einem Fahrstuhl zu sitzen, von dem ich nicht weiß, in welchen Stock er fährt, ich kann mich nicht erinnern, einen Knopf gedrückt zu haben. Marjana packt mit gesenktem Kopf und einem dumpfen, resignierten Gesichtsausdruck, in den sich eine Spur von Schuldbewusstsein mischt, wenn unsere Blicke sich kreuzen. Ich bleibe kurz hinter dem Sofa stehen und sehe ihr zu, wie sie ihre Schuhe in verschiedenfarbige Organzasäckchen stopft, und plötzlich komme ich mir monströs vor, gleichgültig und grausam. Ich gehe um das Sofa herum, setze mich auf die äußerste Kante.
Es tut mir leid, sage ich, ohne zu wissen, was genau mir leid tut. Ich weiß nur, dass es mehr ist, als ich in Worten ausdrücken kann, und dass mein Bedauern gleichermaßen ihr und mir gilt.
Marjana nickt. Mir auch, sagt sie zu ihrer fertig gepackten Tasche und zieht den Reißverschluss zu.

Nein, hör zu. Wenn du bleiben willst …
Doch Marjana schüttelt den Kopf, eine kleine, aber entschiedene Bewegung, sie legt einen Zeigefinger an die Lippen, den anderen streckt sie aus wie ein Dirigent. Von nebenan ist Liams gleichmäßiges Schnarchen zu hören.

Ein paar Stunden später sitzen wir in einem Taxi Richtung Flughafen. Vorne neben dem Fahrer sitzt Joshua Rybnik, mein Engel von der Lower Eastside. Ich sehe seine borstigen Haarbüschel über der Kopfstütze, sie ragen in das milchige Sonnenlicht. Seit wir losgefahren sind, schaut Marjana unentwegt zum Fenster hinaus.
Auf der Brooklyn Bridge dreht sich Josh zu uns um und fragt: Are you sure you don't mind paying my ticket, Marjana sagt: No, ohne den Blick vom East River zu wenden, und nach gut zwei Minuten: Yes, I'm sure. Ich spüre, wie der Alkoholgehalt in meinem Blut stetig abnimmt, meine Glieder fühlen sich an, als wären sie mit einer gallertartigen Masse gefüllt, zu leicht und trotzdem schwer beweglich. Ich frage mich, wie ich mich in ein paar Stunden fühlen werde: nüchtern, mit zwei Menschen in einem Flugzeug, von denen ich einen kaum kenne, unterwegs in eine Stadt, die nur drei Zugstunden von Wien entfernt ist. Reisen ist Weggehen, hat Marjana gesagt, doch bei unserer Ankunft in New York, an einer Straßenecke in Midtown, habe ich in ihren Augen etwas anderes gesehen, und es hat mir Angst gemacht. Reisen bedeutet auch Zurückkehren, und man weiß nie, wohin.

Die Maschine hat Verspätung, wir sitzen fast sechs Stunden am Gate, weil das Bodenpersonal streikt. Ich erzähle Marjana von Paul, drehe währenddessen unzählige

Zigaretten, die ich hier leider nicht rauchen kann. Ich sage nichts über Franjo und meine Familie, nur, dass ich in Kairo mit ihm zusammengewesen sei, dass wir uns am Ende gestritten hätten und ich ihn habe gehen lassen, ohne seine Adresse oder Telefonnummer in Deutschland zu kennen. Ich erzähle ihr, dass er Zeichnungen für mich gemacht und sie mir erst geschenkt, dann aber mitgenommen habe, weil ich sie damals nicht wollte. Dass ich sie aber jetzt wolle, unbedingt.

Die Zeichnungen?

Ja, die Zeichnungen.

Und was ist mit ihm?

Ich sehe durch die getönten Scheiben auf das Flugfeld hinaus. Wie sorgfältig ich diese Frage vermieden habe und wie lange, diese Frage, die eine unbewältigbare Flut anderer, schwierigerer Fragen nach sich ziehen wird. Ich beobachte einen Jumbo, der in einer großen Schleife wendet, seine riesigen Flügel scheinen der Drehung des Körpers langsam und träge zu folgen. Für einen kurzen Moment bricht die Sonne durch die Wolkendecke, die metallene Oberfläche fängt einzelne Strahlen ein und wirft sie zurück. Ich schließe die Augen vor der plötzlichen Helligkeit, rote und violette Flecken erscheinen auf meiner Netzhaut, dann die lindernde, samtene Dunkelheit. Ich versuche, mir Paul vorzustellen, und sehe Franjo, als ich mich auf seine Gesichtszüge konzentriere, verwandeln sie sich in die von Paul. Ich schlage die Augen auf.

Ich weiß nicht. Ich kann das nicht unterscheiden.

Was unterscheiden?

Paul und die Zeichnungen, ich kann sie nicht auseinanderhalten.

Verstehe, sagt Marjana, und ich denke, nein, du verstehst nicht, du kannst gar nicht verstehen.

Marjana kratzt sich gemächlich am Kopf.
Na ja, wenn du die Zeichnungen wirklich haben willst, wirst du ihn zumindest einmal wiedersehen müssen.
Das weiß ich, ist doch klar, brause ich auf.
Ist ja gut, sagt Marjana beschwichtigend. Dann ist ja alles gut.

Josh sitzt ein wenig abseits und liest seit Stunden die *New York Times*. Er kennt die Geschichte ja schon, allerdings einen anderen Teil von ihr. Im Hinterzimmer einer kleinen Bar auf einem abgewetzten Sofa habe ich ihm von der Entstehung der Zeichnungen erzählt, von Pauls Träumen und ihren Hintergründen, soweit ich selbst sie verstehe. Von meiner Flucht vor über zehn Jahren, dem Schweigen und dem Lügen, wie ich beides aufgeben musste und wie ich genau das schließlich nicht ertrug. Josh war wie ein Löschblatt, er saugte meine Worte auf wie auslaufende Tinte aus einem ohne Absicht umgeworfenen Fass. Er saß still da und hörte zu und trank Unmengen Wodka, wegen seiner dicken Brillengläser war ich nie sicher, ob er mich ansah oder durch mich hindurch. Er sagte mir, sein Nachname, Rybnik, sei tschechisch und bedeute Fischteich, und ich fand diese Koinzidenz ziemlich gespenstisch. Hin und wieder stellte er kleine, detaillierte Fragen, die mich verblüfften.
Auf der Zeichnung von dir mit der Narbe auf der Stirn, fragte er beispielsweise, was trägst du da?
Was? Keine Ahnung, du meinst, welche Kleidung?
Er nickte. Ich versuchte, mich zu erinnern, und stellte fest, dass ich es nicht konnte. Ich sah das Bild vor mir, doch endete es knapp unterhalb des Gesichts, das dem meines Bruders so viel mehr ähnelte als in Wirklichkeit.

Da waren noch diese überlangen, hängenden Arme gewesen, aber ob sie nackt waren oder in irgendwelchen Ärmeln steckten, wusste ich nicht mehr.
Nicht so wichtig, meinte Josh, erzähl weiter.
Aber ich hatte das Gefühl, dass es doch wichtig war, auch wenn ich in diesem Moment nicht hätte sagen können, warum.

Mutter erfand für Franjo einen Freund. Er hieß Max, und Franjo war bei ihm zu Besuch, wann immer mein Vater nach ihm fragte. Es war mir unverständlich, warum er überhaupt nach uns fragte. Sein Interesse galt offenbar unserer bloßen Anwesenheit, darüber hinaus nahm er keinerlei Anteil an unserem Leben. Er hatte nicht mit uns gespielt, als wir klein waren, uns keine Geschichten erzählt, und er begleitete uns nicht auf die ausgedehnten Spaziergänge, zu denen uns Mutter sonntags überredete, wann immer sie konnte. Auch zum Eisessen kam er nicht mit, obwohl er Eis liebte. Wir brachten ihm seine Lieblingssorten in einer Styroporschachtel mit: Schokolade, Fiocco, Stracciatella. Vater verließ das Haus nur alle paar Wochen, immer allein, meist an einem Freitag- oder Samstagabend, erst gegen Morgen kam er wieder. Ich habe nie erfahren, wohin er ging, einmal fragte ich ihn, und er sagte mir, er besuche einen alten Freund. Ich stellte mir einen alten Mann vor mit langem, grauem Bart und Tränensäcken unter den Augen, obwohl klar war, dass er jemanden meinte, den er schon lange kannte. Es war schwer, sich meinen Vater in Gesellschaft eines Freundes vorzustellen, mit dem er sich unterhielt, vielleicht sogar Witze machte und lachte. Doch obwohl er sich so wenig mit uns beschäftigte, wusste er immer, wann Franjo und ich eigentlich zu

Hause sein müssten. Es entging ihm nicht, dass sich nach unserem ersten Besuch bei Großvater unsere Abwesenheiten häuften, und so entwarf Mutter unser imaginäres gesellschaftliches Leben. Während ich meine Klavierstunden bekam und Großvater mir im Anschluss die ägyptische Umgangssprache beibrachte, damit er selbst sie nicht vergaß, saß ich in Vaters Vorstellung bei meiner Freundin Nina und machte Hausaufgaben oder ging mit ihr zum Eislaufen. Der Beginn von Franjos Tauchkurs war die Geburtsstunde von Max. Mutter gebar ihn aus der Notwendigkeit, unseren heimlichen Kontakt zu Großvater vor seinem Sohn zu verbergen, doch mit der Zeit beschlich mich das Gefühl, dass sie ihn auch für sich selbst erfunden hatte. Franjo hatte keinen wirklichen Freund, obwohl er mit allen gut auszukommen schien. Er machte auf mich nie den Eindruck, als ob er einen solchen Freund vermisste, doch genau diese Bedürfnislosigkeit machte Mutter zu schaffen. Max wurde ihr persönliches Sinnbild für Normalität, eine Normalität, von der wir uns zunehmend entfernten. Mutters Aufenthalte im Badezimmer waren damals schon regelmäßig. Wenn sie nicht arbeitete, pendelte sie zwischen Bad und Garten, ihre Haut war dauerhaft aufgeweicht und schuppte an manchen Stellen so stark, dass sie überall in der Wohnung kleine Häufchen weißer Hautpartikel hinterließ. Das Abendessen fiel oft aus, wir standen in der Küche, aßen Wurst und Käse aus dem Papier, und ich brachte Vater ein paar belegte Brote ins Wohnzimmer, als wäre er krank oder gebrechlich. Das Wort Depression war mir damals noch unbekannt.

Als Franjo begann, an den Wochenenden zum Tauchen nach Oberösterreich zu fahren, bekam Max eine neue Dimension. Mutter erzählte bei Tisch von seinen Eltern, einem gut verdienenden, freundlichen Zahnarztehepaar, das ein Ferienhaus am Attersee mit eigenem Badesteg besaß. Max war ein Einzelkind, und wie alle Jugendlichen fand er es langweilig, die Wochenenden nur in Gesellschaft seiner Eltern auf dem Land zu verbringen. Also hatten sie ihm vorgeschlagen, doch seinen Freund Franjo mitzunehmen, das Haus sei groß genug, und außerdem mochten sie Franjo. Welch ein Glück für ihn! Auf dem Gesicht meiner Mutter lag echte Freude. Ich saß über meinen kalt gewordenen Palatschinken und fragte mich, ob sie wusste, dass sie log.

Die Welt spaltete sich. Es entstanden dünne Risse an der Oberfläche, ich lugte hindurch und schaute ins Nichts. Dieses Nichts machte mir Angst, es hatte keinen Namen und keine Form, weder Farbe noch Geruch. Gebannt schaute ich zu, wie die Risse breiter wurden. Wenn ich mich nur für einen kurzen Augenblick abwandte, konnte etwas Unwiderrufliches geschehen. Ich musste wachsam sein, immer, in jeder Sekunde, für jedes Detail. Ich wollte sehen, wie die Welt auseinanderbrach. Aber ich sah es nicht.

Leise summend steht das Flugzeug in der Luft. Marjana und Josh sitzen links und rechts von mir, beide schlafen, den Kopf in unnatürlichen Positionen abgeknickt. Ich kann nicht schlafen, obwohl ich seit mehr als dreißig Stunden wach bin. Auf meinem Schoß liegt das Foto von Franjo und mir, das ich seit zehn Jahren mit mir herumschleppe. Es kommt mir unwirklich vor, dass es noch heil ist: der silberne Rahmen, das Glas und das Papier dahinter, wir beide auf dem Papier, für immer heil. Ich muss an eine Zeichnung denken, die Paul von Max gemacht hat. Er zeichnete ihn mit Dreadlocks, eher klein, kompakt, er hatte ein offenes, freundliches Gesicht und lächelte unbekümmert. Er trug Franjo auf dem Rücken, der seine langen, dünnen Arme und Beine um ihn geschlungen hatte wie eine Spinne. Franjo trug eine Taucherbrille, die ein bisschen aussah wie eine Gasmaske, und schlief, den Kopf an Max' Rücken gelehnt. Als Paul es mir zum ersten Mal zeigte, dachte ich, es sei ein einfaches Bild. Es schien von Mutters Wunsch zu handeln, es möge jemanden geben, dem Franjo sich anvertrauen konnte, der ihn nahm, wie er war und seiner entrückten Leidenschaft ein sonniges Gemüt entgegensetzte. Doch dann veränderte sich das Bild, noch während ich es anschaute: Max' Lächeln war auf einmal nicht mehr unbekümmert, sondern irre, es erinnerte mich an Mutter, ihr Lügenlächeln. Dann sah ich mir Franjo genauer an und dachte, um Himmels Willen, er ist ohnmächtig, er gehört sofort ärztlich versorgt, vielleicht stirbt er, und Max geht mit ihm spazieren, als wäre nichts! Ich erzählte Paul davon und er nickte.

Ja, es ist ein Vexierbild. Ich sehe es auch so.

Doch für mich war die Veränderung nicht reversibel, ich konnte nichts anderes mehr wahrnehmen als Max' wahnsinniges Lächeln und den dahinschwindenden Franjo.

Verstehst du nicht, rief ich, Mutter hat Franjo auf Max' Rücken geladen und ihn aufgegeben. Sie hat ihn mit einer Lüge abgespeist, genau wie Vater!

Doch Paul bestand darauf, dass beide Sichtweisen richtig waren und dass man sich der Wahrheit nur nähern konnte, wenn man sie beide im Auge behielt. Ich dagegen war blind vor Wut.

Sie hat uns alle belogen, schrie ich, meine Stimme überschlug sich. Sie hat uns belogen, weil sie sich selbst be-

logen hat! Sie hat sich eingeredet, wir wären eine Familie, aber unsere Familie war eine einzige Lüge!
Ich lief im Zimmer auf und ab wie ein eingesperrtes Raubtier, am ganzen Körper zitternd. Paul stoppte mich, nahm meine beiden Hände und sah mir direkt in die Augen.
Anna, sagte er leise, alle Familien haben ihre Lügen, und diese Lügen sind ihre Wahrheit. Oder jedenfalls ein Teil von ihr.
Ich hielt seinem Blick stand.
Es gibt es keine Wahrheit, sagte ich grimmig, ich spuckte die Worte aus wie ein hässliches Gift. Keiner hat sie mir je gezeigt.

Aber das stimmt nicht. Ich denke es unwillkürlich, während ich das Foto ansehe und mich an diesen Abend in Kairo erinnere, mir wird heiß bei dem Gedanken, und irgendwo in meinem Körper verspüre ich ein Brennen, das ich nicht lokalisieren kann. Paul hat mir ein Stück Wahrheit gezeigt, meine eigene Wahrheit. Er sah sie, weil er mich sah und weil er nicht wegschaute, als ich ihn belog, schwieg, ihn anschrie, und auch nicht, als ich mit ihm schlief. Er sah sie, weil er sehr genau hinschaute, mit der ihm eigenen Hartnäckigkeit, und er hörte nicht damit auf, als meine gesamte Familie aus mir herausspaziert kam wie die Gespenster und Skelette aus den Nischen der Geisterbahn. Mag sein, dass einiges von dem, was er da sah, mit ihm selbst zu tun hatte – erschrocken und beschämt stelle ich fest, dass ich wenig über ihn weiß, wir haben kaum über ihn gesprochen. Doch selbst, wenn ihm das recht war und er sich gerne in anderer Leute Geschichten versteckte, brauchte es mehr als Lust,

Neugier oder bloßes Interesse, um das zu vollbringen, was nun irgendwo in Deutschland zwischen zwei blauen Pappkartons lag. Es brauchte Hingabe, und sie galt mir.

8

In Prag riecht es nach Schnee und Europa. Es ist noch kälter als in New York und schon wieder Nacht. Ich habe die letzten zwei Flugstunden geschlafen, jetzt bin ich noch müder als zuvor, ich kann mich kaum auf den Beinen halten. Josh will zum Bus, er hält einen kleinen Zettel in der Hand mit der Adresse einer Jugendherberge, die er im Internet gefunden hat, doch Marjana dirigiert ihn zum Taxistand, öffnet wortlos eine Autotür und schiebt ihn auf den Beifahrersitz. Als wir im Intercontinental einchecken, fällt mir auf, wie selbstverständlich sich Marjana bewegt: die Schritte, mit denen sie die luxuriöse Hotelhalle durchquert, auf Englisch nach zwei freien Zimmern fragt, dem Rezeptionisten lächelnd ihren Pass übergibt und ihre Tasche stehen lässt in der Gewissheit, dass der uniformierte Hotelboy sie aufs Zimmer bringen wird, sich nach den Öffnungszeiten des Restaurants erkundigt – Codes, auf die sie sich verlassen kann, die überall auf der Welt gleich sind und immer funktionieren, solange man bezahlen kann. Joshua Rybnik steht daneben, die Hände in den Hosentaschen, er sieht auf seine Schuhspitzen und fährt sich alle dreißig Sekunden durch die Haare. Er hat seine Tasche nicht mal abgestellt und stakst steifbeinig hinter Marjana und dem Hotelboy zum Lift, offensichtlich fühlt er sich unwohl. Ich fühle mich gar nicht, oder vielleicht wie ein Chamäleon, ich nehme die Farbe des Fußbodens an und komme zurecht.

Auf dem Zimmer verstreut Marjana ihre Sachen auf dem Boden, plündert die Minibar, macht den Fernseher an und verschwindet im Bad. Ich sitze in einem cremefarbenen Fauteuil, lausche dem einlaufenden Badewasser und einem tschechischen Nachrichtensprecher, der eine riesige, grell geblümte Krawatte trägt. Ich frage mich, was Josh jetzt wohl macht, in seinem Einzelzimmer mit Blick auf die Moldau. Marjana wird eine Weile beschäftigt sein, sie kann Stunden im Bad verbringen, wenn ihr danach ist. Ich gehe zur Tür, öffne sie einen Spalt und spähe auf den menschenleeren Flur hinaus. Ein dicker, ebenfalls cremefarbener Teppichboden schluckt alle Geräusche, meine Schritte sind lautlos, man könnte hier unbemerkt jemanden erschießen, ohne einen Schalldämpfer zu benutzen. Joshs Zimmer liegt einen Stock tiefer, ich nehme die Treppe. Ich muss zweimal klopfen, bis er mir öffnet, in einem weißes Feinripp-Unterhemd, das ihm aus der Hose hängt, und mit einem Bier in der Hand.

Hast du noch Zigaretten, frage ich, um einen Grund zu haben.

Komm rein.

Sein Zimmer ist noch größer als unseres, obwohl nur ein Bett drinsteht, vielleicht als Entschädigung dafür, dass man alleine schlafen muss. Auch auf seinem Fernsehschirm der tschechische Nachrichtensprecher, wie der Mond, den man von jedem Fenster aus sehen kann. Auf einem kleinen Tischchen liegen die Zigaretten, Josh deutet mit dem Kopf auf das Päckchen, öffnet das Fenster und zieht sein Hemd an. Ich zünde uns beiden eine an und lehne mich neben ihn aufs Fensterbrett. Wir schauen hinunter auf den Fluss.

Eigentlich verrückt, sagt Josh nach einer Weile.

Was?

Na ja, meine Urgroßeltern haben hier noch gelebt, sind zur Schule gegangen, haben tschechisches Essen gegessen, in tschechischen Betten geschlafen und konnten kein Wort Englisch, als sie hier weg sind. Ich kann außer *pivo, prosim* und *dobry den* kaum ein Wort tschechisch und kenne von dieser Stadt nicht mehr als ein paar Kneipen und eine Galerie.

Hast du noch Verwandte hier?

Josh schüttelt den Kopf.

Mich friert. Ich schaue auf die Stadt am anderen Ufer und denke an Wien.

Ich stelle mir vor, wie es wäre, am Fenster eines Hotelzimmers zu stehen und auf den Donaukanal zu schauen.

Wie ist Wien?, fragt Josh.

Ich zucke mit den Achseln.

Ich erinnere mich nicht, sage ich.

Josh sieht mich von der Seite an, ich spüre seinen Blick, obwohl meiner immer noch am anderen Moldauufer klebt. Lange sieht er mich so an und denkt sich in mich hinein, so wie eine Schraube sich in ein Gewinde dreht. Dann wendet er langsam den Kopf ab und bläst Rauch in die kalte Luft.

Als ich in unser Zimmer zurückkomme, liegt Marjana immer noch in der ovalen Wanne aus grauem Marmor und schläft. Ihre Haare schwimmen im Wasser um sie herum wie schwarze Algen, der Badeschaum ist zu irisierenden Schlieren geschmolzen. Ich ziehe sie aus der Wanne, wickle sie in das Badetuch mit dem Hotelemblem und trockne sie ab, mit kleinen, kreisrunden Bewegungen, ihre Haut ist ganz aufgeweicht, ich vermeide es, sie zu berühren. Marjana murmelt unverständliche Sätze, fragt zwischendurch: Wo sind wir? Ich überlege kurz und sage dann: im Hotel. Als ich später unter der Dusche stehe, greife ich nach der kleinen, rechteckigen Seife mit der Aufschrift *Intercontinental Prague*. Sie riecht nach Hotel. Ich fange an, Hotels zu mögen.

Am nächsten Morgen scheint die Sonne. Wir frühstücken in einem großen Raum mit Glasfront, Marjana trägt eine riesige Sonnenbrille und bekleckert sich mit Orangensaft. Wir trinken jeder drei Kaffee und essen das halbe Buffet leer, fast sind wir in ausgelassener Stimmung. Josh rutscht ungeduldig auf seinem Stuhl herum und kann es nicht erwarten, seine Bilder zurückzubekommen. Vor einem Monat hat er sie nach Prag gebracht, in einem Billigflieger, Freitag hin, Sonntag zurück. Die Ausstellung hing zwei Wochen, als Überbrückung zwischen der Retrospektive eines verstorbenen tschechischen Malers und der Installation einer zeitgenössischen Künstlerin. Josh konnte sich nicht zwei Europaflüge innerhalb eines Monats leisten, sein Freund Jack, dem die Galerie an der Lower Eastside gehört und für den er arbeitet, hatte ihn zur Teilnahme an der Ausstellung überredet. Das ist deine Chance, sagte er, die Europäer mögen so was, und du hast immerhin einen tschechischen Namen. Wenn du nur zwei Blätter verkaufst, hast du das Geld für den Flug beisammen. Doch niemand kaufte Joshs Zeichnungen, seit Wochen lagen sie in einem dunklen Hinterzimmer, und Josh spielte in New York Poker übers Internet und trank Wodka. Marjana ist seine Retterin.

Wie kommt man zu so viel Geld?, fragt Josh sie unverblümt, während er Schinken mit Ei in sich hineinschaufelt.
Man wird geboren. Marjana lächelt ihn breit an und schiebt sich eine Gabel russischen Kaviar in den Mund. Ich verspüre das Bedürfnis, sie ihr aus der Hand zu schlagen, doch dann entscheide ich mich für eine Frage.
Weiß dein Vater, wo du bist, oder was hast du ihm erzählt?
Auschlandschschemeschter, erklärt sie mampfend, auf ihrer Nasenspitze klebt ein Fischei.
Sieht er sich die Kreditkartenabrechnungen nicht an?
Marjana schüttelt den Kopf und schluckt den Bissen hinunter.
Es interessiert ihn nicht, was ich tue.
Und deine Mutter? Irgendwie habe ich mich warmgefragt und kann plötzlich nicht mehr damit aufhören.
Marjana legt ihre Gabel auf den Teller, nimmt einen Schluck aus ihrer Tasse und schaut zum Fenster hinaus.
Meine Mutter ist tot.
Ein Ausflugsboot quält sich flussaufwärts. Ich möchte es sinken sehen.

Der Galerist drückt Josh eine schmale blaue Mappe in die Hand, dasselbe Modell, in dem mein graphisches Familienalbum verschwunden ist. Fünf Bleistiftzeichnungen im Passepartout liegen darin, Zeichnungen von Menschen, deren Körperteile sich voneinander getrennt haben. Alles ist vorhanden, aber man muss es suchen. Einzelne Fingergelenke kreisen um den Kopf eines Mannes wie kleine Meteoriten, er folgt ihnen mit einem Auge, während das andere grotesk schielend versucht, einen Blick auf die Beine zu erhaschen, die unter ihm auf

einer Wiese liegen, die Knie aufgestellt, entspannt eins übers andere geschlagen. Die Arme flattern wie Flügel durchs Bild, befreit vom lästigen Anhängsel des Rumpfes, der sich im Hintergrund des Bildes davonzumachen scheint, die verstümmelten Hände applaudieren dazu. Über allem die beiden Ohren, einander zugewandt, endlich. Manchmal sind die Körperteile neue Verbindungen eingegangen, wie auf dem Bild der Frau, die ihre Brüste auf dem Rücken trägt wie einen Rucksack und deren Finger und Zehen vertauscht sind. Ich mag die Bilder sofort, und ich bin sicher, dass Paul sie auch gemocht hat. Deshalb hat er Josh seine Zeichnungen aus Kairo gezeigt – weil sie etwas gemeinsam haben mit Joshs *dismembered people*, wie er sie nennt, auch wenn Joshs Stil cartoonistischer und sein Strich gröber ist.
Was die Adresse oder Telefonnummer von Paul Nolte betrifft, bedauert der Galerist in gebrochenem Englisch. Wir müssten uns an das Sekretariat des tschechischen Kulturaustausches wenden, dort würde man uns weiterhelfen.
Die Sekretärin ist stark geschminkt und sitzt in einem kahlen Raum mit abgewetzten Büromöbeln vor einem Computer aus der Dinosaurierzeit. Sie tippt eine Ewigkeit auf der Tastatur herum, murmelt dabei auf tschechisch vor sich hin und vertreibt sich die Zeit, die der Rechner braucht, um seine Arbeit zu tun, indem sie mit einer Büroklammer nicht vorhandenen Schmutz unter ihren Fingernägeln hervorkratzt. Nach einer Weile wird das Gemurmel lauter und ärgerlicher, dann schlägt sie plötzlich mit der flachen Hand auf die Tastatur.
Sorry, sagt sie mit einem entschuldigenden Lächeln. I can't find the address file of this exhibition. We had a computer crash a few days ago, maybe it got lost.

Josh und ich stehen nur da und starren sie an, Marjana zieht eine Visitenkarte aus ihrer Tasche, schreibt auf die Rückseite *Hotel Intercontinental* und schiebt sie über den Tisch.
If you find it again, let us know.

Lange gehen wir ziellos durch die Straßen, ich genieße es nicht. Ich fühle mich leer, fremd in dieser Stadt, nicht, weil ich sie nicht kenne, sondern weil es hier nichts für mich zu tun gibt. Eigentlich könnte ich jetzt wieder fahren, aber wohin und warum? Josh wird übermorgen früh wieder in New York sein, plötzlich beneide ich ihn.
Ostblock, sagt Marjana abfällig, als wir nach Stunden bei einem Bier in einer Kneipe sitzen. Ich glaub's einfach nicht.
Vielleicht, meint Josh, kannst du Paul irgendwie anders ausfindig machen. Kennst du sein Geburtsdatum? Weißt du, aus welcher Stadt er kommt?
Ich finde nicht die Kraft, ihm zu antworten, wortlos starre ich auf den weißen Schaum in meinem Glas und beobachte die aufsteigenden Perlen. Nein, ich weiß nicht, wann Paul Geburtstag hat, und auch nicht, hinter welchem Ortsschild er sich vielleicht zu Hause fühlt, ich weiß nicht einmal, wie alt er ist. Ich weiß, dass er nur auf der linken Seite schlafen kann, weil er ein Problem mit seiner rechten Schulter hat, dass er den Regen liebt und wie er aussieht, wenn ihm etwas wirklich schmeckt, frische Feigen zum Beispiel. Nichts, was in einem Meldenachweis steht. Paul Nolte, männlich, wohnhaft in Deutschland, breitet beim Orgasmus die Arme aus wie Flügel. Erst als ich einen salzigen Geschmack im Mund habe, merke ich, dass ich weine.

Marjana nimmt meine Hand und beugt sich ganz nah zu mir.
Wir finden ihn, sagt sie mit ihrer überraschend tiefen Stimme, die ich so mag. Wir finden ihn schon.

9

Paul zeichnete meinen Traum. Vielleicht sind das die Bilder, an denen ich am meisten hänge: Franjo mit dem Fischschwanz, umgeben von sich wiegenden Wasserpflanzen und seinen stummen Verwandten. Ein Leuchten ist auf seinem Gesicht, das nicht zu beschreiben ist mit den Worten, die wir dafür haben: Begeisterung, Glück, Ekstase. Er sieht aus, als sei er angekommen. Er ist schön.
In die letzten zwei Zeichnungen dieser Serie fügte Paul die Glaskuppel ein. Sie wirkt wie eine Luftblase, die jeden Augenblick zerplatzen könnte. Ich sitze darin, die Arme um die angezogenen Beine geschlungen. Auf der einen Zeichnung betrachte ich fasziniert den an mir vorbeigleitenden Franjo. Auf der anderen habe ich die Augen geschlossen.
Als Paul diese Bilder machte, hatte ich schon aufgehört zu arbeiten. Während er zeichnete, kümmerte ich mich um die Musik, kochte Tee, lag neben ihm auf dem Fußboden und sah ihm zu. Paul hatte lauter uraltes Zeug auf seinem MP3-Player, wir hörten Beatles und Edith Piaf und hundertmal *Kind of Blue* von Miles Davis. Es war unglaublich heiß, und wir liefen den ganzen Tag in Unterwäsche herum. Wenn ich jetzt an diese Tage denke,

erscheint mir alles, was danach geschah, unwirklich und absurd und doch von einer grausamen Logik, der ich mich nicht entziehen kann, weil es meine eigene ist. Wir hatten keinen festen Boden unter den Füßen, bewegten uns schwebend durch unsicheres Gelände, von dem wir nicht wussten, wie groß es war. Pauls Zeichnungen waren die einzigen Wegweiser durch diese Wildnis, in einer fremden Schrift, die ich gerade erst zu entziffern lernte, und doch war ich ruhig. Ich verspürte eine fast unnatürliche Ruhe, sie spannte sich dünn über ein zittriges, flatterndes Etwas wie ein schneeweißes Betttuch. Wir vermieden große Gesten und laute Worte, sogar die Zeit zog sich zurück.

Wenn sie fertig waren, hängte Paul die Blätter ins Schlafzimmer, an die Wand gegenüber dem Bett, vor dem Einschlafen lagen wir auf dem Rücken und sahen sie uns an. An dem Abend, als Paul die Glaskuppelserie beendete, sprachen wir lange nicht. Es dauerte, bis ich meine Frage stellen konnte.

Warum sind meine Augen auf dem einen Bild geschlossen?

Paul schwieg und betrachtete das Bild, durchdrang es mit seinem Blick, er schien es in sich aufsaugen zu wollen. Ich glaubte schon, er würde mir nicht antworten, doch dann drehte er sich zu mir, stützte den Kopf in eine Hand und legte mir die andere auf die Stirn.

Sag du es mir. Sonst verstehe ich die Geschichte nicht.

Er fuhr mit den Fingern durch meine Haare, immer wieder, teilte sie in Strähnen und ordnete sie auf dem Kopfpolster.

Sonst verstehe ich *dich* nicht, fügte er hinzu.

Ich sah immer noch die Zeichnung an und dachte: Er hat recht, es ist mein eigener Traum, ich muss doch wissen, was in ihm passiert, was mit mir passiert, aber ich weiß es nicht, warum weiß ich nie, was mit mir passiert, jetzt in diesem Augenblick zum Beispiel? Meine Gedanken drehten sich im Kreis, ich merkte, dass ich schon wieder Kopfschmerzen bekam, gewaltsam wandte ich mich von dem Bild ab und suchte Pauls Blick, ich fand ihn und stürzte hinein. Etwas rauschte in meinen Ohren, vielleicht das Meer, dann vergaß ich, dass ich Ohren hatte und eine Nase und Gliedmaßen, es gab nur Haut und Energie, die sich entlud, Teilchen und Welle zugleich, wie das Licht.

Als wir zur Ruhe kamen, brannte dort, wo einmal mein Solarplexus gewesen war, eine kleine, nukleare Sonne, und irgendwo weit hinten in meinem Kopf hockte eine geduckte Gestalt, die ich nicht gleich erkannte, weil ich sie fast vergessen hatte: die Angst, jemanden zu verlieren.

Ich schlief nicht. Im Dunklen tappte ich durch die Wohnung, stand am Fenster und sah hinaus, holte mir ein Glas Wasser aus der Küche. Als ich zurückkam, stand ich eine Weile vor dem Bett und schaute Paul beim Schlafen zu, er lag auf der linken Seite wie immer, das rechte Bein angezogen, der Arm war merkwürdig nach hinten verdreht. Sein Gesicht wirkte konzentriert, als sei der Schlaf eine Tätigkeit, die seine ganze Aufmerksamkeit verlangte. Ich zündete mir eine Zigarette an und setzte mich neben ihn. Ich wollte ihn nicht wecken, aber ich wollte erzählen, jetzt und hier, in der schützenden Stille der Nacht. Ich war überzeugt, er würde mich hören.

In den Sommerferien vor seinem sechzehnten Geburtstag fuhr Franjo das erste Mal mit Max ans Meer. Seine Familie machte regelmäßig Urlaub auf einer griechischen Insel, ich habe vergessen auf welcher. Sie bezahlten Franjos Flugticket. Mutter sagte, es sei ihr peinlich, aber Max' Eltern hätten darauf bestanden. Tatsächlich hatte sie versucht, Großvater davon abzuhalten, Franjo die Tauchreise zu bezahlen, doch Großvater war entschlossen, Franjos Träume zu erfüllen, vielleicht, weil sein Sohn nie welche gehabt hatte.

Ferien waren bei uns zuhause keine Zeit, auf die sich irgendjemand besonders freute. Sie störten das fragile Gleichgewicht, das unseren Alltag ermöglichte, auf einmal gab es zu viel Zeit und zu wenig Raum. Ständig waren wir damit beschäftigt, einander aus dem Weg zu gehen, wie bei einem Hindernisparcour, bei dem alle Teilnehmer gleichzeitig antreten. Mutter wurde nach spätestens zwei Wochen unerträglich nervös, brach in manische, unnütze Geschäftigkeit aus, um kurz darauf in eine Art Starre zu verfallen, während der sie reglos und mit abwesendem Blick im Garten zwischen den Beeten hockte. Wenn es regnete, saß ich mit Franjo vor dem Aquarium oder schaute ihm bei seinem Training zu, bei Schönwetter verbrachte ich den größten Teil der Zeit lesend in einer Astgabel des großen Kirschbaums und verstummte. Da ich sonst für die Konversation in der Familie zuständig war, blieben nur Mutters bemüht heitere Monologe und ein Schweigen, an dem wir kauten wie an einem zähen Stück Fleisch.

Die Aussicht, stattdessen die Meeresfauna zu erforschen, in eine neue Welt einzutauchen, die er bisher nur aus Büchern kannte, erfüllte Franjo in diesem Sommer mit fieberhafter Vorfreude. Er wurde fast gesprächig, erzählte mir nachts mit leiser Stimme von all den Fischen und anderen Meerestieren, die er zu sehen hoffte, und zeigte mir die Bilder in seinen Büchern. Er trainierte härter denn je, und in meine Bewunderung für seine Ausdauer mischte sich etwas Neues: Ich war zwölf, und mein Bruder war der erste Junge, der mir gefiel. Es war ein heißer Sommer, Franjo trainierte in Unterhose und mit nacktem Oberkörper, ich glaube nicht, dass unser Geschlechtsunterschied in seinem Bewusstsein überhaupt existierte. Ich jedoch lag auf meinem Bett und kniff die Augen ein wenig zusammen, damit ich nicht so genau erkannte, dass der Junge mit den Hanteln, zwischen dessen hervorstehenden Schulterblättern ein kleines Rinnsal aus Schweiß hinunterrann, mein Bruder war. Einmal übertrieb er es und fiel für kurze Zeit in Ohnmacht. Mutter kam mit einem kalten Waschlappen angelaufen und brachte seinen Oberkörper in Schräglage, immer wieder hatte sie ihm gesagt, er solle sich nicht überanstrengen oder wenigstens am frühen Morgen trainieren, wenn es noch kühler war. Aber am frühen Morgen schlief Franjo, weil er die halbe Nacht wach war, las und mit den Fischen sprach. Armer Junge, sagte sie, während sie ihm die Stirn abtupfte, dummer, armer Junge. Das Mitleid in ihrer Stimme machte mich wütend. Franjo ist nicht arm, wollte ich ihr zurufen, nicht ärmer als ich oder du, und dumm ist er schon gar nicht. Er ist der Klügste von uns, er sieht wenigstens zu, dass er hier rauskommt!

Franjo flog und ich blieb. Mutter und ich begleiteten ihn zum Flughafen, wir standen auf der Aussichtsplattform und sahen das Flugzeug starten. Das Bild des sich in die Luft erhebenden Blechvogels, den Schnabel erwartungsvoll nach oben gestreckt, wurde mir in diesem Moment zum Inbegriff der Freiheit. Der Neid fraß an mir, und obwohl sich später herausstellen sollte, wie sehr ich mich getäuscht hatte, was die Freiheit betraf, verließ mich diese Assoziation nie mehr ganz. Wenn ich ein Flugzeug sehe, möchte ich mit.

Es war schwierig ohne Franjo. Obwohl er ein so in sich gekehrter Mensch war, hinterließ er, als er wegfuhr, ein Loch, in das wir alle hineinpurzelten wie Lemminge. Mutter wusch all seine schmutzige Wäsche, und als sie das letzte T-Shirt von der Wäscheleine genommen, gebügelt, zusammengelegt und im Kasten verstaut hatte, wanderte sie ruhelos durchs Haus, auf der Suche nach Spuren von ihm, mit denen sie sich beschäftigen konnte, aber Franjo war zu ordentlich, er ließ nie etwas herumliegen. Die gemeinsamen Mahlzeiten wirkten sinnlos. Franjo hatte sich nie am Gespräch beteiligt, doch jetzt offenbarte sich die Bedeutung seiner stummen Rolle, als hätte man aus einem Gemälde den Hintergrund entfernt, die in Dunst getauchten Hügel, den Fluß, der sich in der Ferne verlor, den Himmel. Ich aß, damit der Magen nicht mehr knurrte. Ich fütterte die Fische öfter als nötig. Außerdem schlief ich schlecht. Franjo las schon lange nicht mehr mit der Taschenlampe unter der Bettdecke, er hatte ein Leselicht, ein uraltes Ding mit drei Metallbeinen und einem geflochtenen Schirm, der ein wellenartiges Muster an die Wand malte. Ich machte es an, doch es half nicht. Sogar Vater merkte, dass es mir nicht gut ging. Eines Abends fragte er Mutter, ob es nicht auch für mich eine Freundin gäbe, die ich in den Urlaub begleiten könnte. Sie stockte nur einen winzigen Augenblick in der Bewegung, mit der sie die Gabel zum Mund führte, aber ich sah es. In diesem Augenblick liebte ich meinen Vater.

Nach zwei Wochen kam Franjo zurück, seine Haut fast so dunkel wie die von Großvater. Er brachte das Meer mit, es war, als hätte er sein Blut dagegen ausgetauscht, ich konnte es riechen, wenn er im Bett lag, Salz und Fisch. Ich hielt die Augen geschlossen, wenn er mir davon erzählte, was für Geräusche es machte, wenn man am Strand saß, und wie still es war, sobald man die Bewegungen an der Oberfläche hinter sich gelassen hatte, er selbst lag dabei auf dem Rücken und sah an die Decke, alles zog dort oben noch einmal an ihm vorbei: Felsformationen, bewachsene Überhänge und Torbögen, Höhlen, in denen tausende kleiner Garnelen lebten, Schwärme von Barschen und Aale, die auf der Jagd nach ihnen waren. Er sagte mir, dass er sich gewünscht habe, so viele Arme zu besitzen wie die Oktopusse, denen er begegnet war, dass er beim Anblick zweier Seepferdchen seinen eigenen Körper verflucht habe, der so groß war und so schwer, zu plump, um zu schweben. Er hatte versucht, starr zu sein wie ein Seestern, sich zu bewegen wie ein Rochen, der die Ränder seiner Brustflossen kräuseln ließ wie den Saum eines Kleides. Seine Stimme war wie warmer Sand, der mir durch die Finger rann, irgendwann würde ich mit leeren Händen dastehen, die Farben an der Decke verblassten schon. Nur drei oder vier Tage nach seiner Rückkehr hörte Franjo auf zu sprechen. Bewegungslos lag er da, den Mund voller Bilder, als wäre ihm der Sauerstoff ausgegangen. Ich wollte weiter seine Stimme hören, versuchte, sie mit Fragen aus ihm herauszulocken, doch im Fragen war ich damals schon schlecht. Er schüttelte den Kopf und schwieg, einmal drehte er sich zu mir und sah mich lange an, sein Gesicht war leer vor Kummer, immer noch fand ich es schön.

Franjos Stummheit legte sich über das Haus wie ein gläserner Sarg, es war nicht das gewohnte Schweigen, das wir kannten und brauchten. Er kümmerte sich weiterhin um seine Aquarien, aber er saß nicht davor, um

die Fische zu beobachten. Er trainierte nicht und er las nicht, sein Fahrrad lehnte unbenutzt am Gartenzaun und rostete im Regen vor sich hin. Er schlief viel, saß oft stundenlang an seinem Schreibtisch, ohne etwas Erkennbares zu tun. Eine beängstigende Lethargie hatte von ihm Besitz ergriffen. All seine wilde Besessenheit, die Intensität und schier unerschöpfliche Energie, mit der er sich den Dingen gewidmet hatte, die ihm etwas bedeuteten, schienen aus ihm herausgeronnen zu sein. Gegen Abend, wenn mein Vater im Garten Feuer machte, setzte Franjo sich manchmal zu ihm. Da saßen sie und starrten ins Feuer, und Franjo hatte diesen Ausdruck im Gesicht, den ich heute noch sehen, aber nicht beschreiben kann. Zum ersten Mal nahm ich die Ähnlichkeit der beiden wahr, und diese Wahrnehmung pflanzte in mir eine schwer definierbare Angst, ähnlich der, die einen befällt, wenn man etwas entdeckt, das jemand versucht hat, vor einem zu verbergen, aus gutem Grund. Etwas, das man nicht wissen sollte, weil es einem das Gefühl gibt, handeln zu müssen, doch man weiß nicht wie. Die Handlung scheint zu groß, zu ungeheuerlich.
Der Sommer ging zu Ende, in einer gleichförmigen Abfolge stiller Tage unter einem unverständlich wolkenlosen Himmel. Mutter beschwor einmal mehr leise summend ihre kleine Normalität. Im Licht der schräger werdenden Sonnenstrahlen erntete sie Kräuter und Früchte, winterte die Beete ein, kochte Marmelade und Kompott aus Zwetschgen, deren Geruch ich bis heute nicht mag. Aber sie lächelte nicht dabei.

Ich sprach leise und gleichmäßig, fast ohne Hebungen und Senkungen, um Paul nicht zu wecken, aber auch, weil es so leichter war. Ich erschrak, als er plötzlich die

Decke zurückschlug, aufsprang und ins Wohnzimmer verschwand, um kurz darauf mit Zeichenblock und einer Schachtel Bleistifte wiederzukommen. Er machte Licht, setzte sich aufs Bett und sah mich an.

Wie lange bist du schon wach?, fragte ich unsicher.

Seit du dir deine Zigarette angezündet hast.

Paul begann zu zeichnen.

Warum erzählst du nicht weiter?

Ich will nicht, dass du jetzt zeichnest, sagte ich, meine Stimme klang zu hoch, kindlich, trotzig. Ich wollte, dass du träumst.

Paul sah überrascht auf.

Aber es gibt keinen Unterschied zwischen zeichnen und träumen, wirklich nicht. Er lächelte mich an, fischte meine Zigaretten von dem kleinen, bemalten Schemel, der neben dem Bett stand und hielt sie mir hin.

Als die Schule wieder anfing, schnitt sich Franjo die Haare kurz, genauer gesagt, er rasierte sie ab bis auf einen Zentimeter. Vater regte sich furchtbar auf und behauptete, er sähe aus wie ein Skinhead. Das war lächerlich. Franjo trug schwarze Röhrenjeans, T-Shirts vom World Wildlife Fund und dazu Clarks. Trotzdem flößte auch mir die Veränderung Unbehagen ein. Noch nie hatte man so viel von seinem Gesicht gesehen, bisher war es zu zwei Dritteln von Haaren verdeckt gewesen. Die Backenknochen traten plötzlich enorm hervor, der kräftige Kiefer mit dem stets leicht vorgeschobenen Kinn, der schnurgerade Nasenrücken, Ecken und Kanten, die aussahen, als hätte man sie zu hastig in ein Kindergesicht hineingemeißelt. Augen und Mund wirkten ohne die schützende Umrahmung der Haare wie durch einen chirurgischen Eingriff offen liegende Organe.

Außer Franjos Gesicht, das immer im Hintergrund meines Bewusstseins schwebte wie ein ausgehöhlter, illuminierter Halloweenkürbis, und dem fortgewischten Lächeln vom Mund meiner Mutter habe ich nicht viele Erinnerungen an dieses Schuljahr. Ich weiß, dass ich zum ersten Mal meine Tage bekam und Brüste, dass ich in der Schule schlechte Noten schrieb und mich ziemlich anstrengen musste, um durchzukommen. All das muss mich beschäftigt haben, aber ich erinnere mich kaum daran. Ich habe weder das Erstaunen über die Verwandlung meines Körpers noch die damit verbundene Aufregung im Gedächtnis behalten, und ich finde kein Gefühl in mir, dass der Furcht vor dem Versagen bei irgendwelchen Prüfungen oder der Unlust zu lernen entspricht. Ich nehme an, dass es diese Gefühle gegeben hat, doch fehlen sie in der Schachtel meiner Erinnerung wie gestohlene Bonbons. Franjo hat sie mir gestohlen.
Heute kommt es mir vor, als wäre ein Teil von mir gemeinsam mit ihm in seine Stummheit gesunken wie ein Schiffswrack auf den Grund des Meeres, denn genau da zog es ihn hin, und wie immer versuchte ich, ihm zu folgen.
Tatsächlich wollte er im darauffolgenden Sommer Wracktauchen. Großvater hatte ihm erzählt, dass im Roten Meer einige spektakuläre Wracks großer Schiffe aus dem 19. Jahrhundert gefunden worden waren und organisierte eine Tauchreise für seinen Enkel in seine alte Heimat. Franjo war inzwischen ein richtiges Ass im Tauchen, Mutter war stolz auf ihn. Vor meinem Vater konnte sie natürlich nicht davon erzählen, aber sie hatte wohl trotzdem das Bedürfnis, ihn in seiner Gegenwart zu loben, sie sagte: Max' Vater meint, Franjo ist der beste

Schwimmer, den er kennt. Niemand kommentierte diese Bemerkung.
Die Idee mit dem Wracktauchen brachte Franjos Besessenheit zurück, doch fehlte ihr das Leuchten. An die Stelle glühender Begeisterung trat eine Art Verbissenheit, die mich instinktiv Abstand nehmen ließ. Er nahm sein Training wieder auf, aber es machte keinen Spaß mehr, ihm zuzuschauen. Er tat sich Gewalt an, und wofür? Ich verstand es nicht. Seit ich denken konnte, war Franjo begeistert gewesen von Phänomenen der Natur, er hatte nie ein besonderes Verhältnis zu von Menschen gemachten Dingen gehabt. Man sah es, wenn er Gegenstände anfasste: Die meisten waren ihm Mittel zum Zweck und sonst nichts, vielleicht lag es an Großmutters Genen. Auch die Faszination der Technik war ihm fremd. Franjo hatte nicht ein einziges Matchboxauto besessen, er hatte sich keine elektrische Eisenbahn gewünscht und war nie auf der Straße stehengeblieben, um zuzusehen, wie sich ein Bagger in den Asphalt wühlte.
Wie kam er also auf die Idee, seinen kostbaren Sauerstoff auf die Überbleibsel eines Schiffes zu verschwenden? Ich fragte ihn danach, weil es mir keine Ruhe ließ, an einem Abend, den er wieder einmal auf dem Rücken liegend im Bett verbrachte und an die Decke starrte.
Ich will sehen, wie das Meer sie langsam umbringt, sagte Franjo.

Ich war überrascht, als das Schuljahr zu Ende war: darüber, dass es vergangen war und dass ich es geschafft hatte. Ich ging in die Bücherei und lieh mir einen Haufen dicker Bücher aus. Als ich nach Hause kam, erfuhr ich, dass ich mit Nina in das Ferienlager fahren würde, in dem sie schon seit drei Jahren einen Teil ihrer Ferien verbrachte.

Die dicken Bücher blieben liegen. Plötzlich hatte ich ein eigenes Leben, es war mir davor nicht aufgefallen, dass ich keines hatte, doch nun war es da, und es sah aus wie der hohle Innenraum der schwarzen Reisetasche, die mir Großvater schenkte. Zwei Wochen lang stand sie geöffnet in unserem Zimmer, starrte mich an und wartete darauf, gefüllt zu werden. Was sollte ich mitnehmen? Den dunkelblauen Pullover und das gelbe Sweatshirt oder lieber die Kapuzenjacke mit dem Aufdruck der University of Georgia? Das gestreifte T-Shirtkleid? Den Glücksbringer mit dem Wal drauf, den mir Franjo letzten Sommer mitgebracht hatte, mein Taschenbackgammon? Welche Kassetten? Ich musste mich entscheiden, darin hatte ich wenig Übung. Schließlich packte ich ohne Überzeugung ein paar Klamotten ein, meine Turnschuhe und die Sandalen, und legte das Foto von Franjo und mir obenauf, so wie ich es heute noch tue. Damals war es noch nicht gerahmt, Mutter hatte es mir im Sommer davor gegeben, als sie merkte, wie sehr ich Franjo vermisste. In den Walkman, den ich von Großvater zum Geburtstag bekommen hatte, legte ich eine Kassette ohne Beschriftung, die mir Nina erst vor ein paar Wochen aufgenommen hatte. Eine Frau spielte Gitarre und sang, ihre Stimme gefiel mir, sie kam aus einem abgeschlossenen Raum, in dem man ein irrtümlicher Zuhörer war, als sänge sie nur für sich selbst. Später fand ich heraus, dass es die erste Platte von Suzanne Vega gewesen war, aber da hatte ich das Band längst aus dem Kassettengehäuse gezogen und in lauter kleine Teile zerschnitten.
Franjo fuhr eine Woche vor mir los. Ich war blödsinnig gut gelaunt, als wir zum Flughafen fuhren, im Bus alberte ich mit ihm herum, so gut das mit Franjo ging.

Bring mir ein Stück von dem Wrack mit, sagte ich zu ihm.
Das ist streng verboten, antwortete er in einem Ton, der verriet, dass er auch schon daran gedacht hatte und sich wahrscheinlich nicht an das Verbot halten würde, wenn er eine Möglichkeit sah, es zu umgehen.
Vielleicht waren sie ja gerade beim Essen, als das Schiff sank, und du findest ein paar abgenagte Hühnerknochen.
Franjo grinste und Mutter lächelte abwesend. Ich summte eine Melodie von der Suzanne-Vega-Kassette vor mich hin, ich versuchte, mich an den Text zu erinnern, aber ich bekam nur die ersten paar Zeilen zusammen: *Today I am a small blue thing/ Like a marble or an eye/ With my knees against my mouth/ I am perfectly round/ I am watching you* ... weiter kam ich nicht.
Mutter umarmte Franjo zum Abschied, es war ihm so unangenehm, dass ich woanders hinsehen musste. Danach gingen wir wieder auf die Aussichtsplattform, es war wunderbares Wetter, und ich genoss es, leichten Herzens all den Flugzeugen nachzuschauen, wie sie im durchsichtigen Blau des Himmels verschwanden. Zwar würde ich nur mit dem Zug fahren und mit irgendeinem Bus, aber ich würde verreisen, wie Franjo. Ich würde in einem Zelt schlafen, unter freiem Himmel, in einem See schwimmen und abends an einem Feuer sitzen, an dem Gitarre gespielt und gelacht wurde. Ich würde zwei Wochen lang sprechen können, wann und mit wem ich wollte.
Mutter zeigte mit dem Finger auf eine Maschine der Egyptair, die gerade abhob. Das ist er, sagte sie. Ich musste lächeln, weil Mutter *er* gesagt hatte, als sei Franjo das Flugzeug, und einen Moment lang stellte ich mir

vor, wie zwei gigantische Blechflügel aus seinem Rumpf wuchsen und er sich mittels eines unsichtbaren Motors in die Luft erhob.
Die Maschine stieg rasch und ich beobachtete sie so lange, bis ich nicht mehr unterscheiden konnte, ob der kleine Punkt am Himmel ein Flugzeug war oder ein Krümel auf meiner Netzhaut.
Dann war Franjo fort. Für immer.

10

Als uns der Kellner um vier Uhr morgens aus dem Lokal wirft, hängt Marjana lallend an Josh, der zu betrunken ist, um sich zu wehren. Ich würde mich auch gern an ihn hängen, aber dann würden wir vermutlich alle drei zu Boden gehen, also kümmere ich mich lieber selbst um mein Gleichgewicht. Das Blut rauscht in meinen Ohren, oder ist es der Alkohol? In den letzten drei Tagen muss ich mehr davon konsumiert haben als in den gesamten drei Jahren davor.
Im Hotelfoyer stolpert Marjana und fällt, Joshs Reaktionsfähigkeit reicht nicht aus, um sie aufzufangen. Der Nachtportier eilt herbei und hält ihr den Arm hin wie einen Handtuchhalter. Dann übergibt er sie mir, fragt nach unserer Zimmernummer und holt die Schlüssel.
Are you Miss Sheldon?, fragt er mich und wedelt mit einem kleinen Zettel in der Luft herum.
Sheldon, Marjana Sheldon, sagt Marjana, als wolle sie sich an ihrem Namen festhalten.
There is a message for you. Der Portier händigt ihr mit

einer kleinen Verbeugung den Zettel aus. Marjana wirft einen Blick darauf und gibt ihn wortlos an mich weiter.
Contact Paul Nolte: Moordeich 6, D-25889 Uelvesbüll, phone +49/7046/17896. Best regards from Czech Institute for Cultural Exchange.
Where the fuck is Uelvesbüll?, fragt Marjana.

Um sieben Uhr sechsunddreißig wache ich auf. Ich habe von einem Marsch durch die Wüste geträumt, einem heißen Wind, der mir Sand in Augen, Ohren und Nase blies, gegen den ich mich stemmen musste wie gegen ein schweres Tor. Ich laufe ins Bad und trinke ungefähr einen Liter Wasser. Als ich wieder ins Bett steigen will, bleibt mein Blick an dem Zettel hängen, der auf meinem Nachttisch liegt. Where the fuck is Uelvesbüll?
Ich gehe zurück ins Bad, putze mir die Zähne und ziehe mich an. Der Tag über der Moldau ist grau, die Wolkendecke hängt tief und lässt nur fahles Licht durch. Marjana redet im Schlaf. Beim Hinausgehen schließe ich vorsichtig die Tür, um sie nicht zu wecken, was eigentlich nicht notwendig ist. Diese Türen machen keine Geräusche. Je teurer etwas ist, umso weniger Lärm macht es.
Unten an der Rezeption frage ich nach einem Internetcafé. Ich bekomme einen weiteren Zettel mit einer Adresse und mache mich auf den Weg. Während ich durch die Altstadt gehe, erinnere ich mich an ein Geburtstagsfest bei Nina. Ihr Vater veranstaltete mit uns eine Schatzsuche, bei der wir an die zwanzig zusammengefaltete Zettel finden mussten, jeder enthielt einen komplizierten Hinweis, wo wir den nächsten finden würden. Nach etwa zwei Stunden fanden wir den Schatz – eine Fami-

lienpackung Gummikirschen, die wir in fünf Minuten aufgegessen hatten. Danach war uns schlecht, und wir gingen nach Hause.

Das Internetcafé hat noch geschlossen, es ist erst kurz nach acht. Gegenüber dem Altstädter Rathaus finde ich ein sehr touristisches Lokal, in das ich bis vor Kurzem keinesfalls hineingegangen wäre, außer um zu arbeiten, aber der Wind ist kalt und mein Magen leer, so wie er nur leer ist, nachdem man zuviel getrunken hat. Ich frühstücke ausgiebig, ohne auch nur nachzuschauen, wie viel es mich kosten wird. Danach trinke ich noch zwei Tassen Kaffee und schaue durchs Fenster dem Fremdenführer zu, der der frierenden Menge die astronomische Uhr am Rathausturm erklärt. Wozu? Die meisten von ihnen werden sie nie wiedersehen.

Wie ich vermutet habe, liegt Uelvesbüll in Norddeutschland, in der Nähe von Husum, direkt am Wattenmeer. Ich kann nicht widerstehen, mir Fotos und noch mehr Fotos davon anzuschauen, für fünfundzwanzig tschechische Kronen pro Viertelstunde. Ich bin nicht erstaunt, dass Paul am Meer lebt, es wäre leicht zu erraten gewesen, hätte ich nur ein wenig darüber nachgedacht. Was mich jetzt überrascht, ist, dass er nicht malt. Diese Landschaft schreit nach Farben, nach der pastosen Konsistenz von Acryl und Öl, dem plastischen Strich eines Pinsels. Selbst die Menschen, die ich auf den Fotos sehe, scheinen diese Landschaft in sich zu tragen, den Wind in den Lungen und die Weite, die fehlende Begrenzung des Blicks. Ein Bleistift ist ein karges Utensil, um diese Fülle an Raum zu durchmessen, oder nicht? Eine Zeichnung fällt mir ein, die Paul kurze Zeit nach seiner Ankunft in Kairo machte. Er setzte sich einen ganzen Tag lang auf den Tahrir Square und zeichnete die riesige

Baustelle dort. Man hätte daraus eines dieser Wimmelbilder machen können, wie ich sie als Kind in einem Bilderbuch hatte, aber Paul zeichnete Teile von Baumaschinen – eine Baggerschaufel, den frei schwebenden Arm eines Krans – und dazwischen einen einzelnen Bauarbeiter, auch er fragmentarisch. Er steht auf einem Schuttberg, sein rechtes Bein zerfällt ebenfalls gerade zu Schutt. Der Schirm seines Helms wächst aus seiner Stirn heraus, Kopf und Helm sind eins. Dieses Verschmelzen mit der Materie oder das Ausfransen des Körpers an seinem Übergang zum Hintergrund ist es, woran mich das Watt denken lässt. Ja, es ist sichtbar in Pauls Bildern, auch wenn er nur mit Bleistift arbeitet und hauptsächlich Menschen zeichnet. Trotzdem frage ich mich, wo Paul seine Farben gelassen hat.

Widerstrebend löse ich mich vom Watt. Auf dem Rückweg zum Hotel kommt mir Prag vor wie eine Spielzeugstadt, mit Häusern und Brücken aus dem Kleinbahnkatalog. Und ich bin dann wohl eine von diesen Figuren, die sich eigentlich nicht fortbewegen können, weil die dünnen Beine auf einem winzigen Metallplättchen festgelötet sind.

Hinter der Rezeption steht jetzt eine Frau in einem veilchenblauen Kostüm, mit dazu passendem Lidschatten. Ich frage sie, ob ich von hier aus telefonieren kann. Ich will für dieses Gespräch nicht Marjanas Handy benutzen, genau genommen will ich nicht, dass sie dabei ist. Die Rezeptionistin sieht mich an, als würde es sie brennend interessieren, warum ich kein Handy bei mir habe, warum ich nicht von meinem Zimmer aus telefoniere und warum ich dunkle Ringe unter den tränenden Augen habe, aber natürlich hat man ihr beigebracht, dass man Gäste so etwas nicht fragt. Stattdessen lächelt sie mich an

und reicht mir ein großes, schweres Telefon, ich krame den Zettel aus meiner Jackentasche und wähle. Fast sofort meldet sich eine aufgeräumte, tiefe Männerstimme.
Waldenbrecht, schmettert die Stimme in den Hörer, mit einem solchen Stolz auf diesen prächtigen Namen, dass ich nicht wage, den meinen zu nennen.
Waldenbrecht, wiederholt Herr Waldenbrecht, hallo? Wer spricht denn da?
Ich räuspere mich. Abaza, Anna Abaza, sage ich in möglichst geschäftsmäßigem Ton. Dann fällt mir nichts mehr ein.
Aha, sagt Herr Waldenbrecht, und was verschafft mir die Ehre?
Am liebsten würde ich auflegen. Eigentlich weiß ich schon, dass ich Paul unter dieser Nummer nicht erreichen werde, aber ich will es nicht hören, es nicht bestätigt bekommen. Ich schweige.
Frau Apassa? Sind Sie noch da?
Ja, ja, natürlich, entschuldigen Sie. Ich glaube, ich habe mich verwählt.
Na, das lässt sich leicht überprüfen, schlägt Herr Waldenbrecht gut gelaunt vor, das haben wir gleich. Sagen Sie mir doch die Nummer, die Sie gewählt haben.
Ich lese sie von meinem Zettel ab.
Das ist korrekt, bestätigt Waldenbrecht, meine Telefonnummer. Wen wollen Sie denn sprechen?
Mir wird schlecht. Ich weiß nicht, ob es am Alkohol liegt oder am Frühstück.
Ich suche Paul Nolte, sage ich. Er ist Maler. Also Künstler, bildender Künstler, verstehen Sie.
Paul Nolte? Waldenbrecht wiederholt sich den Namen ein paar Mal, als warte er auf eine Resonanz in seinen grauen Zellen.

Bedaure, sagt er dann, von dem hab ich noch nie gehört. Ist er berühmt, sollte man ihn kennen?
Er ist ein Freund von mir, ich bin auf der Suche nach ihm und habe nur diese Telefonnummer und eine Adresse in Uelvesbüll.
Herr Waldenbrecht beginnt schallend zu lachen, ich muss den Hörer ein wenig vom Ohr weghalten.
Uelvesbüll, japst er. Wo, um Himmels Willen, ist Uelvesbüll?
An der Nordsee, erkläre ich resigniert, in der Nähe von Husum. Wo wohnen Sie denn?
In Pfaffenhofen an der Ilm, sagt Waldenbrecht und schneuzt sich geräuschvoll. Das kennen Sie wahrscheinlich auch nicht.
Nein. Trotzdem vielen Dank. Und entschuldigen Sie die Störung. Ich lege auf, bevor Waldenbrecht noch etwas sagen kann.
Im Lift schaue ich in den Spiegel. Er ist bräunlich getönt, dadurch sehe ich nicht ganz so blass aus, wie ich wahrscheinlich bin. Vergeblich suche ich in meinem Gesicht nach Enttäuschung, stattdessen sehe ich etwas anderes: Erleichterung. Angewidert drehe ich mich um.
Im Zimmer setze ich mich aufs Bett und stiere auf den Zettel, den ich immer noch in der Hand halte. Was hätte ich ihm gesagt, wenn er wirklich dran gewesen wäre? Hallo Paul, zufällig bin ich gerade in Europa, kann ich meine Zeichnungen abholen? Es hätte nicht funktioniert. Ich hätte nicht einmal *meine Zeichnungen* sagen können, ich habe sie nie als mein Eigentum betrachtet, obwohl Paul sie mir ausdrücklich geschenkt hat, in der Nacht, in der ich ihm von Franjos Verschwinden erzählte, in der ich weinte und weinte und nicht mehr aufhören konnte. Ich kann dir deinen Bruder nicht zu-

rückgeben, sagte er, während er mich festhielt, nur deine Erinnerungen, deine Wut und all die Rätsel.
Doch ich wollte die Rätsel nicht. Ich glaubte nicht, dass ich die Kraft haben würde, sie zu lösen. Ich glaubte, wenn ich Paul und die Zeichnungen aus meinem Leben verbannen würde, könnte ich zurückfinden zu dem kleinen, beruhigenden Mechanismus, zum Reisen ohne Wiederkehr.
Marjana schläft immer noch. Sie hat sich die Decke bis zum Hals gezogen und das Polster über den Kopf gestülpt, nur ein paar dunkle Haarsträhnen sind zu sehen, fast schwarz auf dem schneeweißen Leintuch. Warum bleiben in letzter Zeit Menschen an mir kleben wie Fliegen an einer Leimspur?

11

Ich kehrte zurück an einem heißen, staubigen Tag. Es wehte einer dieser Winde, die manchmal den ganzen langen Weg aus der Wüste Nordafrikas zurücklegen und Wien mit einer feinen Schicht aus rotem Sand überziehen. Der Franz-Josefs-Bahnhof war voller schwitzender Menschen in ärmellosen Kleidern und Shorts und Sonnenbrillen, ich bahnte mir einen Weg durch die wartenden Eltern und hielt Ausschau nach Franjo. Doch am Ende des Bahnsteigs entdeckte ich schließlich nur die kleine Gestalt meiner Mutter – ich war damals schon einen halben Kopf größer als sie. In ihrem blauen Sommerkleid sah sie aus wie immer, nur als sie mich umarmte, gab es dieses kleine Zögern, das mir später wie-

der einfiel, als hätte sie einen Moment lang überlegen müssen, was jetzt zu tun sei. Ich freute mich, sie zu sehen, und sie stellte mir so viele Fragen über das Ferienlager, dass ich völlig vergaß, mich darüber zu wundern, dass Franjo nicht mitgekommen war. Doch als ich sein unberührtes Bett sah, wusste ich sofort, dass etwas nicht stimmte. Ein merkwürdiger Hohlraum entstand in meinem Magen, obwohl ich im Zug die ganze Zeit gegessen hatte. Ich lief in die Küche. Mutter stand mit dem Rücken an den Kühlschrank gelehnt und sah zum Fenster hinaus. Ich blieb in einiger Entfernung stehen und wartete, etwas in ihrem Blick hinderte mich am Sprechen, eine Art Entrücktheit. Auch sie schien auf etwas zu warten. Sie würde nie wieder damit aufhören, doch das wusste ich damals noch nicht.
Er ist … noch nicht zurück, sagte sie endlich, sorgsam darauf bedacht, seinen Namen nicht zu benutzen. Auch das würde sie beibehalten.
Ich verstand nicht. Franjo hätte seit zehn Tagen wieder hier sein müssen. Ich schwieg.
Er ist, sagte sie nach einer Weile, nicht zurückgekommen.
Ihre Stimme klang, als käme sie aus einem sehr weit entfernten Teil der Welt, bei schlechter Telefonverbindung. Das Essen in meinem Magen wurde lebendig.
Er ist, sagte Mutter, zu den Fischen gegangen.
Ich rannte aufs Klo und übergab mich.

Wenn es etwas gibt, das ich meiner Mutter nicht verzeihen kann, dann dies: dass sie mich eine ganze Nacht lang glauben ließ, Franjo sei ertrunken. Man könnte sagen, dass es keinen großen Unterschied macht, ob man weiß, dass jemand gestorben ist, oder ob er verschwun-

den ist und man annimmt, dass er tot ist. Man erklärt ihn für tot, weil es keine andere Erklärung gibt und wir immer eine brauchen.
Franjo wurde nie gefunden. Er stieg mit einer Gruppe von acht Tauchern ins Meer, und als die anderen wieder zurück auf dem Boot waren, merkten sie, dass er fehlte. Alle Suchaktionen verliefen ergebnislos. Als hätte das Meer ihn verschluckt – so sagte es Mutter am nächsten Morgen, nachdem ich die halbe Nacht geweint hatte, dazwischen aus Erschöpfung in farbenprächtige Alpträume gefallen war, in denen Franjo im Schlund riesiger Fischmonster verschwand wie Pinocchio im Bauch des Wals. Mutter saß an meinem Bett, kühlte mir die heiße Stirn und brachte mir zu trinken, wie sie es immer getan hatte, wenn ich krank gewesen war. Und ich war krank, aber nicht so krank wie sie. Ich sah es an ihren Augen. Ich wusste nicht, ob sie schon so viel geweint hatte, dass sie keine Flüssigkeit mehr übrig hatte, oder ob sie sich meinetwegen beherrschte, jedenfalls sah ich keine Tränen. Ihre Augen sahen aus wie ein ausgetrockneter Fisch auf heißem Sand, man verspürte das Bedürfnis, die Augäpfel im kühlenden Nass zu baden, auch davon träumte ich. Und sie sah mich nicht an. Sie sah an mir vorbei, durch mich hindurch, und nicht nur durch mich, durch alle Menschen und alle Gegenstände, sie griff nach ihnen mit dem hochentwickelten Tastsinn der Blinden, aber sie sah sie nicht. Oft wollte ich meine Hand vor ihren Augen hin und her bewegen, wie man es bei Menschen macht, die ins Leere schauen, vielleicht tat ich es sogar ein paar Mal. Aber Mutter schaute nicht ins Leere. Da war etwas, das sie im Auge behalten musste, etwas, das sie bedrohte und ihre gesamte Aufmerksamkeit verlangte.

Ich schlief viel, obwohl ich die Träume fürchtete. Doch zogen sie mich auch an, wie Kinder manchmal von dunklen Geschichten und gefährlichen Figuren angezogen werden. Ich wollte Franjo in den Bauch der Fischmonster folgen, vielleicht hatte er sich da drinnen häuslich eingerichtet, sicher vor jenen, die ihn finden und zurückbringen wollten. Ich hätte nicht versucht, ihn nach Hause zu holen, ich hätte ihn nur besuchen wollen, aber es gelang mir nie. Die Mäuler schlossen sich direkt vor meinen Augen, und ich erwachte glühend vor Angst, Franjo könnte einfach von den gigantischen Zähnen zermahlen und verdaut worden sein. Sie hatte mich fest im Griff, die Angst, mehr noch als die Trauer. Denn eines konnte ich nicht glauben: dass Franjo ertrunken war. Wie Max' Vater gesagt hatte – Franjo war ein fantastischer Schwimmer gewesen. Aber ich war zu gelähmt in diesem Sommer, um darüber nachzudenken, was mit Franjo tatsächlich passiert sein konnte. Ich aß, was auf den Tisch kam. Franjo war zu den Fischen gegangen – als hätte das Meer ihn verschluckt.

12

Wir sitzen im Intercity von Prag nach Hamburg, Deutschland zieht fast lautlos an mir vorbei. Ich bin lange nicht hier gewesen, schon lange hat mich niemand auf Deutsch nach meiner Fahrkarte gefragt. Der Schaffner steht steif in der Tür wie eine Playmobilfigur, ein kühler Wind weht durchs Abteil. Marjana dreht dauernd an der Heizung herum, es ist entweder zu heiß oder zu kalt, die

Fenster lassen sich nicht öffnen. Zum Rauchen müssen wir auf den Gang, also verbringen wir den Großteil der Fahrt auf zwei kleinen Klappsitzen. Jedes Mal, wenn jemand vorbei will, müssen wir aufstehen, wie im Kino oder im Theater, nur öfter.

Josh liegt im Abteil und schläft. Marjana hat sein Rückflugticket storniert. Ich glaube nicht, dass zwischen den beiden etwas läuft. Es ist eher eine Art Gottergebenheit, mit der Josh sich Marjanas Entscheidungen unterwirft. Er ist beeindruckt von ihrem Reichtum, nicht vom Geld an sich, sondern von ihrem Umgang damit, den er nicht versteht. Er betrachtet sie als eine glückliche Fügung in seinem Leben. Als wir zusammen am Prager Bahnhof standen und Marjana losging, um sich Zigaretten zu besorgen, sah er ihr kopfschüttelnd hinterher.

Unbelievable, sagte er zu mir. Da spiele ich wochenlang Poker – und dann das!

Marjanas Beweggründe sind mir allerdings ein Rätsel. Offenbar gefällt es ihr, Joshs Gönnerin zu spielen, natürlich mit der Kreditkarte ihres Vaters. Aber vielleicht bin ich ungerecht und sie mag ihn einfach, diese unkalkulierbare Mischung aus Offenheit und Zurückhaltung, die altmodischen, immer blank geputzten Cowboystiefel, sein überraschend verschmitztes Lächeln.

Jedenfalls ist er mitgekommen, mein Engel von der Lower East Side. Engel kann man immer brauchen.

Josh hat in Hamburg einen alten Bekannten, einen Musiker, der eine Zeit lang in New York gelebt hat. Er hat eine erstaunlich gepflegte Wohnung in Altona, in der wir übernachten können. Wie sich herausstellt, ist Ben nicht einfach Musiker, sondern MC, ein Star der Hamburger Hip-Hop-Szene. Er legt großen Wert auf diese Berufsbezeichnung, obwohl auch einige Gitarren bei ihm herumstehen. Josh nimmt eine in die Hand und spielt die ersten Takte von *Walk on the Wild Side*, Marjana wippt mit den Zehen, Ben starrt auf ihre Brüste, aber sie merkt es nicht. Er besteht darauf, uns die einschlägigen Clubs der Stadt zu zeigen, nach dem dritten bin ich fast taub. Wir gehen zu den Landungsbrücken, erschöpft lehne ich an einer Brüstung und koste die Hamburger Luft: Salz und Fisch. Josh steht neben mir und sieht mich schon wieder so an. Langsam sauge ich den Geruch durch die Nase, bis er schwer auf meiner Zunge liegt. Ich schließe die Augen, dann geht es besser.

Anna, sagt Josh. Ich mag es, wie er meinen Namen ausspricht, in dem Bemühen, das A wie ein deutsches A klingen zu lassen, was ihm nicht ganz gelingt.

Does this smell remind you of your brother?

Ich antworte nicht. Ich halte still.

He was a diver, right?

I told you he was a diver, antworte ich mürrisch, ohne die Augen zu öffnen.

Right. You told me, he got lost in the sea. But you don't believe that he drowned.

Ich nicke, ohne den Kopf zu bewegen.

Josh macht eine Pause, ich habe das Gefühl, dass er noch einmal darüber nachdenkt, ob er sagen soll, was er sagen will.

Ich öffne die Augen und schaue ihn an, sein Blick schwimmt in der Elbe.

You are looking for him, aren't you?

Ich öffne den Mund, aber es kommt nichts heraus.

All these years you were looking for him, in every single place you travelled. You left home to find him. To follow him.

Ich klappe den Mund wieder zu.

Josh tritt von einem Fuß auf den anderen und reibt sich die Oberarme, es ist ziemlich kalt. Ich warte auf den nächsten Satz, aber anscheinend ist Josh fertig.

Wir nehmen einen Zug sehr früh am Morgen. Es ist ein stahlblauer Tag, die Luft ist klar und schmeckt scharf. In Husum lassen wir unser Gepäck in der Aufbewahrung am Bahnhof und leihen uns Fahrräder. Marjana ist nicht mehr gefahren, seit sie ein Kind war, die ersten Meter geigelt sie wild hin und her, Josh muss sie am Gepäckträger festhalten und ein Stück schieben. Nach zehn Minuten ist sie knallrot im Gesicht, vom Fahrtwind und von der Anstrengung, zum ersten Mal fällt mir auf, dass Marjana unsportlich ist, eigentlich sieht sie nicht so aus. Keuchend quält sie sich neben mir über den Deich, während Josh die Hände kaum am Lenker hat und ständig auf irgendetwas zeigt, wie ein Kind: Look at all these sheep … and the sea, can you see it twinkle out there … man, have you ever seen so many windmills? Der Wind trägt seine Stimme in unregelmäßigen Abständen von mir weg, als würde man ein Radio immer wieder lauter und leiser stellen. Ich könnte ewig so weiterfahren, unter diesem unglaublichen Himmel, der hier nicht hoch oben über der Landschaft schwebt wie anderswo, sondern das Land beherrscht, ihm nicht gestattet, sich ungebührend zu erheben, in ihn hineinzuwachsen. Ich selbst fühle mich klein und leicht unter diesem Himmel, fast körperlos, als wäre ich zweidimensional, kaum mehr als eine Kontur, ein Bleistiftstrich.

Eric Nolte weckt in mir beim ersten Anblick den Impuls, ihn auseinanderzufalten wie eine falsch zusammengelegte Landkarte. Er fragt nicht, wer wir sind und was wir wollen, er sieht uns nur stumm an, einen nach dem anderen, aber Marjana fragt, natürlich. Sie hat Paul ja nie gesehen und kann daher nicht wissen, was ich sofort sehe: dass dieser Mann sein Vater sein muss. Die Ähnlichkeit kommt vor allem von den Augen: grün, mit einer sehr großen Iris, in der man sich leicht verliert.

Nolte winkt uns mit einer müden Bewegung ins Haus. Drinnen ist es dunkel, im Vergleich zu der blendenden Helligkeit draußen, bunte Flecken tanzen vor meinen Augen. Nolte führt uns in eine kleine Küche mit einem alten Holzofen und einem kleinen Fenster, durch das man auf den Deich sieht. Er deutet auf die Stühle, die um den Tisch stehen, wir setzen uns. Noch immer hat er kein Wort gesprochen, aber es ist nicht unangenehm oder beklemmend. Während er Teewasser aufsetzt, die Kanne auswäscht, Tassen auf den Tisch stellt und eine Zuckerdose in Form eines Frosches, überlege ich, wie alt er ist. Er bewegt sich langsam, vorsichtig, wie es sehr alte Menschen tun, dabei ist er höchstens sechzig, wenn überhaupt, knochig, fast mager, die dünnen, grauen Haare trägt er zum Zopf gebunden wie Paul. Gebannt schauen wir ihm zu, wie er den Tee aufgießt, als wohnten wir einem Ritual bei, wahrscheinlich ist es so. Niemand sagt etwas, sogar Marjana sind die Fragen ausgegangen.

Irgendwann ist der Tee fertig, Nolte gießt uns ein, setzt sich, schlägt die Beine übereinander. Paul is not here, sagt er mit so klarer Stimme, dass wir alle zusammenzucken. Marjana reißt die Augen auf und sieht Nolte an, als wäre er ihr aus dem Nichts erschienen wie ein Geist, Josh sieht sich um, als wüsste er nicht genau, wie er hierher gekommen ist. What a pity, sagt Marjana lahm,

Nolte und ich jedoch schauen einander unverwandt an. Ich könnte ihm tausend Fragen stellen, wir könnten reden, bis uns die Stimme versagte, und doch gibt es nichts zu sagen. Es war von Anfang an offensichtlich, dass Paul nicht hier ist, trotzdem war es das Einzige, was zu sagen war. Ich schwimme davon in einem großen, algengrünen Meer mit gelben Reflexen auf den Wellenkämmen, ich verspüre Lust, die Wellen über mir zusammenschlagen zu lassen, auf den Grund zu sinken, mich nicht zu wehren.

Josh ist aufgestanden und hat begonnen herumzugehen. Das macht er oft, auch im Zug oder im Hotel, manchmal sogar, während wir in einem Lokal sitzen. Er geht dann zur Theke, sieht sich die ausliegenden Flyer an, die Bilder und Plakate an den Wänden, dreht eine kleine Runde und kommt wieder zurück an den Tisch.

Ein schönes Haus, sagt er und schaut die Treppe hinauf, die vom Flur aus ins obere Geschoss führt.

Noltes Blick löst sich nur langsam von mir.

Sie können hinaufgehen, wenn Sie möchten, aber fassen Sie nichts an.

Josh macht sich auf den Weg, mit langsamen, vorsichtigen Schritten, vielleicht kann man sich in diesem Haus nicht anders bewegen. Die Treppe knarzt, wie es sich gehört. Das Geräusch holt Marjana aus ihrer Trance. Sie dreht sich kurz um, runzelt die Stirn, als müsste sie sich an etwas erinnern.

Wann haben sie Paul zum letzten Mal gesehen?

Vor etwa drei Monaten, antwortet Nolte und sieht Marjana an, als wäre sie eine Journalistin und das Ganze ein Interview.

Er kam hierher, nachdem er aus Kairo zurück war. Er

war dort ein halbes Jahr und hatte sein Zimmer in Hamburg aufgegeben, also musste er sich erst mal ein neues suchen. Außerdem lief sein Stipendium aus und er brauchte Geld. Aber er wollte nicht nach Hamburg zurück. Er war ziemlich durcheinander.

Nolte macht eine Pause, in der er mir einen sehr schnellen Blick zuwirft. Von oben kommt ein überraschter Ausruf von Josh, Marjana dreht sich noch einmal um, eigentlich möchte sie zu ihm.

Wissen Sie, wo er jetzt ist?, fragt sie ungeduldig. Haben Sie eine Telefonnummer?

Er hatte vor, für eine Weile nach Berlin zu gehen. Aber er hat auch immer wieder von Wien gesprochen, ich weiß nicht, was er dort wollte. Dann hatte er eine Ausstellung in Prag, und seitdem habe ich nichts mehr von ihm gehört.

Nolte dreht seine Teetasse in den Händen, nimmt einen Schluck.

Paul hält nichts von Mobiltelefonen, fügt er hinzu.

Aber das wusste ich schon. Etwas, das wir gemeinsam hatten.

Josh erscheint auf der Treppe. Hey, ihr müsst euch das ansehen, kommt rauf. Das ist Wahnsinn! Er macht einladende Bewegungen mit seinen unendlich langen Armen. Marjana und ich stehen zögernd auf, Nolte sagt: Gehen Sie nur. Er selbst bleibt sitzen und schlürft seinen Tee.

Das Dachgeschoss geht über die gesamte Fläche des Hauses, ein einziger, großer Raum, ein riesiges Atelier. Durch zwei Dachfenster, die vermutlich irgendwann vergrößert wurden, fällt das Licht, der Himmel scheint ganz nah zu sein. Überall stehen Leinwände herum, Bilder in verschiedenen Stadien der Fertigstellung, einige sind zur Wand gedreht, es gibt zwei Staffeleien, Unmengen Tuben und Töpfe, Paletten, Lumpen, große Einmachgläser mit Pinseln und Flüssigkeiten, Terpentinflaschen, die ganze Zeit schon war mir der Geruch in die Nase gestiegen.

Es dauert eine Weile, bis ich realisiere, dass alle Bilder dasselbe Motiv zeigen, in abgewandelter Form, in verschiedenen Variationen zwar, aber immer dasselbe Frauengesicht. Ein schmales Gesicht, mit hohen, markanten Backenknochen und trotzdem weich, der Mund stark geschwungen, die Augen rund und groß. Die Brauen einmal nur ein schmaler Strich, ein andermal dicht und buschig, ein Bild zeigt sie mit erhobenem Kinn und provokantem Lächeln, ein anderes mit gesenktem Blick, die Wimpern extrem verlängert über die Wangen gespreizt. Auf manchen Bildern schielt sie wie ein Chamäleon, trotzdem gefällt sie mir immer. Es gibt eine Serie mit allen möglichen, verrückten Frisuren und lebenden Haarspangen – Käfer, Garnelen, Salamander. Doch je länger ich die Bilder anschaue, umso öfter bleibe ich an der Nase hängen. Sehr gerade und klassisch, doch mit einem komischen, kleinen Knubbel am Ende, der überhaupt nicht zum Rest passt, ich kenne sie, diese Nase. Es ist Pauls Nase.

Marjana und Josh sind längst wieder unten und stellen Eric Nolte höfliche Fragen über seine Arbeit, die er höflich beantwortet. Ich setze mich zu ihnen, höre nicht zu, trinke meinen Tee und denke über Pauls Mutter nach.

Bevor wir gehen, mache ich doch noch den Mund auf und stelle die einzige Frage, die ich habe, auf Deutsch: Hat Paul Ihnen die Zeichnungen gezeigt, die er in Kairo gemacht hat?

Eric Nolte sieht mich an mit seinen meergrünen Augen und schüttelt den Kopf.
Ja, sagt er dann. Sonst nichts.

13

Mein Vater reagierte auf den Verlust seines Sohnes, indem er aufhörte, mit uns zu sprechen. Ich habe nie herausgefunden, ob es sich dabei um einen komplizierten Racheakt handelte oder ob er einfach fand, dass es sich nicht mehr lohnte, irgendetwas zu sagen. Er entwickelte eine bizarre Zeichensprache, komplizierte Gesten für einfache Bedürfnisse, Mutter lernte ihre Bedeutung schnell und bereitwillig. Allmählich ahnte ich, dass Vater tatsächlich krank war, doch diese Ahnung erzeugte in mir nicht Mitleid, sondern Ekel, wie ein eitriges Geschwür. Es machte mich wütend zuzusehen, wie Mutter immer mehr zur Krankenschwester mutierte, und ich weigerte mich, ihre Schwesternschülerin zu spielen, schon aus Solidarität mit Franjo. Ich nährte seinen Groll gegen Vater in meinem Inneren, das hielt mich am Leben und Franjo in mir, als säße er zusammengekauert in meinem Bauch und starrte Vater durch meinen Nabel hindurch hasserfüllt an.
In diesem ersten Jahr nach Franjos Verschwinden fing ich an, mich für Biologie zu interessieren. Seltsamerweise wurde ich in der Schule besser statt schlechter, die Stupidität des Auswendiglernens von Jahreszahlen, Formeln und Regelsystemen verschaffte mir eine konkurrenzlose Ablenkung. Ich ging nicht gern ins Kino, und

das Herumsitzen in irgendwelchen Lokalen fand ich langweilig, Nina schleppte mich trotzdem manchmal mit. Ich begann, Zigaretten zu rauchen, das machte es einfacher, nur dazusitzen und zuzuschauen, meistens war es ja zu laut, um sich zu unterhalten. Manchmal trank ich auch ein Bier.

Nina hatte seit kurzem einen Freund, Raffael. Er hatte schwarze, fettige Haare, spielte Gitarre und schrieb Gedichte, die allesamt vom Tod handelten. Es war ein schillernder Tod, der da beschrieben wurde, ein ornamentaler, bittersüßer, heldenhafter Tod, reich verziert mit allerlei Verheißungen, die einen vom Leiden an Einsamkeit und unerfüllter Liebe befreiten. Ich glaubte kein Wort. Raffael wirkte auf mich nicht, als würde er sich demnächst umbringen, dazu war er zu eitel.

Immerhin sorgte er dafür, dass ich herausfand, wonach es bei uns zu Hause ständig roch. Es war auf einem Konzert von Nick Cave. Als Raffael einen Joint an mich weitergab, glaubte ich, er wolle seine Zigarette mit mir teilen, so wie ich es manchmal mit Nina machte, ich musste nicht mal husten. Aber es schmeckte seltsam, und dann veränderte sich etwas. Nick Cave sang mir ein Lied. Er sang es in meinem Kopf. Dort saß er und pflanzte seine Worte direkt in meine Gehirnwindungen, und seine Stimme tropfte in meinen Blutkreislauf wie eine Infusion. *This is true/ Mister Nothing said forever said/ I can sing/ Hit it! Make it a dead one/ With words like blood, soldier, mother* ... Es schien nur für mich zu sein, dieses Lied, und obwohl ich gut zehn Meter von der Bühne entfernt war und Cave mit ziemlicher Sicherheit nichts sah als das grelle Licht der auf ihn gerichteten Scheinwerfer, kam es mir vor, als fixierte er mich mit schmalen, schwarzen Augen, ich schloss meine und überließ mich der Musik. *You can sing the end/ ok ok/ Then I could get all the little animals out of my room/ Hit it! With a broom …* Ich verstand nur die Hälfte, doch Nick Cave sang nicht für meinen Verstand, er sang für etwas, von dem ich davor kaum gewusst hatte, dass es existierte. Ich wiegte meinen Körper hin und her, es tat weh, ihn stillzuhalten. *Put them in a big white sack/ No visitors came/ Hit it! With words like/ Thou shalt not …* So fand ich heraus, dass mein Vater kiffte. Ich beschloss, es nicht zu mögen.

Ende Oktober besuchte ich Großvater. Er war den ganzen Sommer auf Geschäftsreisen gewesen und erfuhr erst nach seiner Rückkehr von Franjos Verschwinden. Während des ganzen Nachmittags, den ich bei ihm verbrachte, saß er steif und bewegungslos in seinem alten Lederfauteuil wie in einem Rollstuhl, ich hatte den Eindruck, er würde sich nie wieder von dort wegbewegen. Er sagte, er fühle sich schuldig an Franjos Tod, weil er ihm diesen gefährlichen Sport ermöglicht habe, und dass man immer die größten Fehler mache aus dem egoistischen Bedürfnis heraus, andere Menschen glücklich zu sehen. Ich verstand nicht, was er meinte.

Woher weißt du, dass er tot ist?, fragte ich.

Das Meer ist gefräßig, sagte Großvater.

Aber sie hätten ihn gefunden, beharrte ich. *Irgendetwas* von ihm.

Das Meer hat schon viele verschluckt, sagte Großvater.

Da begriff ich: Franjo war bereits Teil einer Legende geworden. Die Legende vom Jungen, der zu den Fischen ging, weil er sie so sehr liebte.

Vielleicht ist er ja irgendwo an Land gegangen, rief ich. Vielleicht arbeitet er auf einem Fischkutter und schlägt sich alleine durch.

Großvater sah mich mitleidig an und fasste mich an den Händen.
Franjo auf einem Fischkutter? Glaubst du, er würde sein Geld damit verdienen wollen, Fische aus dem Meer zu holen und sie totzuschlagen?
Ich schwieg.
Wir alle wollen nicht an den Tod glauben, sagte Großvater.
Ich entzog ihm meine Hände und verschränkte sie auf dem Schoß.

Ich hörte auf mit den Klavierstunden. Stattdessen ging ich in die Bücherei und lieh mir sämtliche Biologielehrbücher, die ich fand. Ich verbrachte viel Zeit bäuchlings auf dem alten, fleckigen Teppich in unserem Zimmer, lateinische Ausdrücke vor mich hin murmelnd. Sie schmeckten ein wenig staubig, aber sie hatten etwas Festes, Unumstößliches an sich. Man konnte sich auf sie verlassen.
Ich fand heraus, dass mein eigentliches Interesse der Humanbiologie galt, der Funktionsweise des menschlichen Körpers. Ich war fasziniert von den Millionen Vorgängen, die sich in unserem Gehirn abspielten, während wir einfache Dinge taten wie laufen, Zähne putzen oder Eis essen. Ich mochte die Vorstellung von den verschiedenen Regionen – Mesencephalon, Metencephalon, Myelencephalon –, schon ihre Namen waren für mich wie ein Mantra, und ich stellte mir vor, ich könnte meine widersprüchlichen Gedanken auf sie aufteilen und auf diese Weise ordnen.

Siehst du, ich sage immer noch *unser Zimmer*, sogar heute noch. Am schlimmsten war es, abends vor dem

Einschlafen Franjos leeres Bett zu sehen. Ich bat Mutter ein paar Mal, es wegzugeben, bis ich begriff, dass sie es nicht konnte. Sie brachte es nicht einmal fertig, die Bettwäsche abzuziehen.

Ich lag auf dem Rücken, meinen Kopf auf Pauls Bauch gebettet, Paul streichelte seit einer halben Stunde meinen linken Unterarm. Er begann mit dem Handballen an meinem Ellenbogen, strich mit der Handfläche den Arm abwärts und schob seine Finger zwischen meine, es sah aus, als hätte ich zehn Finger an einer Hand. Es war schon ziemlich hell draußen, vielleicht fünf oder halb sechs Uhr morgens, meine Lippen schmeckten salzig. Ich fühlte mich ausgelaugt, als hätte ich tagelang im Wasser gelegen.

Was passierte mit den Fischen?, fragte Paul in die müde Stille hinein, die uns umhüllte wie ein löchriger Mantel.

Die Fische starben natürlich. Vielleicht überfütterte ich sie, oder sie litten darunter, dass niemand mehr mit ihnen sprach. Jedenfalls starben sie innerhalb weniger Monate, alle.

Wir schwiegen eine Weile, ich döste weg und sah Franjo, wie er blitzschnell durchs Wasser glitt, verfolgt von einer Phalanx aus Aquariumsfischen, aber sie holten ihn nicht ein. Niemand konnte ihn einholen. Niemand hatte das je gekonnt.

Paul bewegte sich, und ich schreckte hoch.

Ich will nicht mehr sprechen, sagte ich.

Du musst nicht sprechen, sagte Paul. Du musst jetzt schlafen.

Er machte Anstalten, seinen Arm um mich zu legen, doch ich stieß ihn weg.

Ich muss überhaupt nichts, fuhr ich ihn an.

Ich wusste nicht, warum ich das sagte, warum er mich plötzlich wütend machte, so wütend, dass ich ihn am liebsten in sein verwirrtes Gesicht geschlagen hätte. Ich sprang auf und stürmte aus dem Zimmer. Ich wollte nicht umarmt werden, wollte nicht schlafen, nie wieder. Ich riss die Tür auf und rannte aus dem Haus, in Leggings und einem dünnen Trägershirt, barfuß, aber ich spürte den Boden unter meinen Füßen nicht, den Müll und den Schlamm und die Steine und Scherben, auch nicht die Blicke der Menschen, die so früh schon unterwegs waren. Der Muezzin erhob seine Stimme, er übertönte das Schreien in meinem Kopf, es war unglaublich laut. Ich floh, ohne zu wissen, wohin, aber das tat ich ja schon lange. Hätte ich meine Dschungelschuhe angehabt, wäre ich bis zum Hafen von Alexandria gelaufen, so aber stand ich irgendwann wieder vor der Tür und traute mich nicht hinein. Ich öffnete sie vorsichtig, alles war still. Leise schlich ich ins Bad und duschte heiß, während das Wasser an mir herunterlief, fing ich wieder an zu weinen. Ich wollte nicht mehr weinen, ich war so unendlich müde, mit dem Handtuch wischte ich die Tränen ab und ging in die Küche, um Tee zu kochen. Paul stand am Fenster und rauchte. Er war bleich. Ich erschrak so sehr darüber, dass er überhaupt da stand, dass ich einen kleinen Schrei ausstieß, Paul sagte: Entschuldige, ich sagte: Wofür?, und stellte Wasser auf.
Ich habe schlecht geträumt, sagte Paul und zündete sich schon wieder eine Zigarette an. Ich war in einem großen Haus mit vielen Türen. Es war ein altes Haus, verlassen und halb verfallen, alles war von einer dicken Staubschicht bedeckt. Ich suchte etwas, ich wusste nicht, was. Ich probierte eine Tür nach der anderen, die meisten waren verschlossen, aber manche ließen sich öffnen.

Paul machte eine Pause, fuhr sich mit der Hand übers Gesicht, er zitterte. Das Teewasser kochte, ich ließ es kochen und setzte mich. Paul machte einige Male den Mund auf und wieder zu, legte drei Finger auf die Lippen, als wollte er das Ungesagte daran hindern herauszukommen.

Da war eine Frau, sagte er durch die Finger hindurch, in einem der Zimmer fand ich sie. Ihr Blick war stumm und flehend auf mich gerichtet, sie muss die Tür angefleht haben, bevor ich hereinkam. In ihren weißen Händen hielt sie … ein Organ, weich, dunkelrot, glänzend. Ich dachte zuerst an eine Leber, wie ich sie als Kind in den Händen meiner Großmutter gesehen hatte, beim Kochen, aber es war heller und die Form stimmte nicht. Sie streckte es mir entgegen, als wollte sie es loswerden, um jeden Preis.

Paul brach ab, seine Stimme verlor sich in dem Bild, das zitternd zwischen uns stand.

Und? Hast du es genommen?

Paul schüttelte den Kopf.

Sie ist zusammengebrochen, und ich bin aufgewacht. Erst als sie fiel, sah ich eine blutende Wunde auf ihrer Brust, rot leuchtend wie auf einem kitschigen, barocken Madonnenbild.

Eine merkwürdige Art von Selbstmord, sagte ich.

Paul zuckte zusammen, als hätte ich ihn geschlagen.

Alles geriet aus den Fugen.

Paul zeichnete einmal mehr wie ein Besessener, nachts warf er sich von einer Seite des Bettes auf die andere und schwitzte, ich schlief meist im Wohnzimmer auf dem nackten, kühlen Boden. Die Zeichnungen zeigten die Frau, von der er geträumt hatte, aber auch andere

Menschen, die ich nicht kannte, die sich alle selbst verletzten, auf unterschiedliche Art und Weise, mehr oder weniger tödlich. Er träumte wohl von ihnen, erzählte mir jedoch nicht davon. Schließlich begann er wieder mich zu zeichnen, in absurden Verrenkungen, die mir das Rückgrat hätten brechen müssen, ich bekam Schmerzen überall, wenn ich die Bilder ansah. Wir sprachen nur das Notwendigste, hörten keine Musik, bewegten uns nervös und mechanisch aneinander vorbei wie zwei Roboter. Wir aßen, ohne zu bemerken was. Ich ging stundenlang durch Kairo, um der unerträglichen Spannung und meiner Wut auf Paul zu entgehen, die ich nicht verstand und nicht unterdrücken konnte, für die ich mich schämte und die dennoch täglich größer wurde. Ich wollte abreisen, ich träumte davon, meine Dschungelschuhe anzuziehen, doch als ich meine Füße vom Boden lösen wollte, konnte ich es nicht, sie waren verwachsen mit den Schuhen und die Schuhe mit dem Boden. Ich erwachte schreiend, Paul hielt mich im Arm, und noch bevor ich richtig wach war, schlug ich ihm mit der flachen Hand ins Gesicht. Er nahm seine Hände von mir in einer Geste der Zärtlichkeit, ich fühlte mich wie ein geliebtes, plötzlich wild gewordenes Haustier. Ohne ein Wort packte er einen Block und seine Bleistiftschachtel in seinen Rucksack und ging. Er kam erst abends wieder, als es schon dunkel war, ich hatte den ganzen Tag die Wohnung nicht verlassen, am Küchenfenster gesessen und eine ganze Packung Zigaretten geraucht, meiner Erinnerung nach habe ich nichts gedacht. Aus seinem Rucksack zog Paul eine einzige Zeichnung, jenes Bild, das er später Josh gab: das in Auflösung befindliche Gesicht Franjos, mit einem Fisch als Ohr. Ich starrte es an. Irgendetwas stimmte nicht daran. Franjo hatte vielleicht einen Fisch gehabt, wo andere Menschen ein Ohr haben, doch die Verschwommenheit passte nicht. Mein Leben lang war er die Person mit den schärfsten, den allerexaktesten Konturen gewesen. Franjo hatte sich nicht aufgelöst. Auflösung ist ein allmählich fortschreitender Prozess, er aber war verschwunden wie eine Figur, die man aus einem Bild ausschneidet, meinem Bild. Dort hat er ein Loch hinterlassen, und ich habe meinen Kopf hindurchgesteckt, um zu sehen, wohin er gegangen ist.

14

Der Schmetterling wollte eine Braut haben und sich unter den Blumen eine recht niedliche aussuchen. Zu dem Ende warf er einen musternden Blick über den ganzen Blumenflor … Ich lag im Garten auf dem Rücken, der Wind trug die Stimme meiner Mutter über die blühenden Kräuter und Büsche hinüber zum Sommerflieder. Tagpfauenaugen, Zitronenfalter, Admirale und Kaisermäntel saßen dort auf den Blüten, flatterten von einer zur nächsten, machten mich wirr im Kopf und schläfrig, zusammen mit der hochstehenden Sonne. Ein Falter landete auf meinem linken Busen. Im letzten Jahr war er stark gewachsen, er war jetzt fast so groß wie der meiner Mutter. Ich fragte mich, wie lange sie noch diese Märchennummer durchziehen würde. Aber ich wusste ja, sie las nicht für mich … *Jeder fragt in seiner Sprache. Der Schmetterling kam auch zu Margarete, um zu fragen; er zupfte ihr aber nicht die Blätter aus, sondern er drückte jedem Blatte einen Kuss auf, denn er meinte, man käme mit Güte besser fort.* Mutter hielt inne und sah zum Sommerflieder hinüber.

Siehst du, sagte sie, es werden jedes Jahr mehr.

Die Hitze kräuselte die Luft über den Sträuchern und ließ die Flügel der Schmetterlinge vibrieren. Ich sah in den blauen Himmel, er schien mir nicht echt, als hätte jemand blaue Farbe auf einen anderen Hintergrund gekleistert, ich fragte mich, wie dieser Hintergrund wohl aussah. Der eigentliche Himmel. Ich fragte Mutter. Was ist hinter dem Blau, fragte ich und deutete hinauf, dahin, wo gerade ein Flugzeug einen weißen Streifen hinter sich her zog, der fast augenblicklich in lauter kleine Wattebäusche zerfiel. Mutter legte den Kopf in den Nacken und schirmte mit der linken Hand ihre Augen gegen das grelle Licht ab, in der rechten hielt sie immer noch Andersens Märchen. Hinter dem Blau ist wieder nur Blau, sagte sie, die blaue Unendlichkeit. Sie lachte leise. Nichts, vor dem du dich fürchten müsstest.

Am meisten fürchtete ich das Stadium der Verpuppung. Mutter hielt die Puppen in einem riesigen Glaskasten im Gartenhaus, das sie ab Mitte März mit einem kleinen elektrischen Öfchen beheizte. Sie hingen schwärzlichbraun wie eingerollte, verfaulende Blätter an einem langen, querstehenden Ast und bewegten sich nicht. Mutter saß davor und starrte sie an, wie sie früher manchmal in Franjos Aquarien gestarrt hatte, sie bewegte sich auch nicht. Es war der Anblick vollkommenen Stillstands, das Verschwinden der Zeit, das mich ängstigte.

Ich flüchtete ins Haus. Das Gesicht meines Vaters war grau, die Finger gelb, von seiner einstmals bronzefarbenen Haut war kaum noch etwas zu ahnen. Seine Augen waren dunkler denn je und folgten mir durchs Zimmer. Es war Sonntag, ich hatte nichts zu tun, ich hasste Sonntage. Ich blieb vor dem Regal mit Vaters Platten stehen. Es waren viele, trotzdem musste er jede einzelne davon unendlich oft gehört haben. Wahllos zog ich eine heraus und sah sie mir an. Das Cover war speckig und abgegriffen wie die Bücher aus der Bibliothek. Auf der Vorderseite war ein Ohreingang zu sehen, in absurder Vergrößerung, die feinen Härchen bläulich schimmernd, ebenso die Haut, einen Moment dachte ich, es sei ein Nasenloch. Ich drehte die Platte um, spürte den Blick meines Vaters im Rücken, kaum hörbar drangen die Klänge einer verzerrten Gitarre aus seinem Kopfhörer. Auf der Rückseite die Fortsetzung des vergrößerten Ohrs, überlagert von einer Wasserfläche, auf der sich kreisförmige Wellen ausbreiteten. Ich überlegte, ob jemand Steine hineingeworfen oder eine unterirdische Thermik die Wellen hervorgebracht hatte, wie bei einem Geysir. Ich klappte das Album auf, hinter mir entstand eine Bewegung. Ich drehte mich um. Vater war aufgestanden und hatte den Kopfhörer abgenommen, gleich würde er mir die LP abnehmen und mich wegschicken. Aber er kam nur herüber, stellte sich neben mich und sah sich mit mir das Schwarz-Weiß-Foto der vier Musiker auf dem Innencover an. Keiner der vier lächelte. Überrascht sah ich meinen Vater an. Er erwiderte meinen Blick nicht, lange verharrten wir so. Schließlich griff er nach der Platte, ließ sie behutsam aus dem Cover gleiten, setzte sie auf den Plattenteller und wies mit der anderen Hand auf seinen Sessel. Ich verstand nicht gleich. Noch nie hatte irgendjemand außer ihm auf diesem Sessel gesessen. Nie hatte er die Musik mit jemandem geteilt. Niemand hatte ihn je danach gefragt. Er wiederholte die

Geste und nickte dazu mit dem Kopf. Zögernd ging ich hin und setzte mich in dem Gefühl, ich nähme freiwillig auf einem elektrischen Stuhl Platz, sofort wollte ich wieder aufspringen, davonlaufen, aber da stand Vater schon vor mir und setzte mir den Kopfhörer auf. Ich schloss die Augen. Zuerst glaubte ich, gar nichts zu hören, doch von irgendwoher drangen Windgeräusche in meinen Gehörgang, pfeifend, unaufhaltsam, dann der Bass, rhythmisch, fliegend, er flog mit ungeheurer Geschwindigkeit in mein Gehirn, das sich bereitwillig zur Landebahn auffaltete. Als das Schlagzeug einsetzte, wurde ich mir jäh meines Körpers bewusst, ich wollte mich bewegen, aber ich konnte nicht. Eine unsichtbare Macht drückte mich in den Sessel, ich krallte meine Fingernägel in die zerschlissenen Armlehnen, um die aufgestaute Energie loszuwerden, E-Gitarren frästen sich durch meine Muskeln, auf meiner Netzhaut tanzte violettes Licht. Dann passierte etwas Merkwürdiges: Mein Körper begann sich aufzulösen. Ich spürte nicht mehr, dass ich in einem Sessel saß, der Kontakt meiner Oberschenkel, des Rückens und der Arme zum Stoff, zur Materie verlor sich. Ich spürte kein Gewicht, das mich daran erinnert hätte, dass ich noch da war. Es gab nichts als peitschenden Rhythmus und Töne, heulende, kreischende, brüllende Töne, ich *war* dieses Heulen und Kreischen, *ich* war der Beat.
Dann war es plötzlich vorbei, es riss einfach ab, als hätte jemand den Strom abgedreht, zurück blieben nur die Geräusche des Windes, der mich davongetragen hatte. Langsam und vorsichtig öffnete ich die Augen. Der Raum schien merkwürdig verzerrt, die Entfernungen stimmten nicht. Alle Gegenstände erschienen mir winzig im Vergleich zu meinen Händen, die sich viel zu

groß anfühlten, groteske Fremdkörper am Ende meiner Arme. Ich riss mir den Kopfhörer herunter, hievte mich aus dem Sessel und rannte hinaus in den Garten, ohne mich noch einmal umzudrehen. Draußen schien die Sonne, Mutter stand in der Tür des Gartenhauses, ihre Arme vor dem Körper ausgestreckt, die Hände zu einer Kugel geschlossen. Ich blieb stehen und wartete. Langsam hob sie die Hände zum Himmel und öffnete sie. Der Schmetterling flog nicht sofort, seine Flügel zitterten ein wenig in der warmen Luft, er hob und senkte sie ein paar Mal, bevor er sich schwerelos von der Hand meiner Mutter erhob. Ich erinnere mich an den Ausdruck auf ihrem Gesicht, unendlich weich und unendlich weit entfernt, und an den Satz, der inmitten der Musik aufgetaucht war, tief unter der Oberfläche des brodelnden Geysirs: *One of these days, I'm going to cut you into little pieces.*

Paul saß da und sah mich an. Ich hatte das Gefühl, dass er mich schon die ganze Zeit über angesehen hatte, es war mir nicht aufgefallen. Seine Augen waren schmal, ich konnte sehen, dass er müde war, vom Schauen, vom Zeichnen und Zuhören, aber sein Blick durchdrang mich mühelos. Es war Nacht geworden, eine rote Wüstennacht, ich saß auf dem Fensterbrett, unfähig, mich zu bewegen, als säße ich im Sessel meines Vaters, immer noch.

Paul stand auf und kam zu mir. Er legte die Hände auf meine Schultern und massierte sie, seine Hände waren warm, erst jetzt merkte ich, dass ich fror. Ich fühlte mich so steif, als steckte mein gesamter Körper in einem Gipsverband, aber etwas löste sich unter mir wie Sand aus einer Düne. Sie drohte zu brechen, eine gewaltige,

geologische Bewegung, das Geräusch der mahlenden Körner, ich saß ganz oben auf dieser Düne und rührte mich nicht. Paul sah zu mir herauf.
Anna, sagte er, du musst nach Hause.
Ich atmete nicht.
Er löste eine Haarsträhne von meiner linken Wange, wie er es am Roten Meer getan hatte, und strich sie sorgfältig hinter mein Ohr.
Wenn du möchtest, komme ich mit dir.
Wozu, sagte ich, und als ich es gesagt hatte, wusste ich, dass es zu Ende war.

Ich blieb die restliche Nacht auf dem Fensterbrett sitzen, während Paul die Zeichnungen von den Wänden nahm, seine Sachen packte, seine Kaffeetasse vom Morgen abspülte, nicht sprach. Zwischen den Wänden war es stiller als im Vorhof der Alabastermoschee. Ich saß da und implodierte lautlos.
Irgendwann stand Paul in der Küchentür, den Rucksack auf dem Rücken, die blaue Mappe unter dem Arm, draußen wurde es hell, der Himmel war kobaltblau. Er stand da und wartete darauf, dass ich ihn ansah, aber ich tat es nicht, starrte auf meinen rechten großen Zeh, an dem der Nagel eingerissen war bis auf die empfindliche, leicht gerötete Nagelhaut. Schließlich hob er die Hand, ich sah es aus dem Augenwinkel, sie blieb einen Moment in der Luft hängen, als könne er sich nicht erinnern, was er mit ihr tun wollte, dann legte er sie sachte auf die Türklinke, ging ein paar Schritte rückwärts und schloss die Küchentür. Kurz darauf sah ich ihn aus dem Haus kommen, er zögerte, zog dann seine Schuhe aus, nahm sie in die freie Hand und ging die Straße hinunter. Seine lange, schmale Gestalt entfernte sich so schnell,

dass ich es kaum begriff, aber der Anblick seiner nackten Füße und der baumelnden Schuhe brannte mir in jede einzelne meiner Zellen ein winzig kleines Loch.

15

Josh und ich waten mit aufgekrempelten Jeans durchs Watt. Der Schlamm ist weich und samtig, ganz anders als die von der afrikanischen Sonne verbrannte, dann vom Regen aufgeweichte Erde in den Straßen von Kairo. Das Meer hat auf seinem Rückzug tausende winzig kleine Teile von Meerestieren zurückgelassen, dort, wo das Wasser in kleinen Kuhlen stehengeblieben ist, bilden sich farbige Schlieren, lösen sich wieder auf und bilden sich neu. Marjana kauert in einem Strandkorb und schläft. Niemand hat gesprochen, seit wir Noltes Haus verlassen haben, schweigend sind wir auf unseren Rädern über den Deich gestrampelt, gegen den Wind.
Josh geht in die Hocke und hebt ein Muschelteil auf, das aussieht wie ein Gitarrenplektron, es ist grün und glitschig, Josh säubert es in einer Pfütze. Er steht wieder auf, tut so, als hänge er sich eine Gitarre um, und gibt eine kurze Lenny-Kravitz-Pantomime zum Besten.
I want to get away, I wanna fly away, singe ich.
Ja, aber wohin? Josh lässt seine Gitarre in den Schlamm fallen.
Ich zucke die Achseln. Frag Marjana.
Josh lacht. Ohne sie wären wir verloren, was?
Don't laugh, sage ich streng.

Marjana ist wach, als wir zurückkommen. Sie starrt stirnrunzelnd auf ihr Handy, Josh fragt: Bad news?, doch sie antwortet nicht. Wir fahren zurück in die Stadt, essen am Hafen kleine Krabben aus der Tüte. Ich schaue in die Sonne, bis ich das grelle Licht nicht mehr ertrage, schließe die Augen und beobachte die roten Flecken und Kreise auf meiner Netzhaut. Mein Körper fühlt sich seltsam an, zu leicht, als könne der Nordwind ihn davontragen, irgendwohin. Norden, denke ich, wo ist das: Norden? Ich habe den Bezugspunkt verloren, von dem aus man solche Dinge feststellen kann, ich weiß nicht mehr, wo ich bin. Stuttgart, Triest, Rom, Barcelona, Sagres, London, Amsterdam, Kairo … Namen, Positionen auf einer Landkarte, deren Entfernung man messen kann, aber was nützt einem das, wenn man nicht weiß, wo man ist?
Marjana zerknüllt die leere Papiertüte. Okay, dann also Berlin. Wann geht der nächste Zug?

Auf der Fahrt träume ich von einem Schiff, ein riesiges Kreuzfahrtschiff, auf dem außer mir niemand ist. Es scheint keine Besatzung zu geben, keinen Kapitän und keine Fahrgäste. Ich laufe auf dem Schiff herum und suche nach jemandem, in den Kabinen, auf und unter Deck, am Swimmingpool. Aus dem Restaurant dringt Musik, es ist für mindestens hundert Leute gedeckt, ich trage eine weiße, gestärkte Schürze. Ich gehe in die Küche, wo Teller mit fertig angerichtetem Fisch stehen, Köche sind keine zu sehen. Ich beginne, die Teller in den Speisesaal zu tragen, stelle sie auf die leeren Plätze, einen nach dem anderen, im Vorbeigehen bemerke ich, dass die Speisen weniger werden, obwohl niemand isst. Am hintersten Tisch sitzt Franjo mit Paul, sie prosten sich zu, als ich mit dem Essen komme. Sie nehmen keinerlei Notiz von mir, offenbar sehen sie mich nicht. Seelenruhig nehmen sie ihr Besteck zur Hand, Paul fragt Franjo: Wie kommst du denn hierher?, doch Franjo schaut nur entsetzt auf seinen Teller, ich ziehe ihn so schnell vom Tisch, dass er hinunterfällt und klirrend zerbricht. Zwischen den Scherben zappelt ein lebender Barsch.

Was willst du in Berlin machen?, frage ich Marjana, als wir im Speisewagen vor einem Bier sitzen.
Looking for Mister X.
Mach dich nicht lächerlich. Weißt du, wie viele Leute in Berlin leben? Und wir wissen nicht einmal sicher, dass er dort ist.
Was willst du sonst tun?, fragt Marjana ungerührt, weil sie weiß, dass sie keine Antwort bekommen wird.
Ich schaue aus dem Fenster. Die Schachtelhäuser irgendeiner namenlosen deutschen Kleinstadt rasen an uns vorbei, Dächer, Zäune, Gärten, Einkaufszentren, Baumärkte, alles sieht gleich aus, überall, ich kann keine Unterschiede mehr wahrnehmen. Delhi, denke ich, raus aus Europa, das wollte ich doch, warum bin ich schon wieder hier? In Indien soll man ja angeblich fast ohne Geld leben können, wenn ich so weitermache, wird mir gar nichts anderes übrigbleiben.
Vielleicht ist er ja tatsächlich nach Wien gefahren, unterbricht Marjana meine Gedanken.
Wien. In schneller Folge tauchen Bilder in meinem Kopf auf, eine bizarre Diashow, nichtssagende Postkartenbilder von Sehenswürdigkeiten – Schönbrunn, Stephansdom, Hofburg, Rathaus, Donauturm –, als schaute ich durch einen dieser kleinen Plastikfotoapparate, die man

an Souvenirständen kaufen kann, und drückte wie besessen den Fake-Auslöser, mit dem man die Bilder wechselt. Gibt es irgendeinen Ort auf der Welt, der weiter entfernt ist als Wien?
Neuseeland. Lass uns nach Neuseeland fahren. Josh wird begeistert sein.
Marjana sieht mich an und versucht herauszufinden, ob ich einen Witz gemacht habe, den sie nicht versteht.
You're crazy, sagt sie dann.
Ich widerspreche ihr nicht.

Berlin ist laut und kalt. Es ist Abend, als wir ankommen, am liebsten würde ich den Bahnhof nicht verlassen, sofort weiterfahren, mein restliches Leben in Zügen und auf Bahnhöfen zubringen. Marjana ist aufgedreht, besorgt einen Stadtplan, sucht ein Hotel, zerrt uns durch die Straßen, ich merke trotzdem, dass sie verunsichert ist. Sie meidet meinen Blick, redet die ganze Zeit mit Josh, der sich aufführt, als wäre er eine Figur in einem Roadmovie, beide lachen zu laut und zu oft. Als wir beim Hotel ankommen, verspüre ich das überwältigende Bedürfnis, allein zu sein, auf einem Fensterbrett zu sitzen, hinauszuschauen und *Kind of Blue* zu hören, fünf Mal hintereinander. Zum ersten Mal bereue ich, Pauls MP3-Player, den er bei mir vergessen hat, in den Nil geworfen zu haben. Dann kommt mir plötzlich der Gedanke, er könnte ihn möglicherweise nicht vergessen, sondern absichtlich dagelassen haben, für mich. Es ist die Tatsache, dass ich bisher nie auf die Idee gekommen bin, die mir den Boden unter den Füßen wegzieht, mitten in der Hotelhalle, ich bleibe abrupt stehen, die Halle schwankt. Ich sehe den MP3-Player vor mir, wie er im braunen, schlammigen Nilwasser unter mir ver-

sinkt, ich denke an die gestohlenen Lippenstifte im Central Park, ans Rote Meer, Franjos Leiche auf dem Meeresgrund, Sehnsucht überkommt mich, nach der Stille da unten.
Was ist los?, fragt Josh, der zurückgekommen ist, um zu sehen, wo ich bleibe. Besorgt sieht er mich an und nimmt mir die Tasche ab.
Stimmt was nicht?
Nichts stimmt.
Ich drehe mich um und gehe aus dem Hotel, die Straße hinunter, einfach immer weiter. Eine Menge Leute sind unterwegs, sie sind mir im Weg, ich muss schnell gehen, sonst hilft es nicht. Es hat zu regnen begonnen, die Nässe kriecht mir unter die Kleider, ich nehme es kaum wahr, auch die Häuser nicht und die Neonreklamen, mein Blick ist auf die Straße vor mir geheftet, auf die Füße und Pfützen und aufgeweichten Flyer, schwimmenden Zigarettenkippen, Kanaldeckel, langsam werden die Füße weniger. Ich gehe und warte darauf, dass der Druck auf meiner Brust nachlässt, das Gefühl, etwas oder jemand zöge mir die Haut von den Knochen, aber es funktioniert nicht, nicht heute, nicht hier. Ich gehe noch schneller, fange an zu laufen, höre mein eigenes Keuchen, spüre, wie mir die Luft ausgeht, zu viele Zigaretten, zu viel Alkohol. Die nächste Kneipe, dort am Eck, eine lange Theke, ein paar schäbige, kleine Tische, laute Musik, Feierabend, Menschen, die sich besaufen. Ein Lokal, in dem ich gerne gearbeitet hätte, früher, in einem anderen Leben. Ich quetsche mich an die Bar und fange an zu trinken und zu rauchen. Eine ganze Weile beobachte ich die zwei Typen, die hinter der Bar stehen, Bier zapfen, Wodka, Tequila und Weißweinschorle ausschenken, ihre Gesten und Handgriffe sind

mir so vertraut, dass ich mich an meinem Bier festhalten muss, um meine Arme und Hände daran zu hindern, ihre Bewegungen reflexartig mitzumachen. Aber ich mache mir keine Illusionen: Ich habe die Seiten gewechselt, hier sitze ich und besaufe mich, obwohl ich keinen Feierabend habe, und andere zapfen das Bier für mich. Ich sitze und warte auf den Rausch, aber er kommt nicht, mit jedem Bier werde ich nüchterner, um mich herum selig lächelnde Münder, glasige Augen, Stimmen und Musik werden lauter, die Zungen schwerer, nur ich bin immer noch so klar im Kopf, dass es weh tut. Ich versuche es mit Wodka, ohne Erfolg, ich werde durchsichtig wie die Flüssigkeit in meinem Glas, das ist alles. Schon eine ganze Weile starre ich auf den geröteten Stiernacken meines Sitznachbarn und den Schweißfleck auf seinem T-Shirt, der in der letzten halben Stunde die Form des afrikanischen Kontinents angenommen hat. Inzwischen dreht er sich alle zwei Minuten nach mir um, vielleicht sollte ich gehen, bevor er mich anquatscht, aber leider bin ich mit dem Barhocker verwachsen und müsste ihn mitnehmen, wollte ich das Lokal verlassen. Irgendjemand stellt mir regelmäßig Wodkas hin, man sorgt sich um mich, das finde ich tröstlich. Dann, schlagartig, leert sich das Lokal wie ein überfüllter italienischer Strand zur Siesta, ich versuche, von meinem Liegestuhl aus einen Blick auf den Himmel zu erhaschen, dabei verliere ich das Gleichgewicht und lande auf dem Boden. Einer der Thekentypen kommt angelaufen und hilft mir auf, was eigentlich nicht notwendig wäre, trotzdem nehme ich seine Hand, sie ist nass und kalt. Mädchen, sagt er, du musst nach Hause. Ich lache laut auf, drücke ihm einen Geldschein in die Hand und gehe.

Draußen regnet es kleine weiße Blüten vom Himmel,

die sich auf meiner Haut sofort auflösen, wie hübsch. Ich denke an die Kirschblüten in unserem Garten, wie ich oben im Baum saß und sie auf Franjo rieseln ließ, wenn er unten vorbeiging, an seinen schwarz-weiß gesprenkelten Haarschopf. Die Straße ist seifig, meine Turnschuhe rutschen immer wieder seitlich weg, auch das Auto, das knapp neben mir bremst, scheint Schwierigkeiten damit zu haben, ich lächle ihm verständnisvoll zu. In einiger Entfernung vor mir sehe ich ein Geländer, gegen das ich mich gerne lehnen würde, ich gehe darauf zu, es dauert ewig, bis es näher kommt. Als ich dort bin, biege ich meine klammen Finger um das kalte Gestänge und schaue hinunter auf den Fluss. Winzige MP3-Boote schwimmen abwärts, weiß und silbern glänzend in der Nacht, ich lege mich auf den Boden und schiebe meinen Kopf zwischen zwei Stangen durch, um zu sehen, wie sie unter der Brücke durchschwimmen. Der Himmel ist so hell, dass ich sogar Fische sehen kann, die an der Wasseroberfläche nach Insekten schnappen und kreisförmige Wellen hinterlassen mit kleinen Luftblasen in der Mitte. Ich denke an Geysire, an heißes Wasser und Wüste, der kleine, wackelige Bildausschnitt des mit toten Fliegen verklebten Busklofensters auf dem Weg nach Hurghada taucht vor mir auf, Pauls erschöpftes, schweißnasses Gesicht auf einem strahlend weißen Kopfpolster, grellrote Korallen, die sich bewegen, wie sie es nicht sollten, was machen die überhaupt hier, in der Spree? Die Fische müssten es wissen. Ich grüße sie höflich und tauche mit ihnen ab.

16

Alles um mich herum ist weiß. Schnee, nichts als Schnee, Lawinenabgang.

Ich bin begraben unter den weißen, flockigen Massen, es ist unerträglich hell. Wie kann es so hell sein unter so viel Schnee? Ich muss erstickt sein, dies ist das ewige Licht.

Ich versuche zu atmen. Ein stechender Schmerz breitet sich in mir aus, von einem unbekannten Zentrum aus. Mein Atem gurgelt, rasselt, stottert, pumpt den Schmerz in mein Gehirn, jemand sagt: Sie kommt zu sich, passen Sie auf, möglicherweise muss sie sich erbrechen. Ich öffne die Augen und schaue in Marjanas weißes Gesicht, das mir riesig vorkommt, ein vom Himmel gefallener Mond, mit Bergen und Tälern und Kratern, mühsam stelle ich das Bild scharf.

Anna, can you hear me?

Ich mache eine Bewegung mit dem Kopf, von der ich glaube, dass es wie ein Nicken aussieht.

Dann übergebe ich mich in Marjanas Schoß.

Auch der diensthabende Arzt ist weiß im Gesicht, er sieht aus, als würde er niemals in die Sonne gehen, seine Haut hebt sich kaum von seinem Mantel ab.

Alkoholvergiftung zweiten Grades, er streckt den Daumen seiner linken Hand aus, dann den Zeigefinger, und Hypothermie, also Unterkühlung, im beginnenden Erschöpfungsstadium, Sie haben eine Menge Glück gehabt, junge Frau. Zweikommafünf Promille, er schüttelt den Kopf. Brauchen Sie psychologische Betreuung?

Nein, danke. Kann ich jetzt gehen?
Wir behalten Sie noch bis morgen früh hier, zur Beobachtung. Außerdem sollten Sie noch eine Infusion bekommen. Wo sind Sie zu Hause?
Im Hotel.

Marjana sitzt an meinem Bett und sieht mir zu, wie ich meine erste Mahlzeit seit dreißig Stunden einnehme, ein Stück faseriges Fleisch in einer farblosen Soße, dazu Spiralnudeln. Meine Gedärme fühlen sich an, als lägen sie ebenfalls in Spiralen in meinem Bauch.
Wie habt ihr mich gefunden?
Wir haben dich nicht gefunden, das war irgendein Typ, der gerade vorbeikam.
Aber jetzt bist du hier.
Ich habe heute Morgen sämtliche Krankenhäuser der Stadt angerufen.
Wo ist Josh?
Weg.
Was heißt das, er ist weg?
Marjana betrachtet ihre linke Hand und beginnt, den Lack von den Nägeln zu kratzen.
Ist er nach Hause geflogen?
Marjana zuckt mit den Achseln, ohne den Blick von ihren Nägeln zu wenden, eine Landschaft roter Lacksplitter bildet sich auf ihrer schwarzen Hose.
Okay, eines Tages wirst du's mir erzählen. Oder dran ersticken.
Marjana sieht mich groß an.

Seit einer Stunde sitzen wir bei Starbucks am Fenster, jeder einen Pappbecher Kaffee vor sich. Es ist fast Mittag, auf der anderen Seite der Glasscheibe Verkehr,

Menschen, Lärm. Lärm auch im Raum, schlechte Musik aus dem Lautsprecher direkt über meinem Kopf und Fetzen belangloser Gespräche, dieses eine Mal bin ich dankbar dafür. Wir müssen nicht sprechen. Ich habe das Gefühl, in einem gestrandeten Schiff zu sitzen auf einer einsamen Insel, ein weißer Fleck auf der Landkarte.

Heute ist Montag, sagt Marjana unvermittelt, als hätten wir einen Plan, der für bestimmte Wochentage bestimmte Tätigkeiten vorsah, ein Leben, das einen solchen Plan nötig machte, Montag Bank und Wäscherei, Dienstag Fenster putzen, Mittwoch Friseur, abends Yoga.

Draußen vor dem Fenster versucht eine sehr dicke Frau mit rotem Gesicht ihr schreiendes Kind in den Kinderwagen zu stopfen, das Kind wehrt sich, boxt mit den kleinen Fäusten gegen den enormen Bauch seiner Mutter. Auch das Kind ist dick und rotgesichtig. Der Kaffee ist schlecht und längst kalt. Ich leere ein weiteres Zuckersäckchen hinein und rühre mit dem Plastikstäbchen minutenlang in der braunen Brühe, der Zucker löst sich nicht auf. Marjanas Telefon läutet, mit der Melodie von *Happy together*. Marjana kramt hektisch in ihrer Tasche, am Nebentisch pfeift jemand mit.

Hello, schreit Marjana in das silberne Ding, das so winzig ist, dass es zur Gänze unter ihren Haaren verschwindet. Who? What? I can't hear you, wait a moment, hold on … Sie zwängt sich bereits zwischen den Tischen hindurch nach draußen. Ich rühre weiter in meinem Kaffee und denke über Mobiltelefone nach. Ich habe nie eines besessen. Kein Handy für Nomaden. Aber selbst wenn ich nicht alle paar Monate den Wohnort wechselte, würde ich keines haben wollen. Meine Abneigung unterscheidet sich nicht von der gegen normale Telefone. Ich mag es nicht, mit Menschen zu sprechen, die ich nicht sehen kann, es fällt mir schwer zu glauben, dass sie tatsächlich da sind, am anderen Ende der Leitung, zu glauben, was sie sagen, ohne ein Gesicht, ohne die Sprache ihres Körpers. Heute Morgen im Hotel habe ich gehört, wie eine Frau, die in der Lobby bei einem Kaffee saß, irgendjemandem erzählte, sie sei gerade beim Friseur. Das Telefon ist ein Lügenapparat, die Erfindung des Handys gestattet es den Menschen, überall zu lügen, auf der Straße, in der U-Bahn oder auf dem Gipfel eines Berges.

Ich schaue wieder hinaus auf die Straße. Marjana steht im Schneeregen, sie kämpft mit ihrem Haar, der Wind bläst es ihr ins Gesicht, treibt die halbgefrorenen Tropfen fast quer über den Gehsteig. Sie ist blass und spricht sehr schnell. Ich glaube nicht, dass sie lügt. Auch Paul, denke ich unwillkürlich, hat mich nie angelogen, allerdings habe ich nie mit ihm telefoniert. Jetzt würde ich es gerne tun. Ich wäre bereit, mir von ihm eine Lüge erzählen zu lassen, um seine Stimme zu hören. Der Gedanke erschreckt mich, ich würde ihn gerne zurückspulen und löschen, aber da ist schon der nächste: Warum sollte er mich plötzlich anlügen, wenn er es bisher nicht getan hat? Ich denke an Pauls Stimme, die immer ein wenig brüchig klingt, als hätte er lange nicht gesprochen und müsste die Worte über eine feine Staubschicht auf seinen Stimmbändern manövrieren. Pauls Stimme, die mich fragt: Möchtest du Tee oder lieber ein Glas Wein?

Als Marjana mir ihre kalte Hand auf den Arm legt, schaue ich immer noch aus dem Fenster, ich habe nicht bemerkt, dass sie nicht mehr da draußen steht.

Anna, ich muss nach Hause.

Du musst *wohin*?

Ich muss sofort zurück nach Kairo. Mein Vater hatte einen Herzinfarkt.
Marjanas Augen sind fast schwarz, ihre Lippen weiß. Ich öffne den Mund, um etwas zu sagen, bringe es nicht fertig und schließe ihn wieder.
Nein, er ist nicht tot, aber es geht ihm sehr schlecht. Ich muss zu ihm.
Natürlich, sage ich mechanisch. Marjana wischt sich mit dem Ärmel übers Gesicht, dreht sich um und geht. Wie in Trance laufe ich neben ihr her, ich begreife nicht, was passiert ist. Marjana bahnt uns einen Weg durch eine Menschentraube, ich erhasche einen Blick auf eine magere Gestalt, die offenbar bewusstlos auf dem Gehsteig liegt. Mir wird schlecht, ich nehme Marjanas Hand, als wäre ich fünf Jahre alt und sie meine Mutter. Marjana, die Hotelzimmer bucht, mein Essen bezahlt, Marjana, die sagt: dann also Berlin. Sie weiß, was als nächstes zu tun ist, wie man sich verhält, dass man nach Hause fährt, wenn es dem eigenen Vater an den Kragen geht, auch wenn man ihn hasst.

Ich begleite sie zum Flughafen. Es gibt nichts zu sagen, das Taxi ist überheizt und riecht nach Reinigungsmittel mit Frischearoma. Dem Fahrer ist unser Schweigen offenbar unangenehm, er schaltet das Radio ein, es läuft *You are the sunshine of my life* in einer unerträglichen Schlagerversion, Marjanas Hand schiebt sich langsam über meine, dann plötzlich packt sie zu und hält sie so fest, dass ihre Fingerknöchel weiß werden und meine Finger rot. Ich sitze steif und sehr aufrecht da und denke, wir sind Kinder, beide sind wir Kinder.
Erst als wir aus dem Airport Office der Egyptair herauskommen, finde ich den Mut, Marjana zu fragen, ob ich

mit ihr nach Kairo kommen soll. Sie bleibt abrupt stehen, wie sie es oft tut, ein Mann, der hinter uns gegangen ist, läuft fast in sie hinein, Marjana bemerkt es nicht. Sie steht da mit ihrem Flugticket in der Hand und sieht mich an. Ich fühle mich unbehaglich, ihr Blick erinnert mich jetzt an Paul, und in diesem Moment weiß ich, dass meine Frage egoistisch war, gestellt nicht aus Mitgefühl oder dem Bedürfnis zu helfen, sondern aus Angst. Ich werde allein sein. Das erste Mal in meinem Leben fürchte ich mich davor. Ich war so lange allein, dass das Bedürfnis nach anderen Menschen in mir abgestorben ist wie ein nicht durchbluteter Körperteil. Hier und jetzt, am Flughafen Berlin-Schönefeld, begreife ich, dass ich ohne diesen Körperteil nicht leben kann.
Marjana breitet ihre Arme aus wie eine große Krähe ihre Flügel, umarmt mich und hält mich fest. Hab keine Angst, sagt sie, und noch einmal: Don't be afraid.
Eine Stunde später stehe ich auf der Besucherterrasse und sehe zu, wie die Maschine nach Kairo in den weißen Schneewolken verschwindet. Danach kaufe ich mir eine österreichische Zeitung, setze mich in ein Café und studiere die internationalen Wettermeldungen. Kairo, wolkenlos, vierundzwanzig Grad, New York, stark bewölkt, acht Grad, Prag, Regen, sechs Grad, Wien, Schneeregen, ein Grad.

TEIL DREI

And now that the family
Is part of a chain
take off your eyeshade
start over again

Nick Drake

17

Das Haus ist dunkel. Wenn mich das Licht der Straßenlampen nicht täuscht, ist es frisch gestrichen, tigergelb. Auch der Zaun ist neu, ordentliche Holzlatten in Reih und Glied, dunkelgrün. Entlang des Zaunes sind Thujen gepflanzt worden, sodass der Garten nach beiden Straßenseiten vor Blicken geschützt ist. Nach einer halben Stunde, die ich auf der gegenüberliegenden Straßenseite hinter einem Auto verbracht habe, bin ich sicher, dass niemand zu Hause ist. Ich wage mich vor bis zur Gartentür und spähe darüber hinweg. Die Wellblechgarage ist verschwunden, das Gartenhaus mit einem Vorhängeschloss versehen, links und rechts des kleinen Weges, der zum Haus führt, liegen die Beete wie zu groß geratene Gräber, mit rohen Steinen eingefasst und sorgfältig eingewintert. Dort, wo sich früher die Feuerstelle befand, steht ein zierliches Metalltischchen mit zwei Gartenstühlen auf einem eingeebneten Stück Rasen.
Vorsichtig drücke ich die Türklinke herunter. Es ist offen. Ich verstecke meine Tasche hinter einem Fliederbusch, versuche, durch die Fenster einen Blick ins Innere des Hauses zu erhaschen, aber es ist zu dunkel, um hinter den halbdurchsichtigen Vorhängen etwas zu erkennen. Ich lege meine Hände flach an die Mauer, dann eine Wange und schließlich den ganzen Körper, sie ist glatt

und kühl. Früher einmal ist sie rau gewesen, mit kleinen Spitzen im Putz, die einem ein Muster in die Haut drückten beim Versteckenspielen, winzige rote Punkte. Ich drehe den Kopf noch ein wenig nach links, drücke mein Ohr gegen die Wand. Lange Zeit stehe ich so da und horche. Ich stelle mir vor, mein Vater säße da drin in seinem Sessel unter den Kopfhörern. Was würde er hören? Aber selbst, wenn er nicht mehr da drin ist und all seine Schallplatten fort, müsste die Musik noch zu hören sein, die Mauer eine einzige, große Membran. Langsam taste ich mich an ihr entlang. Die Küche. Die Loggia. Keine Alufenster, stattdessen helles Holz, Korbmöbel, Oleander. Unser Zimmer. Hat sie die Bettwäsche abgezogen? Den Schreibtisch ausgeräumt, die Tapete von den Wänden gekratzt mit zu dünnen, brüchigen Fingernägeln? An der Eingangstür bleibe ich stehen. Etwas irritiert mich, fehlt, ein blinder Fleck – das Türschild, es ist weg. Der einzige Stempel, den mein Vater dem Haus je aufgedrückt hat, das Rechteck aus Messing mit dem geschwungenen Schriftzug: Abaza. Meine Hände fühlen sich taub an, meine Brust ist ein Hohlraum mit nichts darin. Ich schwanke, suche Halt, ein lautes, fremdes Geräusch erschreckt mich zu Tode. Ich habe mich gegen die Klingel gelehnt, damals gab es keine. Ich lehne mich mit dem Rücken an die Wand und atme ein paar Mal tief durch, um mich zu beruhigen, dabei fällt mein Blick auf den Kirschbaum. Mein altes Versteck, mein Refugium! Die Äste sind nass und glitschig, doch meine Hände und Füße finden den Weg. Ein wenig außer Atem komme ich in der bequemen Astgabel an, in der ich früher so oft saß, lesend, träumend, ich bin schon lange auf keinen Baum mehr geklettert. Da sitze ich nun und warte, aber nichts rührt sich. Ich schließe die Augen. Du musst nach Hause. Ist das mein Zuhause, diese Astgabel? Ich umarme den Ast, er ist dünn und knochig wie Paul, vielleicht ist es Paul, vielleicht wache ich gleich auf und bin in Kairo und erzähle ihm, ich hätte von zuhause geträumt. Und Paul würde seinen Block holen und seine Bleistifte und das Haus zeichnen, nicht diese fremde, geschmackvolle Idylle, sondern das Haus, wie es ausgesehen hat, als ich fortging, obwohl er es nie gesehen hat.

Das Geräusch eines Autos reißt mich aus meinen Gedanken. Es parkt direkt vor der Gartentür, ein weißer Renault mit Schiebedach, ein Mann steigt aus und eine blonde Frau, sie sieht aus wie immer. Mein Herz gerät aus dem Rhythmus, sie lacht, sagt: Das meinst du nicht ernst, hakt sich bei ihm unter. Im Garten bleibt sie kurz stehen und schnuppert, es riecht schon wieder nach Regen, meinst du, es regnet heut Nacht wieder? Kann sein. Seine Stimme ist tief und voll, er klingt fast wie Waldenbrecht. Sie trägt einen roten, tailliert geschnittenen Mantel, ich bin erstarrt, verschmolzen mit dem Geäst. Ein Schlüsselbund klimpert, die Tür zum Haus öffnet sich, jemand macht das Licht an, ich sehe zu, wie die beiden den kleinen Tanz vollführen, der notwendig ist, um in unserem winzigen Vorzimmer zu zweit Platz zum Ausziehen zu finden, Mutter streift einen ihrer Schuhe ab, dann fällt die Tür wieder zu, es ist dunkel und ich bin allein.

Ich denke nichts, mein Kopf ist eine Wüste, ein kleines Stück Wüste in einem Glaskasten, ein Terrarium ohne Bewohner. Ich starre auf das Haus, als wäre es ein Lebewesen, ein schlafendes Krokodil, dessen Erwachen man ängstlich erwartet. Von meinem Versteck aus kann ich die Küche nicht sehen, wahrscheinlich sind sie dort, essen und trinken noch etwas, der falsche Waldenbrecht holt zwei Gläser aus dem Schrank, entkorkt eine Flasche Rotwein, fragt sie, wie ihr der Film gefallen habe, während meine Mutter ein paar kalte Häppchen zurechtmacht und sich über Julia Roberts auslässt. Vielleicht sitze ich in Stuttgart neben Frau Görling auf dem Sofa und sehe eine Soap, ich steige vom Baum, weil ich wissen will, wie es weitergeht. Das Schlafzimmerfenster ist auf der anderen Seite des Hauses, wo das Grundstück nur zwei oder drei Meter vom Haus entfernt endet. Es ist schwierig, sich dort zu verstecken, nur Brombeergestrüpp und Heckenrosen, meine Mutter schläft bei offenem Fenster, sommers wie winters. Ich drücke mich an einer kahlen Stelle gegen den Zaun, beobachte meinen Atem, der mir dampfend aus Mund und Nase quillt, nichts passiert. Ich weiß nicht, wo ich heute Nacht schlafen werde, meine Kleider werden feucht, ich beginne zu frieren, es ist still, wie es niemals still sein dürfte in einer Stadt.

Dann, nach einer Ewigkeit, leuchtet das Fenster auf, ein gelbes Auge in der Nacht. Die Schatten einer Frau und eines Mannes werden hinter dem Vorhang sichtbar. Es könnte irgendeine Frau sein, die ihren Mann umarmt oder ihren Liebhaber. Sie küssen sich, die beiden Schatten wachsen zusammen zu einem einzigen, aus dem sich hin und wieder ein Arm löst oder ein Kleidungsstück, eine sich ständig wandelnde Form, als wären es keine festen Körper, die sich bewegen, sondern etwas Flüssiges oder Gasförmiges oder etwas dazwischen. Kein Geräusch dringt an mein Ohr, ob es keine gibt oder ich sie nicht höre, kann ich nicht sagen. Es ist, als schaute ich in eines von Franjos Aquarien. Was ich sehe, ist schön, anmutig und vollkommen fremd, wie die bunten

Fische, die eleganten Bewegungen ihrer durchscheinenden Flossen.
Plötzlich teilt sich der Schatten wie eine Zelle, die Gestalt der Frau kommt ans Fenster, schiebt den Vorhang zur Seite, sie ist nackt, ihre Haut fast bläulich. Sie öffnet das Fenster, streckt einen Arm nach draußen, sie sagt: Wusst ich's doch, mehr zu sich selbst, und schließt die Hand über ein paar dicken, trägen Regentropfen, als wären es Glasmurmeln, die sie mit ins dunkle Zimmer nehmen wollte. Ich halte mir die Augen zu wie ein kleines Kind, das glaubt, so sei es unsichtbar.
Kurz darauf höre ich meine Mutter stöhnen.
Ich hätte nicht vom Baum herunterkommen sollen, nie. Damals, als ich mit der nach Staub und hundertfach gelesenen Buchstaben riechenden Ausgabe von *Robinson Crusoe* dort oben gesessen und Blüten auf Franjos Haar hatte regnen lassen, hätte ich mich entscheiden müssen.

18

Ich will ins Europa, das erste Lokal, in dem ich gekellnert habe, mein erster Job überhaupt. Nicht, dass ich Hoffnungen hätte, noch irgendjemanden dort zu kennen oder von jemandem erkannt zu werden. Im Gegenteil, es wäre mir unangenehm. Ich möchte nur im warmen Licht sitzen und den Kellnerinnen zuschauen, wie sie Bier zapfen, Espressos machen und hübsch und freundlich und gestresst sind von Berufs wegen.
Ich gehe die nächtlich ausgestorbene Hütteldorferstraße hinunter, einiges hat sich verändert, vieles ist gleich ge-

blieben, zum Beispiel das Textilgeschäft, bei dem ich mich schon vor zehn Jahren gefragt habe, wie es bis dahin hatte überleben können – sicher nicht von den paar Metern Stoff und den Perlmuttknöpfen, die meine Mutter hin und wieder dort eingekauft hat. Weil mir so kalt ist, gehe ich schnell, will schon laufen, da höre ich hinter mir ein vertrautes Geräusch, ein Bus hält auf der anderen Straßenseite, hell erleuchtet wie eine riesige, schwankende Laterne, jetzt laufe ich wirklich. Im Bus ist es warm und gemütlich, er kommt mir vor wie ein fahrendes Wohnzimmer, trotz des grellen Lichts. Ich habe einmal irgendwo gelesen, dass die Beleuchtung in öffentlichen Verkehrsmitteln stimmungsaufhellend wirken soll, dabei sieht jede Haut in diesem Licht unterschiedslos teigig und ungesund aus. Zum Glück gibt es keine Spiegel.

Nach kurzem Zögern setze ich mich ganz hinten ans Fenster, außer mir sind nur zwei Leute im Bus, ein sehr dünnes, stark geschminktes Mädchen und ein unauffälliger Mann mittleren Alters in einem Trenchcoat. Mit ihnen würde ich jetzt gerne reden, sie fragen, wie ihr Tag war, wohin sie um diese Zeit unterwegs sind, ob das Licht auf sie stimmungsaufhellend wirkt. Damit ich nicht in Versuchung gerate, es wirklich zu tun, schließe ich die Augen und spiele ein altes Spiel mit mir selbst. Ich muss den Namen der jeweils nächsten Station erraten, bevor die Stimme aus dem Lautsprecher sie ansagt, Bahnhofstraße, Baumgarten, Waidhausenstraße, nein, Hochsatzengasse, als Kind habe ich dieses Spiel gespielt, auf genau dieser Strecke, wenn ich mit der Straßenbahn zur Schule fuhr. Ich bin sie so oft gefahren, dass ich glaubte, die Abfolge nie wieder vergessen zu können, inklusive sämtlicher Umsteigemöglichkeiten, doch

jetzt habe ich Schwierigkeiten, mich zu erinnern, Stationen und Linien verwirren sich in meinem Kopf, werden überlagert von Straßen und Plätzen in anderen Städten. Mein Gedächtnis hat sich seinen eigenen Stadtplan gebastelt, von einer Stadt, die nicht existiert.
Das Europa ist laut und voll, die nassen Mäntel und Jacken der Leute dampfen, alles raucht, alles ist wie immer. Hinter der Bar steht Lisa, eine Ex-Kollegin, ich erkenne sie sofort, obwohl sie ihre Haare schwarz gefärbt hat. Schnell gehe ich aufs Klo und schaue in den Spiegel. Auch ich sehe aus wie immer, es war naiv anzunehmen, dass mich niemand mehr erkennen würde. Man wird nicht unkenntlich wegen ein paar Falten oder einer anderen Frisur. Aber ich hatte ja nicht wissen können, dass ausgerechnet Lisa nach zwölf Jahren immer noch hier festsitzt, Lisa, die früher davon geträumt hat, nach New York zu gehen, und sich mit der Kellnerei das Geld dafür zusammensparen wollte. Plötzlich will ich wissen, warum sie hier geblieben ist. Ich gehe zurück ins Lokal, stelle mich an die Bar und warte, bis sie mich sieht. Als ihre Augen mich finden, gibt es diesen Moment, in dem sie mich noch nicht erkennt, in dem ich ein normaler Gast bin, den sie fragen möchte, was er trinken will, in dem ich mir wünsche, dass es so bleibt.
Anna? Ich nicke. Sie lächelt unsicher, schüttelt den Kopf. Wo warst du? Geht's dir gut? Ich zucke mit den Achseln. Kann ich ein Bier haben? Groß oder klein? Groß. Lisa ist erleichtert, ihre Arbeit machen zu können, als sie das Glas vor mich hinstellt, sagt sie doch noch etwas. Ich habe ein paar Mal bei dir zu Hause angerufen, deine Mutter sagte, du seist verreist. Verreist? Ja, sie wusste nicht, wohin und wann du wiederkommen würdest. Sie glaubte, dass ich zurückkomme? Lisa zuckt mit den

Achseln. Sie sagte … entschuldige … Ja, ja, mach nur. Ich beobachte, wie sie andere Gäste bedient, hübsch, freundlich, gestresst. Sie hat meine Mutter angerufen. Warum? Ich habe ihr nicht einmal meine Telefonnummer gegeben. Wir waren ein paar Mal nach dem Dienst etwas trinken gegangen, wenn wir zu aufgedreht waren, um schlafen zu gehen, ich habe ihr nie etwas von mir erzählt, meistens hat sie geredet, meistens von New York. Sie war nie dort gewesen.

Ich nutze die Chance, lege zwei Münzen auf die Theke und bahne mir einen Weg nach draußen, meine Neugier erscheint mir dumm und ekelhaft, aber ich komme nicht weit.

Anna?

Ich drehe mich um. Lisa kommt mir nachgelaufen, in ihrem Spaghettiträgershirt, der Regen läuft ihr über die nackten Schultern und in den Ausschnitt.

Sie sagte, du suchst vielleicht deinen verschwundenen Bruder.

Ich schaue sie an, wie ich sie noch nie angeschaut habe. Bis zu diesem Augenblick war sie eine Fremde gewesen, eine Statistin, nun hat sie während eines einzigen Satzes ihre Anonymität verloren. Ich würde gerne etwas sagen, aber es funktioniert nicht, das System ist überlastet. Lisa kreuzt die Arme über der Brust, um die Kälte abzuwehren, reibt ihre Schultern.

Du musst zurück.

Sie nickt.

Ich warte, bis du fertig bist.

Bis zur Sperrstunde sitze ich an einem kleinen Tisch in der Nähe der Tür vor einem Glas Bier, trinke nicht, rauche nicht, schaue nirgendwohin, ich denke an meine Mutter in dem roten, taillierten Mantel, versuche dieses

Bild in meinem Kopf statisch zu halten wie ein Foto, mit großer Anstrengung. Keine Bewegung soll es stören, kein Gedanke, nicht die Gespräche der Leute, nicht die Musik, die sich als einzige Wahrnehmung da und dort in mein Ohr gräbt wie ein Regenwurm in die feuchte Erde, die es hier nicht gibt, was ist das, Miles Davis? Ich will ihn nicht hören, nicht jetzt.

Als Lisa sich zu mir an den Tisch setzt, bin ich erstaunt, dass keiner mehr im Lokal ist.

Bleiben wir hier oder gehen wir runter ins Stehbeisl?

Ist mir egal.

Lisa holt ihren Pullover und ihre Jacke. Der Regen hat aufgehört, es ist noch kälter geworden, das Wasser in den Pfützen beginnt zu gefrieren. In meinen abgetretenen Turnschuhen rutsche ich die Mariahilferstraße hinunter, Lisa trägt schwere Schnürstiefel. Das Stehbeisl hat ein paar Falten mehr, wir bestellen Schnaps, wie immer.

Also, wo warst du?

Verreist.

Aha.

Wir trinken.

Was willst du wissen?

Lisa schneidet eine Grimasse, die Mühsal ausdrückt, als müsste sie einen besonders komplizierten Gast bedienen.

Du weißt schon. Wo, wie lange, seit wann bist du wieder da?

Sie hat ja recht. Aber ich muss gerade an Marjana denken, an ihre Schuhe in meinem Vorzimmer in Kairo, ich will nicht wieder anfangen zu erzählen, schon die Vorstellung, es zu tun, macht mich unendlich müde.

Ich war an vielen verschiedenen Orten, aber eigentlich war ich nirgends, glaube ich.

Warst du auch in New York?
Ja.
Und, wie ist es?
Ich weiß nicht, es war nur eine Zwischenstation, und du? Warst du nicht dort? Du wolltest doch immer über die Brooklyn Bridge fahren und dabei *New York, New York* singen.
Tja, das Geld hatte ich schon beisammen, der Flug war gebucht, für den 13. September 2001.
Verstehe.
Es entsteht eine Pause, in der sich die Fremdheit zwischen uns ausbreitet wie auslaufende Flüssigkeit auf einem Teppich. Ich sollte weiterfragen, bringe es aber nicht fertig. Lisa schon.
Was sollte das mit deinem Bruder? Ich wusste gar nicht, dass du einen hast. Ist er wirklich verschwunden? Hast du nach ihm gesucht, oder was hast du gemacht?
Dasselbe wie hier.
Du hast studiert?
Nein, gekellnert. Manchmal hab ich auch in Tourismusbüros gearbeitet.
Aha.
Schweigen. Ich hasse mich für meine Sprödigkeit, mein dauerndes Ausweichen, kann aber nichts dagegen tun. Lisa seufzt.
Hör zu, du musst mir nichts erzählen, wenn du nicht willst, aber warum hast du sonst zwei Stunden lang auf mich gewartet? Trinken kann man auch alleine.
Ich weiß. Tut mir leid.
Ich kann sie nicht anschauen, fixiere stattdessen meine aufgeweichten Turnschuhe.
Weißt du, ich hab dich vermisst, als du plötzlich weg warst.

Es ist zu warm in diesem Lokal, mir wird unerträglich heiß, mein T-Shirt klebt an meinem Rücken, ein kleines Rinnsal aus Schweiß bildet sich zwischen meinen Brüsten und rinnt Richtung Bauchnabel.
Ich hatte immer das Gefühl, dass es etwas gibt, das dich bedrückt, worüber du nicht redest, ich hab mich nie getraut zu fragen. Du warst so ... unnahbar. Man kam nicht an dich heran.
Lisas Blick ist starr auf ihr Glas geheftet, ihre beiden Hände umschließen es fest. Ich muss die ganze Zeit auf diese Hände schauen, auf die bläulich schimmernden Adern, die, leicht erhaben, knapp unterhalb der Handgelenke unter der blassen Haut sichtbar werden, sich verzweigen, um das Blut in die Finger zu transportieren wie Tinte in die Spitze einer Füllfeder.
Eine Zeit lang dachte ich, wir könnten Freundinnen werden, aber irgendwann kam ich mir nur noch aufdringlich vor.
Abwesend setzt sie ihr leeres Glas an den Mund, stellt es verkehrt herum auf die Theke. Ich bestelle noch zwei Schnäpse.
Lisa, kann ich bei dir übernachten? Ich weiß nicht, wohin.

Im Stiegenhaus riecht es nach gekochtem Sauerkraut, ein Geruch, von dem mir schon immer schlecht geworden ist. Die Wände haben keine Farbe, obwohl sie auch nicht weiß sind, ebenso wie die Wohnungstüren, die sich kaum von ihnen abheben, nichts scheint hier eine Farbe zu haben. Im Erdgeschoss sind ein paar Hakenkreuze an die Wand gemalt, mit denen irgendetwas nicht stimmt, ich komme nicht darauf was.
Lisa sperrt die Wohnungstür auf, so vorsichtig, als dürfe sie keine Fingerabdrücke hinterlassen. Der Sauerkraut-

geruch kommt nicht aus dieser Wohnung, hier riecht es nach Alkohol und kaltem Zigarettenrauch. Das Vorzimmer, nicht größer als unseres im Marsweg, ist nur schwach beleuchtet vom flimmernden, bläulichen Licht eines Fernsehers, das durch eine geriffelte Glastür aus dem Nebenzimmer dringt. Die Geräusche des Films sind gedämpft, es wird geschossen, eine Frau schreit. Lisa zieht ihre Jacke und die Stiefel aus, ich stehe einfach nur da, kann mich zu keiner Bewegung entschließen, Lisas Unbehagen über meine Anwesenheit in diesem, ihrem Zuhause ist so körperlich spürbar, dass sich mein Magen schmerzhaft verkrampft, aber vielleicht kommt das auch vom Schnaps und dass ich zu lange nichts gegessen habe. Lisa öffnet die Glastür, mein Blick fällt unfreiwillig auf ein zerschlissenes Sofa, auf dem eine ziemlich dicke, aufgedunsene Frau unbestimmbaren Alters liegt und mit offenem Mund schläft, neben dem Sofa eine Flasche, ein Aschenbecher, der so voll ist, dass die Kippen fast über den Rand quellen, eine Schachtel Zigaretten. Die Frau zuckt, lässt ein kurzes Schnarchen hören und liegt wieder still. Lisa holt aus einem Schrank eine Wolldecke und deckt sie bis zum Hals zu. Sie macht den Fernseher aus, nimmt die leere Flasche und den Aschenbecher und kommt wieder ins Vorzimmer, wo ich immer noch angezogen mit meiner Tasche in der Hand dastehe, sie sagt: Zieh dich doch aus, bitte, in einem so flehenden Tonfall, dass sich meine Erstarrung löst. Während ich die Turnschuhe abstreife, meine Jacke über Lisas an einen der zwei Garderobenhaken hänge, geht sie in die Küche, leert den Aschenbecher aus, stellt die Flasche zu einigen anderen, ich folge ihr und lehne mich gegen den Eiskasten, als könnte ich dort Kühlung finden, meinen Schweiß trocknen, Lisa fragt: Hast du

Hunger, ich sage ja, nein, ist es wirklich okay, dass ich hier bin? Lisa schaut mich kurz an.
Ich bin so müde, dass ich kaum noch stehen kann, sagt sie. Die Beine, du weißt ja, wie das ist.

Im Dunkeln liegen wir stumm unter der Decke, Lisa hält meine Hand, unsere kalten Zehen berühren sich ein wenig. Mir kommt die absurde Idee, wir könnten Schwestern sein, die abends, während die Eltern vor dem Fernseher sitzen, in ihren Betten liegen und schlafen sollen. Die eine (die Jüngere? Wie alt ist Lisa eigentlich?) hat sich vielleicht in das Bett der anderen geflüchtet, weil sie Angst hat vor der Dunkelheit, die Ältere hält ihre Hand, um sie zu beruhigen. Wie es wohl gewesen wäre, eine Schwester zu haben anstatt eines Bruders? Der Gedanke erscheint mir plötzlich so einfach, so nahe liegend, dass ich erstaunt bin, ihn noch nie gedacht zu haben. Draußen rauscht der Verkehr über die nächtliche Quellenstraße, hin und wieder lässt ein zu schnell fahrender Lkw die Fensterscheiben vibrieren. Ein trügerisches Gefühl der Geborgenheit schleicht sich in mein Herz, ich halte still, um es nicht zu vertreiben. Ich riskiere einen kurzen Blick zu Lisa hinüber, die trotz ihrer Müdigkeit mit weit geöffneten Augen neben mir liegt und schweigt. Sie erwidert meinen Blick nicht, drückt aber meine Hand, kurz darauf sagt sie mit einer Stimme, die ich noch nie an ihr gehört habe, einer kleinen, hellgrauen Stimme:
Es war gar nicht wegen 9/11.
Ich reagiere nicht, betrachte die über die Wand irrlichternden Scheinwerfer der vorüberfahrenden Autos und warte. Darin bin ich gut.
Ich hab es nicht über mich gebracht, sie allein zu lassen, sagt Lisa und schüttelt den Kopf, ich kann das Schaben

ihrer Haare auf dem Polster hören. Mein Vater starb, als ich vierzehn war, ganz plötzlich, Herzinfarkt.
Sie lässt meine Hand los, als zöge sie sich körperlich in ihre Erinnerung zurück.
Davor hatte ich nie ein Gefühl dafür gehabt, dass meine Eltern sich liebten, dass sie sich etwas zu sagen hatten, aber er muss meiner Mutter eine Art Sicherheit gegeben haben, die sie danach vollkommen verlor. Sie verlor sich selbst, oder einen Teil von ihr, ohne den sie sich nicht zurechtfand. Es kam vor, dass sie aus dem Haus ging, um einzukaufen oder etwas zu erledigen, doch unterwegs vergaß sie, was es war, stieg in falsche Straßenbahnen oder Busse, fuhr bis zur Endstation und wieder zurück. Manchmal rief sie mich an, weil sie nicht mehr wusste, wo sie war. Sie begann, mit meinem Vater zu reden, als ob er noch lebte, oft brauchte ich eine Weile, bis ich herausfand, ob sie mit mir sprach oder mit ihm, es machte mir Angst. Sie verlor ihren Halbtagsjob, unsere finanzielle Situation verschlechterte sich, und als sie zu trinken anfing, brach ich die Schule ab und ging arbeiten.
Lisa verstummt und dreht ruckartig ihren Kopf in meine Richtung, als wäre ihr plötzlich wieder eingefallen, wem sie das alles erzählte.
Ich bin drei Jahre im Supermarkt an der Kassa gesessen, bevor ich im Europa angefangen habe.
Sie sieht mich immer noch an, ich sollte jetzt endlich etwas sagen, aber ich weiß nicht was, in meinem Kopf herrscht völlige Leere.
Meine Mutter trinkt jeden Tag eine Flasche Wodka, sagt Lisa und dreht sich zur Wand. Bald darauf schläft sie ein, ihre sich entspannenden Muskeln zucken in unregelmäßigen Abständen, beim Schlafen macht sie kleine

Geräusche, Töne, die sich mit ihrem Atem aus ihren Eingeweiden lösen, ein gepresstes Stöhnen, ein Knurren fast wie von einem Hund, ein kurzes Seufzen, von einer beängstigenden Weichheit, das Seufzen eines Kindes. Obwohl ich, wie mir jetzt einfällt, noch nie ein Kind im Schlaf habe seufzen hören.

19

Milchiges Licht liegt über der Stadt. Eine fahle Morgensonne kämpft sich durch die dicke, grauweiße Nebeldecke, die Straßen sind naß, die Autos schmutzig. Es ist merkwürdig, in der Stadt unterwegs zu sein, jetzt bei Tageslicht ist es, als wäre ich schon wieder ewig hier, gleichzeitig fühle ich mich total fremd. Die beiden Empfindungen wechseln nicht, sie liegen übereinander, die eine scheint durch die andere hindurch. Ich bin eine Kamera mit kaputtem Transportmechanismus.
Ich nehme den 26er, mit dieser Straßenbahn bin ich noch nie gefahren. Die Linien, die jenseits der Donau verkehren, haben für mich schon immer etwas Fremdes an sich gehabt, sie fahren ins Ausland: Transdanubien. Da ist Himmel, viel mehr als gewohnt, große Flächen, die aber nicht grün sind, Flächen von Nichts, das, wenn man genauer hinschaut, zu Wohnhäusern zerfällt, zu Einkaufszentren und Fabrikgebäuden, dazwischen braungraue Felder, flach wie ein Butterbrot und zu groß geratene Wasserlachen, über denen im Sommer Knäuel von Mückenschwärmen in der Luft stehen, Bastarde der Donau, die Erholungsgebiete der Wiener.

Elf Uhr vormittags, die Straßenbahn ist fast so leer wie der Bus gestern Nacht, ein paar Pensionisten und solche, die es gerne wären. Ich versuche mir meinen Vater vorzustellen, wie er in dieser Straßenbahn sitzt, auf einem der Sitze für Schwangere, Mütter mit Kleinkindern, Alte und Körperbehinderte. Ich versuche mir meinen Vater vorzustellen. Seltsamerweise fallen mir zuerst seine Hände ein, groß und mit langen knöchernen Fingern, nicht elegant, spinnenartig. Ich stelle mir die Veränderung vor, die stattgefunden haben muss: schlauchartige blaue Adern, die sich unter der dünner werdenden Haut erheben, ein Faltengebirge, anschwellende Flüsse, die sich verzweigen. Die noch gelblichere Haut, besonders an den Fingern und unter den dicken, verfärbten Nägeln, die vergrößerten Poren auf dem Handrücken, ein Muster aus winzigen Löchern, wie ich es als Kind mit einer Nadel in ein Blatt Papier gemacht habe. Dieselben Poren auch am Hals, unterbrochen von den Querlinien, die das viele Nicken und Kopfschütteln dort hinterlassen hat. Ich stelle mir seine Nase vor, immer noch lang und schmal und ziemlich gerade, vielleicht nicht mehr ganz so spitz, als hätte er sie zu lange gegen eine unsichtbare Glasscheibe gedrückt, die Nasenlöcher dadurch etwas größer und runder, graue borstige Haare wachsen daraus hervor, gefrorenes Gras. Die ohnehin so markanten Wangenknochen, die durch den Schwund von Fleisch und Muskeln noch deutlicher hervortreten, unfreiwillig das Skelett des menschlichen Schädels preisgebend dem Blick, der sich nicht abwendet, auch wenn er es möchte. Der mahlende Kiefer beim Kauen. Ich fürchte die Augen, zwinge mich, mir vorzustellen, wie er mich ansieht, doch das Bild verschwimmt.

Ich habe ihn nie in einer Straßenbahn gesehen.

Als ich aussteige, ist es ein wenig heller geworden, Häuser und Menschen werfen blasse Schatten mit weichen Konturen. Ich studiere die Straßenschilder. Obwohl ich mir alles auf dem Plan angesehen habe, muss ich ihn noch einmal hervorholen, jemand bleibt stehen und fragt, kann ich Ihnen helfen, ich sage nein danke, ich finde mich schon zurecht. Ja, ich habe mich immer zurechtgefunden, überall, auf einem Stadtplan betrachtet sind alle Städte gleich, Straßen, Kreuzungen, öffentliche Verkehrmittel, Kirchen, Amtsgebäude, Grünflächen. Ich gehe schnell, beginne zu schwitzen, das gelbe Post-it in meiner Hand wird feucht. Vor einer Videothek bleibe ich stehen, um zu verschnaufen, schaue in die Auslage, ohne die Titel der Filme zu lesen. Wenn man lange in Ländern gelebt hat, deren Sprache man nicht beherrscht, ist das leicht, man orientiert sich an Bildern, Symbolen, Blicken und Gesten.

Die Adresse, die ich mir auf dem Meldeamt notiert habe, liegt nur ein paar Straßen weiter, ein terrakottafarbener Neubau. Ich schaue am Haus hoch, sechs Stockwerke mit strahlend weiß gerahmten quadratischen Fenstern, in jedem Stock ein kleiner Balkon mit leeren Blumenkästen, im zweiten Stock ein knallbuntes Windrad, das sich nicht dreht. Alles sieht sauber aus, modern, ohne den geringsten Mief, es hat nichts, aber auch gar nichts mit unserem alten Haus gemein. Die Namen an der Gegensprechanlage sind alle in derselben Schrift gedruckt, kein einziges leeres oder handgeschriebenes Schild, auf dem der Kuli verwischt ist, auf Nummer elf Abaza, ein fremder Name. Ich sehe mich um. Kein Mensch ist auf der Straße, wie vor einem Bombenangriff, alle sitzen im Bunker, nur mein Vater hat nichts bemerkt, sitzt unter dem Kopfhörer und hört Musik. Ich bekomme einen weiteren Schweißausbruch, obwohl ich seit gut zehn Minuten vor dem Haus stehe und mich nicht bewege. Plötzlich höre ich Schritte, jemand kommt die Treppe herunter, ein ziemlich großer, zottiger Hund springt an der gläsernen Eingangstür hoch, eine junge Frau in Jeans und Daunenjacke öffnet, sieht mich, hält mir die Tür auf, und ich schlüpfe hinein. Im Haus riecht es nach nichts, keine Essensgerüche, vielleicht ein wenig feuchter Beton. Natürlich gibt es einen Lift, aber ich weiß nicht, in welchem Stock Nummer elf ist, außerdem habe ich das Gefühl, ich würde in dem winzigen Kasten eine Panikattacke bekommen. Schon das Geräusch meiner eigenen Schritte, die im Stiegenhaus widerhallen, macht mir Angst, auf dem ersten Treppenabsatz bleibe ich stehen, ziehe die Schuhe aus und hoffe, dass mir niemand begegnet. Auf den Fensterbänken zwischen den Stockwerken stehen Grünpflanzen, um die sich offensichtlich jemand kümmert, sie sehen gesund aus, ich selbst fühle mich krank und fiebrig, mir ist übel, vielleicht eine Vergiftung. Vor der Wohnungstür meines Vaters steht eine große, rosafarbene Styroporbox. Sie steht direkt auf dem Fußabstreifer, vor den anderen Wohnungstüren steht nichts, auf dem Fußabstreifer der gegenüberliegenden Wohnung steht *Willkommen zu Hause!* Ich hocke mich hin und begutachte die Styroporbox, vorsichtig entferne ich den Deckel, es gibt ein quietschendes Geräusch. In der Schachtel ist Essen, ein komplettes Menü, es erinnert mich an Flugzeuge und Krankenhäuser, irgendein Fleisch mit irgendeiner Soße, irgendwelche Teigwaren und irgendein Pudding, jeweils einzeln unter einer Plastikhaube, es riecht immer noch nicht. Ich decke alles wieder zu, hebe die Schachtel hoch und klingle, guten Tag, ich bin die neue Mitarbeiterin von Essen auf

Rädern, heute gibt es Saftfleisch mit Spiralen und Vanillepudding, ich wünsche Ihnen einen guten Appetit. Ich muss an die Klingel denken, die meine Mutter oder der falsche Waldenbrecht an unserem alten Haus angebracht haben und die ich am Abend zuvor irrtümlich betätigt hatte, sie ist zu schrill und zu laut, zu meiner Mutter würde eher eine dieser Ding-Dang-Dong-Klingeln mit Durdreiklang passen. Die Klingel hier ist nicht halb so laut, vielleicht hört er sie nicht. Wahrscheinlich hat er schon den Menschen mit der Styroporbox überhört. Ich lege mein Ohr an die Tür, etwas ist zu hören, so leise, dass ich nicht weiß, ob es aus der Wohnung kommt oder aus meinem Kopf, Musik oder die Geräusche meines Gehirns bei der Arbeit, irgendwo klingelt ein Wecker, piep-piep-piep, kurz darauf schlurfende Schritte, mein Vater öffnet die Tür. Er sieht mich an, dann die Styroporbox, dann wieder mich, dann doch wieder die Styroporbox. Ich greife an die vordere Kante und kippe den Deckel. Saftfleisch, sage ich, Spiralen, Vanillepudding. Mein Vater dreht sich um und geht zurück in die Wohnung, die Tür lässt er offen stehen. Ich folge ihm durch einen kleinen Flur in ein helles, freundliches Zimmer, das aussieht, als wäre es nicht bewohnt, er zeigt auf meine Schuhe, ich gehe zurück in den Flur und ziehe sie aus. Als ich wieder ins Zimmer komme, sitzt Vater schon wieder in seinem Sessel, die Kopfhörer liegen neben ihm auf dem Boden. Ich nehme mir einen der Stühle, die an einem Holztisch in der anderen Ecke des Zimmers stehen und setze mich neben ihn. Aus dem Kopfhörer kommen leise die Töne einer verzerrten Gitarre. Wir schauen zum Fenster hinaus, die Sonne ist wieder verschwunden, tiefer hängende, dunklere Wolken ziehen rasch vor dem Hintergrund des Hochnebels

dahin. Es wird bald wieder regnen, sagt Vater. Mir fällt ein, dass ich die Styroporbox beim Ausziehen der Schuhe im Vorzimmer stehen lassen habe, ich stehe auf und gehe hinaus, um sie zu holen, im Vorzimmer halte ich inne. Das Essen ist wahrscheinlich inzwischen kalt, ich finde die Tür zur Küche, einen Teller, Besteck und eine Mikrowelle. Mit dem zu heißen, dampfenden Essen kehre ich zurück, stelle den Teller auf den Tisch, lege das Besteck daneben. Dann fällt mir noch etwas ein, ich gehe wieder in die Küche, hole Servietten, ein Glas Wasser, setze mich dem Teller gegenüber an den Tisch, sehe mich nach einer Kerze um. Vater folgt mir mit dem Blick, ich zeige auf das Essen, langsam steht er auf und kommt herüber. Seine Bewegungen wirken ähnlich vorsichtig wie die von Eric Nolte, nur dass er wirklich wirkt wie ein alter Mann. Beim Essen sägt er ewig an einem Stück Fleisch, obwohl es wahrscheinlich so weich ist, dass man es mit einem Löffel zerteilen könnte, ich sehe ihm dabei zu. Schmeckt's?, frage ich ihn, er schüttelt den Kopf. Nur heute nicht oder nie? Manchmal. Gibt es zu Weihnachten was Besonderes? Karpfen. Ich mag keinen Karpfen. Ja, ich weiß.
Wir schweigen, Vater kaut, meine Zunge liegt unnütz in meiner Mundhöhle wie ein totes Stück Fleisch.
Wie lange wohnst du schon hier? Er hebt die Hand. Fünf Jahre, wow! Die Wohnung sieht neu aus. Er zuckt die Achseln. Sie ist schön, gefällt sie dir? Fühlst du dich wohl? Vater legt das Besteck ab, obwohl er noch nicht fertig ist, und sieht mich das erste Mal wirklich an. Seit wann interessiert dich das?, fragt er. Seine Augen sind plötzlich wach, stehen in scharfem Gegensatz zum Verfall, der sich in seinem übrigen Gesicht abzeichnet. Mein Mund öffnet sich, ohne dass ich weiß, was herauskom-

men wird. Seit wann sprichst du mit mir?, frage ich zurück, aber es ist keine Frage, sondern eine Antwort, auch mein Vater weiß das. Er senkt den Blick zurück auf seinen Teller, nimmt sein Besteck und isst weiter, noch langsamer als zuvor, wenn das überhaupt möglich ist, die Zeit scheint zu gefrieren, ich spüre, wie sich eine dünne Eisschicht über meine Großhirnrinde legt. Um etwas dagegen zu tun, stehe ich auf und gehe zur Balkontür. Auch der Balkon sieht unbewohnt aus bis auf einen riesigen Aschenbecher, in den es hineingeregnet hat, unzählige Jointstummel schwimmen an der Oberfläche einer gelblichen Suppe. Ich öffne die Tür, hole den Aschenbecher herein, bewege mich mit kleinen trippelnden Schritten durch den Raum, um nichts zu verschütten. Als ich den Aschenbecher geleert, abgewaschen und zurück auf den Balkon gebracht habe, sehe ich mich nach etwas um, das ich noch tun könnte, aber alles ist unglaublich ordentlich, kein überfüllter Mistkübel, keine herumstehenden Kaffeetassen mit eingedicktem Kaffee darin, keine Teller mit verschimmelten Essenresten, es gibt nichts zu tun, ich setze mich wieder. Mein Vater hat seine Mahlzeit beendet. Pudding? Er schüttelt den Kopf. Ich habe eine Idee. Soll ich dir ein Eis holen, Schokolade, Fiocco, Stracciatella? Es ist November, sagt er und zeigt zum Fenster. Ich nicke, stimmt, daran hab ich nicht gedacht. Ich überlege kurz. Wer bringt dir eigentlich im Sommer dein Eis?, frage ich. Der Teller landet auf dem Boden, Soße spritzt über die Stuhlbeine und auf meine Socken. Mein Vater ist drei Meter groß und erhebt sich über mir wie ein Berg, ein Vulkan, Funken und Lava und Gesteinsbrocken. Wer bringt mir im Sommer mein Eis? Ja, wer glaubst du wohl, bringt mir im Sommer mein beschissenes Eis? Deine Mutter,

die mich verlassen hat und jetzt mit diesem Spießer zusammenlebt? Die du fast um den Verstand gebracht hast, indem du einfach verschwunden bist, ohne ein Wort? Glaubst du, meine verschwundene Tochter bringt mir mein Eis, von der ich zehn Jahre lang nichts gehört habe, nicht gewusst habe, ist sie tot oder lebendig? Glaubst du, mein toter Sohn bringt mir Eis?, und dann beginnt er zu lachen, dieses Lachen wie grünes Gift, das sich in meine Nervenbahnen ergießt und sie zersetzt mit großer Geschwindigkeit, ich muss es aufhalten, ich sage: Wir wissen nicht, ob Franjo tot ist, und als hätte ich eine Zauberformel ausgesprochen, reißt das Lachen ab, Vater sinkt auf seinen Stuhl zurück, wirft mir einen schnellen Blick zu und starrt dann ins Leere. Ruckartig und unregelmäßig schrumpft er vor meinen Augen, erst der Kopf, dann der Rumpf, dann die Arme und Hände, zuletzt die unnatürlich vergrößerten Augen, wie auf einem grotesk mit Photoshop veränderten Bild, die Luft zwischen uns flimmert noch von der Hitze seines Ausbruchs. Ich bin merkwürdig ruhig, sehe ihn genau an. Sein Gesicht hat sich verändert in den letzten fünf Minuten, eigentlich sieht er überhaupt nicht schlecht aus. Als er zur Anlage hinübergeht und die Platte wechselt, sind seine Bewegungen fast die eines jungen Mannes.
Karim? Er zuckt zusammen, dreht sich aber nicht um. Ich stehe auf, gehe ins Vorzimmer und ziehe mir die Schuhe an. Als ich nochmal ins Zimmer komme, um mich zu verabschieden, sitzt er wieder in seinem Sessel und ist gerade dabei, sich den Kopfhörer aufzusetzen.
Karim, sage ich noch einmal, um den Geschmack des Namens zu kosten, mit dem ich ihn noch nie angesprochen habe. Warum holst du dir dein Eis nicht selbst?

20

So schnell ich kann, fahre ich zurück in die Stadt, in das, was die Wiener als solche bezeichnen: den ersten Gemeindebezirk. Über dem Donaukanal kreisen die Möwen auf der Suche nach Futter, ich stemme mich ohne Grund gegen einen eisigen Wind, ihn im Rücken zu haben wäre mir unerträglich. Im Kopf habe ich tausend Fragen, die im Grunde belanglos sind: Wovon lebt er, wie ist er in dieser Wohnung gelandet, wer wäscht seine Wäsche, Fragen, die ich meiner Mutter stellen müsste oder könnte, andere Fragen sorgfältig vermeidend.

Meine Sachen habe ich bei Lisa gelassen, sie hat versprochen, sich für mich nach einem Job umzuhören. Erst wenn ich einen habe, werde ich ein Zimmer suchen. Ja, ich werde bleiben, zumindest für eine Weile, auch wenn das, was ich empfinde, nichts mit Heimkehr zu tun hat. Ich versuche, es so anzugehen wie in jeder anderen Stadt, ich gehe viel zu Fuß und falle gerne in die Schlaglöcher, allerdings gibt es hier kaum welche. Alles ist ordentlich asphaltiert, Erde und Schlamm und Geröll sind gut verborgen unter einer glatten Oberfläche, auf der es sich viel zu leicht geht. Um nicht von Erinnerungen überschwemmt zu werden, gehe ich systematisch vor, beschränke mich bei meinen Streifzügen: *entweder* Lokale *oder* Geschäfte *oder* die Uni *oder* die Schule. Manchmal sind es nur ein paar Gassen, die ich genau inspiziere, ich ziehe ein Quadrat rund um meine alte Bücherei, ein Rechteck zwischen Eissalon, Casinopark, Ninas Wohnung und Marsweg. Je näher ich unserem Haus komme, desto öfter sehe ich mich instinktiv um,

wenn ich aus einem Geschäft auf die Straße trete oder in eine Gasse einbiege. Vielleicht suche ich das Risiko, vielleicht auch nicht. Die Himmelpfortgasse ist jedenfalls tabu, der Gedanke an meinen Großvater bereitet mir Übelkeit. Ohne dass ich es wollte, ist er zum Zielobjekt meines versammelten schlechten Gewissens geworden. Wenn ich mich anstrenge, kann ich zornig sein auf meine Eltern, nicht aber auf ihn. Jetzt befällt mich das dringende Bedürfnis, ihm das zu sagen, ihm zu erzählen von den unzähligen Postkarten aus Köln, Padua, Marseille, Madrid, aus Athen und Faro und Le Havre und aus Kairo, jetzt tut es mir leid. Es tut mir leid, dass ich nie in Alexandria war, nicht einmal in Alexandria, geschweige denn in Abukir, ich sehe seinen gekrümmten Zeigefinger suchend über die alte Straßenkarte fahren, das rechte Auge zugekniffen, das linke über der Lupe wachend, hier, siehst du es, Abukir, meine Heimat. Nur ein einfaches Fischerdorf, aber in der Bucht von Abukir besiegte Admiral Nelson die französische Flotte, 1798 war das. Dass ich mir diese Jahreszahl gemerkt habe, beschreibt das ganze Ausmaß meines Konflikts, Dutzende Postkarten, akribisch ausgewählt, in meiner Fitzelschrift mit den betrunkenen Buchstaben, wie Großvater sie nannte, vollgeschrieben und weggeworfen. Er sagte immer, sollte ich jemals arabische Schriftzeichen lernen, bedaure er schon jetzt meinen Lehrer. Ich lernte sie nie.
Jedenfalls wäre er jetzt achtundachtzig, und die letzten paar Jahre warf ich die Postkarten auch deshalb weg, weil ich nicht das Risiko eingehen wollte, sie an einen Toten zu schicken. Was würde dann mit ihnen geschehen? Ihr ungewisses Schicksal beschäftigte mich, ich stellte mir vor, dass sie einfach im Postkasten vergammelten oder mit dem Vermerk *unzustellbar* ans Postamt

zurückgingen, und dann? Wurden Verwandte ausfindig gemacht? Gab es womöglich einen Nachsendeauftrag, der an die Adresse meiner Mutter ging? Einmal gedacht, verlieh dieser Gedanke dem, was ich schrieb, zunehmend eine besondere Note, er veränderte es, ohne dass es mir zunächst auffiel, vielleicht wie in einem Tagebuch, von dem man insgeheim befürchtet oder hofft, jemand anders könnte es finden und lesen. Man schreibt Dinge nicht. Man versteckt Botschaften in Belanglosigkeiten.

Lisa lehnt es ab, Geld von mir zu nehmen fürs Wohnen, also erledige ich alltägliche Dinge für sie, kaufe ein, koche für uns drei. Die Kassiererinnen in dem kleinen Supermarkt ums Eck halten mich für eine neue Alkoholikerin im Viertel, bedenken mich mit mitleidigen oder angewiderten Blicken, während sie die Wodkaflaschen über den Scanner ziehen. Lisas Mutter sitzt in der Küche und redet wirres Zeug. Meine Anwesenheit hat sie von Anfang an nicht kommentiert, ich könnte eine Wodkaflasche sein oder ein Küchenschrank, sie redet auch mit anderen Gegenständen, etwa mit dem Fernseher, dem sie offenbar genauso eine Seele zugesteht wie dem Kühlschrank oder der Kaffeemaschine, na, noch nicht richtig warmgelaufen heute, ach, da geht's dir wie mir, obwohl, du bist noch nicht halb so alt wie ich, da müsste das doch flotter gehen, oder hast du gestern auch einen draufgemacht? Manchmal merke ich zu spät, dass sie mich angesprochen hat, sie sagt Dinge zu mir wie *der Himmel ist heute grauer als meine Haare, aber seine Frisur ist besser* oder *ich habe nur noch fünf Zigaretten.* Dass sie nicht mit sich selbst oder mit ihrem Mann geredet hat, weiß ich nur, wenn ich zufällig hinsehe, ihr verglaster Blick ruht dann auf mir, ein Blick aus der Tiefe eines verschlammten Brunnens, sie trägt keine Brille, dennoch wirkt sie extrem kurzsichtig, als könne sie mich auf drei Meter Entfernung kaum erkennen. Das Haus scheint sie nie zu verlassen, Lisa macht ihr die Haare, aber ich ertrage das nicht. Wollen Sie nicht eine bessere Frisur haben als der Himmel?, frage ich sie eines Morgens, als Lisa noch schläft und ich am Kaffeekochen bin. Sie macht ein Geräusch, das ich bisher noch nie gehört habe, eine Mischung aus Unterwassergurgeln und Keuchhusten, es soll wohl ein Lachen sein. Tatsächlich ist der Vergleich mit dem Himmel gar nicht so weit hergeholt, ihre Haartracht ähnelt einer Wolke, die sich aus einer Laune heraus auf ihrem Kopf niedergelassen hat. Kommen Sie, sage ich so resolut, wie es mir einer Fremden gegenüber möglich ist, wir gehen zum Friseur. Sie beginnt sich zu winden, nein, nein, das macht doch meine Lisa, wer soll das bezahlen, das kostet … Lisa bezahlt das, lüge ich aufs Geratewohl, sie hat mich darum gebeten, weil sie im Moment sehr beschäftigt ist, währenddessen hole ich schon ihren Mantel, helfe ihr, die angeschwollenen Füße in ein Paar pelziger Stiefelmonster zu stecken, sie murmelt noch etwas vor sich hin, das ich nicht verstehe, wehrt sich aber nicht. Auf der Straße wackelt sie unsicher neben mir her wie ein Kind, das gerade gehen gelernt hat. In dem kleinen Friseurgeschäft, das ich am Tag zuvor ein paar Gassen weiter entdeckt habe, überfällt sie augenscheinlich eine grässliche Verlegenheit über ihre Erscheinung, vielleicht über ihre gesamte Existenz, und ich fühle mich plötzlich dumm und unbarmherzig angesichts ihrer verlorenen Gestalt in dem modernen Friseurstuhl, der aussieht wie ein Zahnarztstuhl, in dem diese kleine alte Frau förmlich verschwindet, Klatschzeitschriften auf ihrem Schoß, mit denen sie nichts anzufangen weiß. Eine junge, bleiche Friseuse mit tiefschwarz gefärbtem Haar und dickem Lidstrich hüpft um sie herum und benutzt Worte, die sie nicht versteht, Utensilien, die sie nicht kennt, und ich denke, ich sollte Arbeit finden, sonst bin ich ständig in Versuchung, vollkommen falsche Dinge zu tun: gute Taten zu begehen aus purem Egoismus, Tiere aus einer Gefangenschaft befreien, aus der sie nicht befreit werden wollen, solche Sachen.

Lisa dagegen ist schwer begeistert von meiner Friseuraktion, sie war ja nicht dabei. Sie überschüttet mich mit Dankesbezeugungen, ich sage: Schon okay, ich brauch einen Job, obwohl ich weiß, dass sie es genießt, sich wenigstens ein paar Wochen nicht alleine um ihre Mutter kümmern zu müssen. Ich frage in Cafés und Bars, in kleinen Espressos mit Spielautomaten, in die ich selbst nie gehen würde und in den diversen Lokalen im Museumsquartier, das es, als ich mich aus dem Staub machte, noch nicht gab. Ich mag das Areal, eine kleine Stadt in der Stadt, eine fremde Stadt für mich. In der Kantine, einer Art modernem Beisl mit Pitabroten und Currys auf der Karte, lasse ich mich auf einen Kaffee nieder, es läuft Musik, die ich nicht kenne, die Leute an den Nebentischen reden über ihre Arbeit. Ich könnte sonst wo sein, doch als ich ihn sehe, weiß ich sofort, dass dies der absolut logische Ort für ihn ist, ein heimatliches Biotop. Er steht mit dem Rücken zu mir an der Kaffeemaschine, und einen winzigen Moment lang kann ich mir einreden, dass es hunderte Männer geben muss, die diese Haarfarbe und diese Statur haben, ihre halblangen Haare zusammengebunden tragen, solche T-Shirts anziehen. Die lächerliche Reziprozität der Situation drückt

mich mit aller Gewalt in den Sitz, macht jeden Gedanken an Flucht unmöglich. Warum auch sollte ich flüchten? War ich nicht in Prag, Hamburg, Husum, Uelvesbüll, Berlin gewesen, um ihn zu finden?
Jetzt hat er sich umgedreht, zwei Tassen auf ein Tablett gestellt, das Tablett hochgenommen, es wieder abgestellt, und da steht er und sieht mich an, quer durchs Lokal, quer durch Europa, und bringt es tatsächlich fertig zu lächeln.

21

In dem kleinen Lichthof ist es noch fast vollständig dunkel, nur die Tauben sind schon wach und gurren, während sie emsig ihre weißlichen Exkremente auf den Minibalkonen verteilen, es hallt unnatürlich laut zwischen den Mauern wider, dennoch ein beruhigendes Geräusch, etwas, das mich an meine Kindheit erinnern könnte, wäre sie anders gewesen.
Paul sitzt mit lang ausgestreckten Beinen neben mir auf dem alten Holzschemel, den ich letzte Woche aus einer Baumulde gefischt habe, und raucht. Er raucht jetzt regelmäßig, hat es sich seit Kairo angewöhnt, mit fünfunddreißig, er meint, es sei nie zu spät, schlechte Gewohnheiten anzunehmen. Also sitzen wir gemeinsam und rauchen, an der Schnittstelle zwischen unseren Schichten, er nachts, ich am Tag, in einem Kaffeerestaurant, in dem alte Damen mit Topfhüten koffeinfreien Kaffee trinken und Cremeschnitten essen, Arbeiter um acht Uhr morgens ihr Bier kippen und am Wochenende

Familien mit zu vielen Kindern das Lokal verwüsten, aber da habe ich glücklicherweise frei.
Die Altbaugarconniere, in der ich zur Untermiete wohne, liegt in der Nähe, für Paul ist es ein weiter Weg, aber er scheut ihn nicht, um diese zwei Morgenstunden mit mir zu verbringen, er hat sich ein Fahrrad gekauft. Es kommt vor, dass er, wenn ich gehe, vor Erschöpfung bleibt und den Tag in meinem Bett verschläft, eine Vorstellung, die mir, wie ich zugeben muss, gefällt, aber meistens fährt er zum Schlafen nach Hause in die Wohnung, die er mit zwei Wirtschaftsstudenten teilt. In seinem Zimmer, das genau an der Ecke eines Hauses über einer großen Kreuzung liegt und dessen Wände ständig von der Erschütterung der vorbeifahrenden Straßenbahnen vibrieren, steht seit kurzem eine Staffelei.
Ich trau mich nicht. Ich trau mich einfach nicht, sage ich zum hundertsten Mal, wahrscheinlich kann er es nicht mehr hören, aber Paul ist geduldig in einem Ausmaß, das mir mitunter kaum menschlich erscheint.
Warum gehst du nicht wieder aufs Meldeamt? Du wüsstest dann, ob er noch lebt, ob er noch da wohnt, dann könntest du hingehen. Du wärst vorbereitet.
Er hat natürlich recht, aber auch wenn es mir schwer fällt, das einzugestehen, auch wenn mich dabei vor mir selbst ekelt, so fürchte ich mich doch mehr vor der Möglichkeit, mein Großvater könnte tot sein, als ich es bei meinem Vater getan habe. Das Gefühl des Versäumnisses wäre größer.
Es ist nicht nötig, diesen Gedanken auszusprechen, Paul weiß das, wie so vieles. Es macht mir immer noch Angst, dass er mich so gut kennt, aber die Angst hat sich verändert, ihr Gesicht ist jetzt weniger hässlich,

eher das eines eingeschüchterten Kindes als das eines gefräßigen Monsters.
Wir schweigen also unser kostbares Schweigen. Besonders in diesen zwei Stunden, in denen ich noch nicht ganz zurück bin aus meinen Träumen, die auf Kreuzfahrtschiffen oder in Geisterbahnen spielen, in denen fettige Mehlspeisen serviert werden und fliegende Fische durch die Kulissen segeln, wenn Paul den letzten Rest seiner körperlichen Energie in Rauchringen ausatmet und all die überzähligen Worte und Gesten und Geräusche einer ganzen lauten Nacht aus sich herausrinnen lässt, ist dieses Schweigen ein heiliger Ort, ein Tempel ohne Türen, weit und offen und doch intimer als ein Geschlechtsakt. Wir schlafen nicht miteinander. Wir haben das nicht beschlossen oder ausgemacht, es nicht einmal erwähnt. Es ist von Anfang an klar gewesen, dass wir nicht dorthin zurückkehren können, ans Rote Meer, in ein Zimmer mit weißen Bettlaken und klappernden Jalousien. Wir sind jetzt in Wien, wir schlafen wie Bruder und Schwester, küssen uns nicht, ich spüre Pauls Herzschlag zwischen meinen Schulterblättern und warte. Ich weiß nicht genau, worauf ich warte, auf ein Gewitter oder den Frühling, wenn meine Mutter die Plastikabdeckungen von den Beeten nehmen und das Gartenhaus aufschließen wird. Seit fast zwei Wochen weht ein stetiger Wind, mal aus Norden, mal aus Osten, einmal ist er warm und fönig, dann wieder schneidend kalt und scharf auf den Wangen, er treibt den Kies, der vor Wochen gegen das Glatteis gestreut wurde, über die Gehsteige, vielleicht warte ich, bis der Wind sich legt.
Manchmal besuche ich abends Paul in der Kantine, wenn ich mir die Essensgerüche von der Haut gebürstet habe und mir die leeren Wände meiner Wohnung auf

den Leib rücken, möglicherweise werde ich mir nie wieder etwas anderes an die Wand hängen können als Zeichnungen von Paul Nolte. Einmal, als wir an einem Sonntagabend bei einer Flasche Wein sitzen, frage ich ihn in einem Anfall berauschter Kühnheit nach dem Kairozyklus. Ja, es gäbe ihn noch, er könne doch nicht etwas verkaufen oder hergeben, was ihm nicht gehöre. Ja, er habe die Zeichnungen mit nach Wien genommen, alle, hier wären sie schließlich zu Hause. Da erzähle ich ihm von meiner Begegnung mit Joshua Rybnik in New York, von Franjo im Hinterzimmer einer kleinen Galerie auf der Lower East Side. Lass sehen, sagt Paul sofort, als würde er mir sonst nicht glauben, ich hole das Blatt und zeige es ihm. Wir sitzen lange davor, nach einer Weile beginnt Franjos Gesicht flüssig zu werden, Wangen und Kinn und Stirn fließen in kleinen Bächen und Rinnsalen übers Papier und nach rechts aus dem Bild, der Fisch folgt dem Strom.
Danach warte ich eine Zeit lang darauf, dass wir auch die anderen Zeichnungen sichten, dass Paul sie mir wiedergibt, ohne dass ich ihn danach frage, aber das tut er nicht und ich frage nicht.

Ende März wird es zum ersten Mal warm, wir stellen Tische und Stühle auf den noch kühlen Asphalt vor dem Lokal, die Leute setzen zu große Sonnenbrillen auf und halten ihre weißen Gesichter in die Sonne. Paul und ich nehmen unsere Spaziergänge wieder auf, hauptsächlich an den Wochenenden, wenn ich frei habe. Wir durchmessen die Innenstadt mit großen Schritten, eilen über den Ring, zwischen den prunkvollen Gebäuden hindurch, die Paul mit riesenhaften Kröten vergleicht. Wien erscheint mir gleichermaßen verstaubt und übermäßig sauber, glatt, poliert und dennoch nicht modern, mich stört das nicht. Paul mag die kuriosen Geschäfte, die es überall abseits der großen Einkaufsstraßen gibt, Miederwarenläden, die auch Glacéhandschuhe und Spitzendeckchen in der Auslage haben, polnische und russische Supermärkte mit nicht identifizierbaren Lebensmitteln, Haushaltswarengeschäfte, die Gerätschaften anbieten, deren Funktion nur mehr Menschen kennen, deren Geburtsdatum vor dem Zweiten Weltkrieg liegt. Ich mag es zu wissen, dass hier Menschen leben, die all diese Dinge kaufen.

Manchmal essen wir in einem Kebablokal außerhalb des Gürtels, der Döner ist gut und billig, wir sitzen draußen auf der Straße direkt neben einer Straßenbahnstation und beobachten die Leute beim Aus- und Einsteigen, beim Warten. Sie gehen auf und ab und auf und ab, schauen fünfmal auf den Fahrplan, der nicht stimmt, die Kinder deuten mit dem Finger auf den Eisladen nebenan, die Hunde pinkeln aus Langeweile gegen das Wartehäuschen. Immer wieder sehe ich einen alten Mann, der mit zwei offensichtlich schweren Einkaufstaschen an der Station steht. Er stellt sie nicht ab, während er wartet, er geht niemals ins Wartehäuschen, um sich hinzusetzen, er steht dort und hält seine Taschen fest, als wären sie voller Geld oder Juwelen, ihr Gewicht beugt seinen Rücken, zieht seine Schultern nach vorne, lässt seine Knie einknicken, am liebsten würde ich aufspringen und sie ihm abnehmen, doch er macht einen so abweisenden Eindruck, wahrscheinlich würde er sofort nach der Polizei rufen. Trotzdem berührt mich sein Anblick, und wahrscheinlich ist dieser Mann daran schuld, dass ich eines Morgens spontan im Restaurant anrufe und behaupte, ich müsse zum Arzt. Die Frau am Melde-

amt erkennt mich wieder, ich sehe ihr an, dass sie mir gerne eine Menge Fragen stellen würde, die Neugier lässt ihre Augen ein wenig hervortreten, mit schmalem Mund fragt sie mich, ob ich eine Angehörige des Gesuchten sei, was sie nicht zu interessieren hat, eine einfache Meldeauskunft bekommt man in Österreich auch über einen Fremden. Nein, ein Abdul Abaza sei nicht mehr in Wien 1, Himmelpfortgasse 11, Tür 8, gemeldet, und auch sonst finde sich keine Adresse unter diesem Namen. Vielleicht ist er ja ins Ausland verzogen, ob das möglich sei?
Von einer Konditorei aus rufe ich Paul an. Seine Stimme klingt, als käme sie vom anderen Ende der Welt, natürlich hat er geschlafen. Vielleicht ist er wieder nach Deutschland gegangen oder zurück nach Ägypten? Ja, vielleicht. Ich höre, wie Paul in der Wohnung herumgeht, sich eine Zigarette anzündet, rumpelnd setzt sich sein Gehirn in Bewegung wie ein großes, schwerfälliges Baufahrzeug. Standesamt, sagt er. Was? Ich glaube, du musst aufs Standesamt. Warum?, frage ich, noch immer völlig verwirrt, doch im selben Moment fällt es mir ein, nicht nur Eheschließungen werden am Standesamt gesetzlich bezeugt. Ein dumpfes Pochen in meinem Schädel erinnert mich daran, dass ich die ganze Nacht nicht richtig geschlafen habe. Als nächstes wecke ich Lisa aus ihrem traumlosen Nachtarbeiterinnenschlaf, ich brauche einen Computer mit Internetanschluss. Für Agnes Engelhorn bekomme ich 36300 Einträge, ein einziger hätte mir genügt. Agnes Engelhorn, geboren 17.6.1922 in München, gestorben 23.12.1998 in Berlin, also zwei Jahre, nachdem ich gegangen bin. Ich überfliege den Rest der Biografie, geheiratet haben sie im Mai 1948, mein Vater war also schon unterwegs. 1971 dann die

Scheidung, einmal hat Großvater mir davon erzählt. Er sagte, sie hätten sich zu weit voneinander entfernt, ihre Seelen hätten einander verloren. Großvater benutzte oft solche poetischen, manchmal kitschigen Formulierungen, ich glaube, er übersetzte nach all den Jahren bestimmte Dinge immer noch wörtlich aus dem Arabischen. Von meiner Mutter kannte ich allerdings eine andere Version, in der Agnes sich einen anderen, viel jüngeren und dazu noch reicheren Mann geangelt hatte, einen gut aussehenden, aber unsicheren und naiven Schönling, den Erben irgendeines Großkonzerns, bestimmt hatte sie diese Geschichte aus einer Klatschzeitschift, Großvater hätte so etwas nie erzählt.

Dann stoße ich auf etwas, von dem ich noch nie gehört habe: Die Ehe mit Abdul Abaza sei bereits Engelhorns zweite gewesen, ihr erster Mann war ein Nazioffizier, den sie sofort nach Kriegsende verließ. Der Biograf geht davon aus, dass Agnes Engelhorn dringend einen Ariernachweis brauchte.

Ich habe meine Großmutter nie kennen gelernt, beide Großmütter, um genau zu sein, und zum ersten Mal in meinem Leben habe ich das Gefühl, dass mir dadurch etwas fehlt, als wäre ich mit nur vier Fingern an jeder Hand geboren oder ohne große Zehen. Ich versuche, mir die beiden vorzustellen, versuche, die Bilder, die ich von ihnen kenne, zum Laufen zu bringen, mir meinen Film zu basteln. Ich stelle mir vor, dass sie einander begegnet wären, auf der Hochzeit meiner Eltern, Agnes hätte sie ausgerichtet und Anna, von der ich meinen Namen habe, hätte sich unwohl gefühlt zwischen den Gestecken aus Unmengen cremefarbener Rosen, dem Tafelsilber und den elegant gekleideten, kunstvoll frisierten Menschen, die zwar deutsch, nicht aber ihre

Sprache sprachen. Nur die Band wäre vielleicht nach ihrem Geschmack gewesen, Musiker mit Pomade im Haar, die Schlager aus den Vierzigern und später ein bisschen Swing zum Besten gaben, zum Leidwesen meines Vaters, der die ganze Zeit versucht hätte, sie zu überreden, *Paint it black* zu spielen. Anna hätte so oder so nicht getanzt, die ganze Mischpoche war ihr unsympathisch, sie hielt nichts von Filmschauspielern, von reichen Leuten überhaupt, ihr Misstrauen saß tief. Großvater wäre der Einzige gewesen, der es bemerkt hätte. Mit ihm hätte sie getanzt.

Lisa schläft tief und fest, eingerollt wie eine Katze, ihre ruhigen Atemzüge machen auch mich schläfrig, ich ziehe den Vorhang ein wenig zur Seite und schaue in einen blendend blauen Vormittagshimmel, der sich unbekümmert und gleichgültig über dem Leben im Termitenbau wölbt. Ich frage mich, ob es für mich einen Platz darin geben kann, einen, den ich zumindest mir selbst als notwendig oder sinnvoll verkaufen kann, der mich beschützt vor dem wiederkehrenden Gefühl der Nutzlosigkeit. Schon in Amsterdam, wenn ich nach der Gehirnwäsche durch 180 bpm trotz völliger Erschöpfung nicht einschlafen konnte, hatte ich darüber nachgedacht, wie es wäre, einen richtigen Job zu haben. Würde ich mich weniger austauschbar fühlen? Hatte ich nicht genau diese Austauschbarkeit gewollt? Und ist es nicht das Kennzeichen des Termitenstaates, dass der Einzelne nicht viel gilt, es sei denn, er erhält die Art? Mir fällt ein, dass Termiten auch die *Unglückshaften* genannt werden. Noch einmal setze ich mich vor den Laptop und betrachte das Foto von Agnes Engelhorn, es ist dasselbe, das in der Fernsehbeilage abgedruckt war, die mein Vater an einem Abend des Jahres 1978 verbrannt hat, als wäre es ein verbotenes Buch. Ich sehe sie an und denke an Großvaters Augen. Sollte auch er gestorben und hier begraben sein, werde ich bleiben. Ich werde mein Leben an seinen Grabstein schmiegen, wie man seinen Körper an den des Geliebten schmiegt. Er wird warm sein.

22

Wenn man an einem warmen Frühlingstag auf einen Friedhof geht, ist es wie überall sonst. Es riecht nach feuchter Erde, frischem Gras und allen möglichen Blüten, Menschen buddeln in der Erde, setzen Stiefmütterchen, Narzissen, Hyazinthen, laufen mit Gießkannen herum, die Vögel zwitschern, elektrische Gartengeräte schnurren, tuckern, zischen, fauchen.

Jemand hat mich einmal gefragt, warum es in traurigen Geschichten immer schneit. Ich glaube, es liegt an den Farben. Man erträgt die Farben nicht, wenn man traurig ist, sie schreien einen an, die gelben Märzenbecher und azurblauen Himmel, sie schmerzen in den Augen, man möchte sie schließen, eintauchen in die weniger anmaßende, wenn auch nicht heilsame Dunkelheit, eine Dunkelheit, wie sie nur an gewissen Wintertagen herrscht.

Farben gibt es viele auf dem Grab von Franjo und Großvater, Vergissmeinnichtblau und Himmelschlüsselgelb, Tulpenrot, Schneerosenweiß. Meine Mutter hat sich selbst übertroffen, es sieht aus wie ein kleiner englischer Garten, ich kann ihn kaum ansehen, ertrage es nur, weil

Paul bei mir ist. Sie muss regelmäßig herkommen, ich stelle mir vor, wie sie auf dem Boden kniend Unkraut rupft mit gebeugtem Rücken, sich mit einer Hand an der steinernen Umrahmung abstützt, ab und zu setzt sie sich zurück auf die Fersen, streicht sich eine Haarsträhne aus dem Gesicht, betrachtet ihr Werk, wie oft habe ich sie so gesehen. Nun knie ich selbst mit gebeugtem Rücken vor dem Grab, das mir meine Eltern nie gezeigt haben, und versuche zu verstehen, was unverständlich ist und bleiben wird: Franjo ist tot, seit zwanzig Jahren. Er wäre jetzt achtunddreißig Jahre alt, sein Haar vielleicht durchzogen vom ersten Grau, vielleicht auch nicht. Falten auf seiner Stirn. Der Mund ein wenig schmaler, härter, aber dieselben Augen, die unveränderte Intensität seines Blicks. Ich suche in meinem Inneren nach der übermächtigen Trauer, der Verzweiflung, die ich mir vorgestellt habe, jahrelang, aber ich fühle mich vollkommen leer. Es muss ein Irrtum sein, dass die Hülle meines Körpers gefüllt ist mit Organen, die arbeiten, Blut, das durch Arterien gepumpt wird, dass sich darin ein Herz befindet, das schlägt und wer weiß wie lange noch schlagen wird, und vielleicht, all diese Vorgänge bewachend oder antreibend, eine Seele. Das, was von mir übrig ist, fühlt sich an wie eine Schlangenhaut, zurückgelassen von einem Lebewesen, von dem sie nicht mehr gebraucht wurde.

Ich weiß nicht, wie lange ich schon hier bin, jegliches Zeitgefühl hat mich verlassen. Paul hat sich nach einem kleinen Spaziergang über den Friedhof wieder neben mir niedergelassen, ich spüre seine Anwesenheit wie einen Sonnenschirm, der mich vor Verbrennungen dritten Grades schützt. Ein Schatten fällt am Rande meines Gesichtsfeldes auf den weißen Kies. Ich wende den

Kopf und sehe eine alte Frau, die vor dem benachbarten Grab steht, sie bekreuzigt sich, hält dann ihre Handtasche mit beiden Händen vor dem Körper fest und bewegt die Lippen. Nach kurzer Zeit ist das Gebet beendet, sie stellt ihre Handtasche ab, holt ein neues Grablicht samt Streichhölzern daraus hervor, zündet es an, tauscht es gegen das alte, das sie in ihrer Tasche versenkt, und zieht von dannen. Der ganze Grabbesuch hat höchstens drei Minuten gedauert, plötzlich ist die Zeit wieder da und mit ihr die Banalität, die einfache Alltäglichkeit des Todes.

Erst um drei Uhr morgens kann ich weinen. Paul kommt verschlafen aus dem Zimmer, setzt sich neben mich, legt meinen Kopf in seinen Schoß. Das Weinen ist eigenartig, anders als alles Weinen, das ich bisher gekannt habe, es erleichtert mich nicht, ist nicht verzweifelt oder krampfartig, auch nicht zornig, es macht mich nicht leer, es füllt mich, als würde für jeden Milliliter Tränenflüssigkeit, der aus mir entweicht, etwas anderes in mich hineinfließen, etwas, wofür im Gefäß meines Körpers bisher kein Platz war. Dieses Etwas erzeugt Wärme, als würden manche Körperstellen zum ersten Mal seit Jahren durchblutet. Vielleicht ist es auch Pauls rechte Hand, von der die Wärme ausgeht, er legt sie mal hierhin, mal dorthin, scheint immer genau zu wissen warum.

Als es fast hell ist, fällt mir etwas ein. Es ist nur eine winzige Erinnerung, eine dieser Glasscherben, die man am Strand findet, grün und rundgeschliffen von Sand und Meer. Ich muss etwa drei gewesen sein, Franjo sammelte noch Insekten. Ich war völlig vernarrt in die Grashüpfer, obwohl mir ihre Größe und ihre schwarzen Kugelaugen etwas unheimlich waren, es beruhigte mich, dass sie in ihren kleinen Käfigen saßen und ich sie in

Ruhe betrachten konnte. Möglich, dass ich mehr von den Käfigen fasziniert war als von den Grashüpfern, sie waren kunstvoll gefertigt, aus ineinander gesteckten Schilfrohren mit einem richtigen kleinen Schrägdach, so grün wie ihre Bewohner, sie sahen irgendwie chinesisch aus. Franjo behielt die Tiere nie lange, er war sich bewusst, dass sie Gefangene waren, egal, wie liebevoll er sich um sie kümmerte. Einmal war ich dabei, als er sie frei ließ. Er zog das Blatt, auf dem der Grashüpfer saß, behutsam aus dem Käfig auf seine flache Hand, als wäre es ein roter Teppich und jeder Grashüpfer ein kleiner König. Es war nicht nötig, die andere Hand darüberzustülpen, sie blieben vollkommen ruhig sitzen, wie hypnotisiert, Franjo hypnotisierte sie. Er trug sie langsam zum Fenster und setzte sie auf dem äußeren Fensterbrett ab. Ich bin sicher, dass er sie normalerweise dort sitzenließ, bis sie von selbst weghüpften, aber an dem Tag, an den ich denke, merkte er plötzlich, dass ich da war und zusah. Er nahm mich hoch, trug mich zum Fenster und beugte sich mit mir über das grasgrüne Tier, ich konnte die Fühler genau sehen, die in regelmäßigen Abständen dünne braune Streifen hatten, das fischgrätartige Muster der Sprungbeine, die seitlich am Körper liegenden Augen, die aussahen, als wären sie angeklebt. Dann nahm Franjo meine Hand, streckte meinen Zeigefinger, führte ihn in Zeitlupe an den bewegungslos dahockenden Grashüpfer heran und tippte mit ihm gegen das linke Sprungbein. Ich zuckte zusammen, als der Grashüpfer wegsprang, so schnell, so plötzlich, gleichzeitig musste ich lachen, Franjo lachte mit mir, und dieser kleine Moment hat sich unbemerkt in meinem Gedächtnis verhakt, während Millionen andere ebenso unbemerkt vom Fluss der Ereignisse mitgerissen worden und verloren gegangen sind. Beides erscheint mir grausam, willkürlich und sinnlos. Ich sage es Paul. Erinnern und vergessen, sagt er und nickt. Dann holt er seinen Zeichenblock.

Die folgenden Wochen vergehen in der Eintönigkeit von Verrichtungen, die mich nichts angehen. Ich verbringe meine Zeit in einer kleinen, gut abgeschirmten Höhle, die sich irgendwo in meinem Brustraum befindet, in der Nähe der aufsteigenden Aorta vielleicht. Während ich Tische abwische, Salzstreuer neu befülle, die Kaffeemaschine reinige, sitze ich da drinnen und halte mir die Augen zu. Ich verstecke mich vor der Unbestreitbarkeit des Todes, vor der unüberschaubaren Ebene meines Lebens, die sich vor mir auszubreiten beginnt wie die Great Plains, am meisten jedoch verstecke ich mich vor dem Zorn. Es gibt diese Augenblicke, in denen ich bei der Arbeit aufsehe, durch die offene Tür hinaus auf die Straße, und Franjo läuft vorbei, einmal als zehnjähriger Junge, dann wieder als erwachsener Mann, er sieht immer noch verdammt gut aus. Manchmal gehe ich hinaus, um einen neuen Gast zu bedienen, und da sitzt Großvater an einem der Tische und liest seine Zeitung, er ist alt geworden, seine Hände zittern, meine auch, so stark, dass Kaffee aus der Tasse auf die Untertasse schwappt und ich mich entschuldigen muss, zum hundertsten Mal. Die Tage schmecken alle gleich, metallisch, staubig, das Schlucken fällt mir schwer und schon morgens beim Aufstehen sind meine Glieder so bleiern, dass ich mir kaum vorstellen kann, den ganzen Tag auf den Beinen zu sein. Zum ersten Mal kaufe ich mir in einem Geschäft für Berufsbekleidung hässliche Kellnerinnenschuhe.

Paul hat sich Farben besorgt und malt leuchtend bunte Landschaften, mit denen ich überhaupt nichts anfangen kann. Er ist meilenweit entfernt, trotzdem kommt er jeden Morgen zu mir, bringt Frühstück, am Wochenende kocht er für uns oder kommt mit einem voll gepackten Picknickkorb und fährt mit mir ins Grüne. Wir machen Ausflüge ans Heustadlwasser oder in die Lobau, sitzen nackt zwischen Nackten, eigentlich mag ich das nicht besonders, aber das physiologisch Unumstößliche all der Körper, weibliche, männliche, dicke, dünne, glatte, faltige, hat etwas Beruhigendes. Das Schwimmen im Teich, der um diese Jahreszeit noch sauber und kühl ist, nimmt mir vorübergehend die Schwere, ich lasse mich treiben im weichen, grünlichen Wasser, ohne mich viel zu bewegen, manchmal tauche ich auf den Grund und wünsche mir, dort zu bleiben. Hin und wieder denke ich an Marjana, so wie man an jemanden denkt, den man vor langer Zeit einmal gekannt hat.

Dann gehe ich wieder meiner Arbeit nach, die mir noch nie so sinnentleert vorgekommen ist. Jemand ist hungrig, bestellt etwas, ich bringe es ihm und denke, warum holst du dir dein Essen nicht selbst, geh doch nach Hause und schlag dir ein paar Eier in die Pfanne, es macht mich wütend, vieles macht mich wütend, rücksichtslose Autofahrer, rote Ampeln, unpünktliche Verkehrsmittel, unpünktliche Kollegen, Schlangen an Supermarktkassen, die Wut frisst sich langsam und stetig durch meine Haut in mich hinein, in mir herrscht die drohende, blauschwarze Stille vor einem Unwetter, und ich habe nichts am Leib als ein leichtes Sommerkleid und Sandalen an den Füßen. Abend für Abend hole ich das Foto hervor, auf dem zwei Kinder zu sehen sind, die ich zu kennen glaubte, von denen ich nicht weiß, wer sie

sind oder einmal waren. Ich suche nach Antworten, aber ich kann sie nicht finden, weil ich die Fragen nicht kenne, die richtigen Fragen. Sie fallen mir nicht ein, so wie einem ein Traum nicht mehr einfällt, der beim Aufwachen ein bestimmtes Gefühl hinterlässt, aber nicht mehr zu greifen ist. Und Marjana ist nicht da, um sie mir zu stellen.
Ironischerweise ist es Paul, der mich auf die Sache mit den Fotos bringt. Es muss doch noch mehr geben, oder?, fragt er eines Abends, alle Familien sammeln sie, in Schachteln oder Alben, wie auch immer. Wenn ich du wäre, würde ich sie sehen wollen. Jetzt.

23

Noch in der Straßenbahn nehme ich mir vor, sie Magda zu nennen, nur Magda. Ich bin nicht so naiv, zu glauben, dass sie dadurch aufhören wird, meine Mutter zu sein, mich zu belügen, mich zu lieben. Es wird nichts an meinem schlechten Gewissen, meinem Zorn oder meiner Trauer ändern, aber es wird vielleicht ein Stückchen Raum schaffen, nicht größer als unser Vorzimmer. Sollte sie nicht zu Hause sein, werde ich einen Zettel unter der Tür durchschieben, auch das habe ich mir vorgenommen. Die Welt ist zu klein geworden, um mich zu verstecken.
Es ist ein diesiger Tag, der erste ohne Sonne seit Wochen, die Luft ist schwül und feucht wie im Monsun. Ich warte nicht auf den Bus, sondern gehe zu Fuß den Berg hinauf, Geräusche schreiender Kinder und Rasenmäher,

Grillgerüche und Fernsehgeflimmer erschlagen mich mit dem ganzen Gewicht der Normalität, ich bewege mich vorwärts wie eine ordnungsgemäß funktionierende Walze über ein Stück Teer. Als ich mich dem Garten nähere, höre ich undeutlich Stimmen, der Wind kommt aus derselben Richtung wie ich und trägt sie von mir fort. Doch dann lacht sie, und es besteht kein Zweifel, obwohl es neu ist, dieses Lachen, früher hat sie mit dem Lächeln genug zu tun gehabt, und nun höre ich auch ihn, das Zischen von Fett, das in die Glut tropft, er trägt ein blaues Polohemd zu kurzen Hosen und wendet gerade das Fleisch, warum nur hat er die Angeln des Gartentors geölt? Wäre der Blick meiner Mutter jetzt weniger entsetzt, hätte er es nicht getan? Gnädige Frau, hier liegt eine Verwechslung vor, ich bin nicht von den Toten auferstanden, erinnern Sie sich, ich war verreist, wissen Sie noch? Ihr Gesicht altert vor meinen Augen, während wir uns anstarren, die Lippen werden rissig, die Augen trüb, und Falten treten zutage, die sie noch gar nicht hat, Waldenbrechts Grillgabel hängt zwischen uns in der Luft wie ein Mordinstrument. Entschuldigen Sie die Störung, ich bin Anna Abaza, Magdas Tochter. Das sieht man, sagt er und streckt mir die freie Hand hin, nimmt sie wieder zurück, steckt sie in die Hosentasche, wippt sinnlos vor und zurück. Magda sagt immer noch nichts, sitzt da in der nun unpassend erscheinenden Körperhaltung, Beine übereinandergeschlagen, Oberkörper zurückgelehnt, Ellenbogen locker über der Rückenlehne, sie weiß nicht, wie sie sich bewegen soll, als wäre sie im Abendkleid auf einem Rockkonzert. Die Erlösung kommt durch das Fleisch, es fängt Feuer, Magda springt auf, Waldenbrecht schreit: Wasser, schnell! Ich schnappe mir den vollen Krug vom Tisch und gieße ihn über das

Fleisch, in der entstehenden Rauchwolke umarmt mich meine Mutter und murmelt Dinge, die ich nicht verstehe, weil sie in Waldenbrechts Hustenanfall untergehen, ich spüre ihren kleinen Porzellankörper, den zerbrechlichen Kopf mit den so frei liegenden Kiefer- und Backenknochen, ihre fast unnatürlich weichen Haare auf meiner Brust und habe immer noch den Krug in der Hand.

Und dann sitzen wir plötzlich alle um den Tisch und essen und trinken Dinge, die ich nicht schmecke, und meine Mutter redet und redet, als gäbe es kein Morgen, stellt mir tausend Fragen, auf die ich keine Antwort weiß und die ich deshalb, wenn überhaupt, so kurz wie möglich beantworte, immer hänge ich ein Magda hinten an, ja, Magda, nein, Magda, ein sinnloses Mantra allerdings, da ich nicht sage, was zu sagen wäre, nicht die Fragen stelle, die gefragt werden müssten, während Magda mir ihre unablässig in den Mund stopft wie klebrige Süßigkeiten und Waldenbrecht die ganze Zeit Wein nachschenkt, den ich in kleinen Schlucken durch eine winzige Mundöffnung in meinen Rachen schleuse. Übelkeit steigt in mir auf, sie ist älter als ich und stärker, wenn ich nichts unternehme, werde ich mitten auf den Tisch kotzen, gerade noch rechtzeitig halte ich mich am Arm meiner Mutter fest, und endlich hält sie inne.

Magda.

Ja?

Kann ich die Fotos sehen?

Welche Fotos?

Alle.

Und da ist ihr Nicken, diese fast unsichtbare Bewegung ihres Kopfes, die nicht die geringste Beugung des Nackens nötig macht, eher eine Streckung des Rückgrats, so oft habe ich diese Geste an ihr gesehen und doch nicht gesehen. Das plötzliche Schweigen, in dem wir den Tisch abräumen, kommt mir vor wie ein unbedingter Reflex auf diese Geste, von dem Waldenbrecht, der eigentlich Gerd heißt, nichts weiß, das Schweigen ist ihm unangenehm, er hat nicht jahrelang darin gelebt. In der Küche gibt es jetzt einen Geschirrspüler, Gerd befüllt ihn platzsparend mit schmutzigen Tellern, Gläsern und Besteck, ich stehe im Weg herum, weil ich nicht mehr weiß, wo was hingehört, und ständig falsche Laden öffne. Danach zieht er sich höflich ins Wohnzimmer zurück, wo ein cremefarbenes Sofa vor einem großen Fernseher steht, Mutter verschwindet in unserem Zimmer, ich habe nicht den Mut, ihr zu folgen, setze mich stattdessen an den Küchentisch, der noch der alte ist, ein alter Freund in einem fremden Land, und warte auf sie.

Die ersten beiden Alben sind mir gut in Erinnerung, unsere Babyalben, Fotos, auf denen außer Franjo und mir eine sehr junge, sehr hübsche Frau zu sehen ist, die immer lächelt. Es ist klar, dass sie nicht für die Kamera lächelt; sie lächelt jemanden an. Jemand, der damals fotografiert haben muss. Der sich selbst nie fotografieren ließ. Es gibt ein paar wenige Aufnahmen, auf denen er in Schlaghosen und einem weißen, bauschigen Hippiehemd posiert wie eine Figur aus einem griechischen Heldenepos, die Hände an den Hüften, das Kinn hochgereckt, auch er sehr jung und immer allein. Magdas etwas altmodische Schönheit könnte ihn an seine Mutter erinnert haben, auch wenn er sich das sicher nie eingestanden hat. Unheimlich ist, wie wenig sie sich verändert hat, eines dieser zeitlosen Gesichter, die niemals wirklich altern und dann ganz plötzlich. Später verschwindet sie aus den Bildern, wird zu einem Geist, der sich nur noch in unseren Mienen widerspiegelt. Franjo und ich sehen aus wie kleine Nachbaupuppen von Karim und Magda, ein Eindruck, der sich irgendwann im Volksschulalter verliert, als hätten sich unsere persönlichen Züge aus ihren Vorlagen herausgeschält. Es gibt diese typischen Schulanfängerfotos, auf denen wir die von Mutter selbst gebastelten Schultüten im Arm halten, meine hatte Planeten und Sterne drauf und Franjos, ich hatte es ganz vergessen, Fische; das war Jahre vor dem blauen Antennenwels. Möglich, dass sie an die Schultüte dachte, als sie ihn kaufte; möglich, dass sie in gewisser Weise nicht unglücklich über das Verschwinden der Insekten war. Franjo sieht jedenfalls nicht so aus, als würde die Schultüte zu ihm gehören, sein Gesichtsausdruck ist weder erfreut noch ängstlich, sondern abwesend, als wäre ein Teil von ihm, der entscheidende, zu Hause geblieben, als hätte er den Rest von sich, das, was er nicht unbedingt benötigte, zur Schule geschickt. Aus derselben Zeit gibt es ein Foto, das mich überrascht, ich kann mich nicht erinnern, es schon einmal gesehen zu haben. Es zeigt uns alle vier, ich kann mir nicht vorstellen, wer es gemacht haben soll. Karim sitzt auf seinem Klappsessel vor der Feuerstelle, Franjo stochert zu seinen Füßen mit einem Ast in der Asche herum, Magda steht daneben und hält mich auf dem Arm, aus dem ich mich offenbar versuche herauszuwinden. Es könnte eines dieser banalen Familienfotos sein, mit einer handschriftlichen Eintragung darunter: Ostern neunzehnhundertsowieso, in jeder Familie gibt es hunderte davon, nicht aber in unserer. Es sieht aus, als wären wir rein zufällig zur selben Zeit am selben Ort und hätten es nicht bemerkt. Niemand lächelt.

Auf der nächsten Seite fehlt ein Foto. Es ist jenes, das ich zum ersten Mal vor zwanzig Jahren ganz obenauf in meine Reisetasche gelegt habe, bevor ich mit Nina ins Ferienlager fuhr, bevor Franjo starb. Wir starren gemeinsam auf die leere Seite wie auf einen Totenschädel im naturkundlichen Museum, Magda schaut als erste weg.

Hast du es noch?

Ja.

Ich blättere weiter; ich auf dem Kirschbaum, Franjo auf dem Fahrrad, wir beide mit einer Tüte Eis in der Hand, Pistazie, Zitrone, Marille für Franjo, Erdbeer, Himbeer, Heidelbeer für mich, doch ich sehe nichts mehr außer dieser leeren Seite, die Struktur des durchscheinenden Schutzpapiers auf dem schwarzen Hintergrund, der keiner mehr ist. Dann kommt Franjo im Taucheranzug, und ich schlage meine flache Hand auf das aufgeschlagene Album, bevor Magda umblättern kann, bevor die Bilder von uns mit Großvater kommen und ich weinen muss und nicht mehr fragen kann. Magda zuckt zusammen.

Warum hast du mir nicht gesagt, dass er tot ist?

Wieder dreht sie den Kopf weg.

Ich hab's versucht. Du wolltest mir nicht glauben.

Ich höre mich schnauben, ohne mir bewusst zu sein, dass ich ein Geräusch mache.

Also, fährt sie fort, also … ich dachte, du würdest es nicht verkraften.

Sie hebt die Schultern und lässt sie wieder fallen, als fehle ihr die Kraft, sie da oben zu halten, eine Geste hochkonzentrierter Hilflosigkeit, die mich gleichzeitig wütend und ganz schwach macht, ich möchte sie schlagen und umarmen, und im nächsten Moment tue ich es schon, schlage mit den Fäusten auf ihre Brust, schreie

warum hast du, warum hast du nicht, umfange ihren schmalen Oberkörper mühelos und drücke ihn so fest, dass es irgendwo da drinnen knackt, während mir die Tränen herunterlaufen und Magda schützend ihre Arme vors Gesicht hält, ich lasse sie los und taumle ein paar Schritte zurück, ich habe gar nicht bemerkt, dass wir von unseren Stühlen aufgesprungen sind, und jetzt sieht sie mich doch an, mit einem Blick, der so schuldbewusst ist, dass ich sie schon wieder schütteln möchte, sie sagt:
Ich weiß, es war falsch.
Was?
Falsch, es war falsch.
Ja, aber *was* war falsch? Was *genau* war falsch?
Ich will es wissen, obwohl ich spüre, dass das Wort *falsch* hier überhaupt keine Bedeutung mehr hat, man könnte es entsorgen, als Sondermüll, und nichts würde sich verändern. Magda klappt das offen daliegende Album zu, stapelt die anderen obendrauf, obwohl wir die Hälfte noch nicht gesehen haben.
Alles, sagt sie.
Dann nimmt sie die Alben und verschwindet aus der Küche, ich gehe ins Vorzimmer, wo meine Schuhe stehen und mich vorwurfsvoll anstarren. Durch die offene Wohnzimmertür sehe ich Gerd, der auf dem Sofa sitzt und sich ein Tennismatch ansieht. Er winkt mir freundlich zu. Ich winke zurück.

24

Die Depression ist ein kleiner, schwarzer, äußerst kompakter Quader mit dem spezifischen Gewicht von Uran. Seit Wochen liegt er in meiner Tasche und zieht meinen Körper kontinuierlich nach unten in Richtung Asphalt. Während ich arbeite, liegt er zusammen mit Geldbörse, Wohnungsschlüssel, Zigaretten und Feuerzeug sicher verwahrt in meinem Spind und wartet auf mich. Wenn ich nach Hause komme, nehme ich ihn vorsichtig heraus und lege ihn an einen neutralen Platz, meist auf das Fensterbrett im Vorzimmer, gleich neben der Eingangstür. Von dort aus gibt er seine eintönigen Signale ab, eine kleine, kühle Melodie in einer Tonart, die weder Dur noch Moll ist, die das Ohr umgeht und sich direkt im limbischen System niederlässt. Ich versuche Musik zu hören, um sie zu übertönen, aber leider funktioniert das nicht; die Melodie wird dadurch nur noch aufdringlicher, kolonisiert die Musik, befällt sie wie ein Virus, also lasse ich es wieder bleiben und höre auf die Stille, die ich mir mit der kleinen Melodie teile. Nur sie und ich, mehr hat in ihr nicht Platz, auch Paul nicht. Ich weiß nicht, ob er sie hören kann, jedenfalls sehe ich ihn seltener. Immer öfter kommt es vor, dass er nach der Arbeit direkt nach Hause fährt oder die Nachmittage, an denen ich frei habe, mit Malen verbringt. Ich gehe nicht mehr in die Kantine, um ihm beim Arbeiten zuzusehen. Stattdessen sitze ich zu Hause und schaue die leeren Wände an. Ich schaue sie mir genau an. Ja, sie sind leer. Da ist nichts, ich sehe keine Bilder mehr, weder von toten noch von lebenden Verwandten, nur ein paar Unebenheiten, Flecken, zugespachtelte Löcher des Vormieters, sonst nichts. Häng dir ein paar Poster auf, würde Marjana sagen, doch was für Poster sollten das sein? Farbenfrohe Landschaften, Fanposter von Bands, deren Fan ich nicht bin, der Kuss von Klimt? Ich bin leer wie diese Wände: ein paar Unebenheiten, Flecken, zugespachtelte Löcher, sonst nichts. Was bleibt, ist das Gehen. Es ist nicht so gut wie in Kairo, nicht so gut wie mit Paul, aber ich will ihn nicht bitten, mich zu begleiten. Vielleicht sollte ich mir einen Hund zulegen. Ich stelle mir sein Jaulen vor, sein Winseln und Bellen, die nasse Schnauze in meiner Hand, das Geräusch, wenn er daliegt und sein Schwanz auf den Boden schlägt.

Manchmal kommt mich Lisa besuchen. Wir sind wieder zu alten Gewohnheiten zurückgekehrt: Sie erzählt, ich höre zu. Sie erzählt von einem Mann, den sie kennen gelernt hat, im Europa, wo sonst. Er sieht gut aus, ist witzig, intelligent, arbeitet in irgendeiner Webagentur. Sie ist ein paar Mal mit ihm nach Hause gegangen, hat mit ihm geschlafen, jetzt ist sie verliebt. Er hat sie auf ein Wochenende in New York eingeladen, sie träumt davon, zu ihm zu ziehen, doch was passiert dann mit ihrer Mutter? Ihr Freund hat Verständnis, meint aber, dass sie langsam anfangen müsse, ein eigenes Leben zu führen, dass sie ein Recht darauf hätte. Das finde ich interessant: das Recht auf ein eigenes Leben. Ich erzähle ihr von meinem Vater. Sie fragt, wovon er lebt, und ich kann es ihr nicht sagen.
Lisa sagt: Ich will nicht, dass sie einsam ist, weißt du. Ich würde sie natürlich regelmäßig besuchen. Ihr die Haare machen und so weiter.
Natürlich, sage ich.

Ich will nicht, dass sie in irgend so ein Heim kommt.
Das muss schrecklich sein.
Schrecklich, ja.

Die Einsamkeit ist ein Geruch. Menschen strömen ihn aus, Orte, Landschaften, Häuser, ein grauer Geruch, wie Staub oder Spinnweben. Ob mein Vater einsam ist? Ich weiß es nicht. Ob ich einsam bin? Ist gewollte Einsamkeit überhaupt Einsamkeit, kann man einsam sein wollen?
In der Wohnung über mir lebt eine Frau mit ihrem längst erwachsenen Sohn. Er überholt mich jedes Mal auf der Treppe, wenn ich zur Arbeit gehe, immer im gleichen Anzug und mit einer Aktentasche in der Hand hastet er durchs Stiegenhaus, als wäre er auf der Flucht. Die Frau riecht nach Mottenkugeln und zieht täglich einen prall gefüllten Einkaufstrolley hinter sich her, Stufe für Stufe bis in den zweiten Stock. Seit kurzem haben sie einen kleinen Hund, der ihr voran fünfmal die Stiegen hinauf und wieder hinunter fegt, mit langen, fliegenden Ohren und einer unbegreiflichen Ungeduld, nach Hause zu kommen. Wenn wir einander begegnen, bleibt die Frau stehen, begrüßt mich schnaufend, eine Hand in die fette Hüfte gestemmt, der Hund beschnuppert mich, springt an mir hoch. Er mag Sie, sagt die Frau, Sie sollten auch einen haben. Meine Kusine hat noch welche, sechs Welpen waren es, ein großer Wurf, sie lacht und schnauft. Überlegen Sie es sich, aber nicht zu lange!

Er ist eine schwarz-weiß gefleckte Promenadenmischung, irgendeiner seiner Ahnen war wohl ein Cockerspaniel. Er sitzt vor mir und macht große Augen, ständig scheint er auf irgendetwas zu warten. Ich habe einen Fress- und einen Wassernapf gekauft, Kauknochen, Futter und ein Körbchen, in das er sich nicht legen will. Auch den Kauknochen ignoriert er hartnäckig, dafür kaut er an meinen Schuhen, den Dschungelschuhen, und nur an diesen. Ich habe das Gefühl, ich sollte ihn daran hindern, ihn erziehen, doch angesichts der simplen Lust, mit der er seine kräftigen Zahnreihen ins Leder versenkt, fehlt mir jegliche Motivation dazu. Außerdem gefällt mir der Anblick irgendwie. Jahrelang hatte ich diese romantische Vorstellung gehabt, dieses Bild in meinem Kopf: wie mir an einer Bordsteinkante in Idaho die Sohle bricht (die linke) und ich dann, dieses ausgefranste, zerlöcherte Paar Schuhe in der Hand, barfuß bis zum nächsten Mülleimer gehe (es ist heiß und der Asphalt verbrennt meine Fußsohlen). Jetzt sitze ich in Wien in einer Altbaugarconniere, habe einen Hund, damit ich nicht allein spazieren gehen muss, und sehe ihm tatenlos dabei zu, wie er systematisch diese Schuhe zerlegt, die bis dahin wie durch ein Wunder ohne nennenswerte Schäden und ohne eine einzige Reparatur überlebt haben. Ich sollte ihm einen Namen geben. Ich werde ihn Idaho nennen.

Idaho bringt mir Paul zurück. Mein Arbeitgeber ist nicht begeistert, wenn ich Idaho mit zur Arbeit bringe, er ist zu lebhaft, zu menschenfreundlich und bis zur Würdelosigkeit verfressen. Also bitte ich Paul widerstrebend, mit ihm spazieren zu gehen anstatt mit mir, was er tut, weil er ein netter Mensch ist. Er holt ihn frühmorgens nach seiner Schicht ab, wir sitzen also wieder auf dem Balkon und rauchen. Idaho liegt zu unseren Füßen und schläft.

Was machst du die ganze Zeit?, frage ich ihn.

Was meinst du?

Na ja, du weißt schon. Wenn du nicht arbeitest.

Nicht viel. Schlafen. Musik hören.

Malst du immer noch diese Landschaften?

Ich male überhaupt nicht mehr.

Nicht? Was tust du dann?

Paul dämpft seine Zigarette am Geländer aus, schnippt sie darüber hinweg in den Hof.

Ich halte mich fern von dir.

Was?

Ich halte mich fern von dir. Das ist ziemlich anstrengend, glaub mir. Viel anstrengender als Malen.

Sofort kocht meine Wut wieder hoch, heiß, brodelnd, ich habe nicht gewusst, dass sie noch da ist.

Was ist los? Habe ich eine ansteckende Krankheit? Typhus, Cholera, Pest, was darf's sein?

Paul schüttelt den Kopf.

Weißt du, ich habe früher mal vier Jahre lang Antidepressiva geschluckt.

Du hast was?

Eine Zeit lang fand ich das nicht schlecht, ich konnte morgens wieder aufstehen, regelmäßig einkaufen, kochen, solche Sachen. Aber dann habe ich gemerkt, dass ich nur etwas übermale, wie bei einem Bild, das mir nicht gefällt. Ich male etwas anderes über das ursprüngliche Motiv, verwende andere Farben, verändere das Licht und die Schatten, aber das ursprüngliche Bild bleibt. Es verschwindet nicht, auch wenn es nicht mehr sichtbar ist, verstehst du?

Ja, das ist wie mit der Musik.

Welche Musik?

Egal welche. Ich höre seit ein paar Wochen keine Musik mehr.

Paul nickt.

Wir schweigen. Ich fühle mich zu Hause.

In der darauffolgenden Nacht habe ich einen Traum, in dem ich durch ein riesiges, altehrwürdiges Museumsgebäude irre. Ich bin auf der Suche nach einem Bild von Paul, das, wie ich weiß, irgendwo hier hängen muss. In einem langgestreckten Saal mit abgeschabten, roten Samtvorhängen entdecke ich es zwischen den Gemälden alter flämischer Meister in vergoldeten Rahmen: eine dunkle, düstere Landschaft, das Watt vor einem heftigen Unwetter, tonnenschwere Wolken, die ins bleierne Meer stürzen, ich habe noch nie so viele Schattierungen von Grau, Blau und Schwarz gesehen. Während ich das Bild betrachte, erwacht es zum Leben, die Wolken geraten in Bewegung, Schichten trennen sich und verschmelzen mit anderen, eine dünne, gegen den Wind gestemmte Gestalt im Vordergrund breitet die Arme aus, versinkt bei jedem Schritt bis zu den Knöcheln im Schlick, ich kann das grollende Meer hören und den hochfrequent pfeifenden Wind. Das Bild hinterlässt das Gefühl von unfassbarer Weite, von Ausgesetztheit und Verlorenheit, den ganzen Tag bleibt es an mir haften.

Ich beginne über Paul nachzudenken auf eine Art, die neu ist. Ich versuche mir vorzustellen, wie es ist, Paul zu sein. Was weiß ich alles über ihn? Ich veranstalte eine Art Kollekte in meinem Gedächtnis, gehe von Tür zu Tür, eine kleine Spende für Paul Nolte, Sie wissen schon, der Künstler. Überrascht stelle ich fest, dass doch eine Menge zusammenkommt, obwohl ich mich bisher so wenig für ihn interessiert habe. Ich bin seinem Vater begegnet. Es ist unmöglich, einen Menschen von der Intensität eines Eric Nolte zu vergessen, über Paul hat er gesprochen wie über einen Teil von sich selbst. Er sagte, Paul hält nichts von Mobiltelefonen, so wie man sagt, *meine rechte Schulter schmerzt bei feuchtem Wetter* oder *mein linkes Bein ist länger als das andere.* Ich kann mir das schwer vorstellen, würde aber gerne hören, wie meine Mutter zu anderen über mich spricht. Pauls Mutter fällt mir ein, ich denke immer noch, dass es seine Mutter war, das markante, längliche Gesicht auf den Porträts, die ich auf Eric Noltes Dachboden gesehen habe. Etwas hat mich bisher daran gehindert, Paul nach ihr zu fragen, abgesehen von meiner unerträglichen Ichbezogenheit, aus irgendeinem Grund wäre es mir vorgekommen wie eine Indiskretion. Außerdem habe ich ihm nie erzählt, dass ich in Uelvesbüll war. Zunächst erschien es mir belanglos angesichts der Tatsache, ihn gefunden zu haben, und irgendwann war es zu spät, es zu erzählen, als wäre es eine Belanglosigkeit. Inzwischen hätte es das Gewicht einer Enthüllung, was mir wiederum übertrieben erscheint.

Als Paul mich schließlich darauf anspricht, werde ich sofort rot. Er erzählt mir zuerst von einem Briefwechsel zwischen ihm und seinem Vater, von Unwettern an der Nordseeküste, bei denen ein Teil des Daches beschädigt wurde. Sein Vater hat es selbst notdürftig geflickt, da er nicht das Geld besaß, sich Handwerker kommen zu lassen. Ich sehe sofort das Haus vor mir, denke an das Atelier auf dem Dachboden, ich würde ihn gerne fragen, ob den Bildern etwas passiert ist. Erst eine halbe Stunde später, wir reden gerade über eine schlecht heilende Wunde, die sich Idaho bei einem wagemutigen Sprung über einen Drahtzaun geholt hat, sagt er plötzlich:

Du warst bei meinem Vater.

Lange ruht Pauls Blick auf mir, während er raucht und ich angestrengt Idahos Wunde begutachte. Dann dämpft er seine Zigarette aus, geht in die Küche und füttert den

Hund, ich verschränke meine Hände vor dem rechten Knie. Paul kommt zurück, lehnt sich in den Türrahmen und verschränkt die Arme vor der Brust.
Du hast mich gesucht.
Ja.
Mich oder die Zeichnungen?
Ich weiß genau, wie ich ihn ansehe: um Gnade flehend. Armselig. Sag etwas, Anna, komm schon! Aber sobald man das denkt, ist es zu spät. Dann fällt mir ein, dass ich diese Frage schon einmal beantworten musste, am John F. Kennedy Airport, nur war es damals Marjana, die sie mir stellte. Ich räuspere mich umständlich.
Ich konnte das nicht richtig unterscheiden. Nein, warte. Ich suche nach dem richtigen Wort. Auseinanderhalten. Ich konnte es nicht auseinanderhalten.
Paul nickt. Kann ich verstehen, geht mir auch oft so.
Ich bin nicht sicher, was genau er damit meint, aber auf eine nähere Erklärung kann ich jetzt nicht warten, der Korken ist aus der Flasche und ihr vergorener Inhalt ergießt sich unkontrolliert aus meinem Mund in den Raum zwischen uns.
Ich war auch in Prag und Hamburg und Berlin.
Ich sehe, dass Paul etwas sagen will, aber ich komme ihm zuvor.
Josh ist mit uns nach Prag gekommen, um seine Zeichnungen abzuholen, die Adresse deines Vaters habe ich vom tschechischen Institut für Kulturaustausch bekommen.
Mit *uns*?
Marjana. Sie hat in Kairo eine Weile bei mir gewohnt, ich habe sie kennengelernt, kurz nachdem du weggegangen bist.
Ich verstumme. Warum haben wir dieses Gespräch nicht

schon viel früher geführt? Es wäre normal gewesen, in einem Film hätten wir es getan.

Du warst also nicht allein? Das ist gut.

Er sagt es im Ton eines fürsorglichen Vaters, gegen den sich sofort etwas in mir sperrt, obwohl oder weil er mich rührt. Ich trete die Flucht nach vorne an.

Die Frau auf all den Bildern, ist das deine Mutter?

Die Frage hallt von den leeren Wänden wider, fällt von ihnen herab wie ein schlecht haftender Farbanstrich, Paul reagiert nicht. Er geht in die Küche und beginnt, das Geschirr abzuwaschen. Ich folge ihm, schnappe mir ein Geschirrtuch, trockne Teller, Gläser und Besteck, wische die Arbeitsfläche sauber. Paul reinigt die Armatur, das Spülbecken, die Abtropftasse. Als er die Gießkanne mit Wasser füllen will, nehme ich sie ihm aus der Hand, sie hängt einen Augenblick lang orientierungslos in der Luft und fällt dann schlaff an der Seite seines Körpers herab wie ein unnützer Gegenstand, etwas, das nicht zu ihm gehört.

Sie hat sich umgebracht, sagt er zum Wasserhahn. Ist ins Meer gegangen, vollständig angezogen. Sie konnte nicht schwimmen.

Vorsichtig stelle ich die Gießkanne ab und greife nach seiner Hand. Ich drücke sie nicht, halte sie nur, wir bleiben einfach so stehen, in meiner blank geputzten Küche, gefleckt von den Lichtreflexen der Sonne auf der blitzenden Armatur, den Blick fest auf den Wasserstrudel gerichtet, der sich, unbeeindruckt von der Erdrotation, im Uhrzeigersinn in den Abfluss dreht.

25

Ein paar Tage später gehe ich in ein Internetcafé, richte mir bei Hotmail eine Adresse ein und schreibe eine Mail an Marjana. Ich berichte ihr von meiner Arbeit, meiner Wohnung und von Idaho. Ich schreibe ihr auch, dass ich Paul gefunden habe, erkundige mich nach ihrem Vater und nach Josh. Schon am nächsten Tag habe ich eine Antwort, ihre überschwängliche Freude darüber, von mir zu hören, beschämt mich. Sie schreibt, ihrem Vater gehe es wieder gut, sie besuche ihn jetzt regelmäßig, er freue sich so sehr darüber, der Schock über den Infarkt habe ihn verändert. Offenbar studiert sie fleißig, macht ihre Prüfungen, über Josh verliert sie kein Wort. *So you got your lover back*, schreibt sie zum Thema Paul, *and the drawings! You lucky devil!* Und sie fragt nach meinen Eltern. Ich kläre sie darüber auf, dass Paul nicht das ist, was man einen Lover nennt, und verstricke mich anschließend in komplizierte Erklärungen, die weder Hand noch Fuß haben und die ich allesamt wieder lösche. Am Ende schreibe ich, dass ich nicht mit Paul schlafe und dass sich unser Verhältnis wohl einfach in eine Freundschaft verwandelt hat, was auch nicht stimmt. Ich lösche das *just* aus dem letzten Satz und erwähne meine Eltern nicht, stattdessen bohre ich noch einmal nach wegen Josh. Ich wisse doch sicher, dass sie sich auf unserer Reise in ihn verliebt habe, antwortet Marjana, *that I fell heavily in love with him*, und auch, dass sie in Berlin miteinander im Bett gewesen seien (*you remember?*, schreibe ich zurück, *that was the night when I nearly froze to death on a bridge, poisoned by alcohol, so how should I know*).

Dann jedoch war etwas passiert, womit sie nicht gerechnet hatte. Als sie am nächsten Morgen aufwachte, war sie allein, Josh hatte sich aus dem Staub gemacht. Sie hatte keine Mail-Adresse, keine Telefonnummer von ihm, und obwohl sie ihm am Abend zuvor ihre Visitenkarte gegeben hatte, meldete er sich nicht. Erst Wochen später bekam sie eine Mail, in der er erklärte, es tue ihm leid, aber er habe die Vorstellung unerträglich gefunden, ihr Gigolo zu sein. Marjana war so vor den Kopf gestoßen, dass sie eine volle Woche brauchte, um zu antworten. Sie habe nie auch nur eine Minute an so etwas gedacht, schrieb sie ihm, sie habe ihn einfach vom ersten Augenblick an gemocht, nur deshalb habe sie ihm den Flug nach Prag bezahlt, und dann habe sie sich in ihn verliebt und wollte ihn weiter in ihrer Nähe haben.
Seither schreiben sie sich regelmäßig. Marjana weiß, dass sie weder nach New York fliegen noch ihm ein Ticket nach Kairo anbieten darf. Sie muss Geduld haben, warten, vorsichtig sein, alles Dinge, die neu für sie sind, die ihr schwerfallen.
Ich bin überrascht. Nicht darüber, dass für Josh nach dieser einen Nacht plötzlich alles anders war, nicht darüber, dass Marjana sich in ihn verliebt hat und ihre Gefühle für ihn sie möglicherweise verändern werden, sondern dass sie mir davon erzählt und wie sie es tut – mit einer natürlichen Offenheit, als wäre es selbstverständlich für uns, miteinander zu teilen, was uns beschäftigt, aber das ist es nicht, zumindest nicht für mich. Es ist genauso wenig selbstverständlich wie Pauls plötzliche Bereitschaft, mir von seiner Mutter zu erzählen, von seiner Kindheit, dem Schulweg mit dem Fahrrad über den Deich, von einsamen Spielen mit Sand, Muscheln und Steinen, am leichtesten scheint es ihm im Dunkeln

zu fallen. Ich bedaure, sein Gesicht nicht gut sehen zu können, während er spricht, aber ich mag es, seine Stimme zu hören, sie ganz in mich einzulassen, mich ihr zuzuneigen ohne jede Ablenkung. Sie scheint sich langsam zu verändern, verliert ihre Rauheit, schmiegt sich mit Vorsicht an seine Stimmbänder, versucht neue Tonlagen. Ich spüre, wie meine Ohren sich weiter öffnen, meine Haut empfindlicher wird, ich befühle seine Worte mit den Händen und lege sie behutsam an einen Ort, wo sie warm und geschützt sind und mich ruhig schlafen lassen, ruhig und traumlos, jenseits aller Bilder. Es ist mir neu, dass es einen solchen Ort in mir gibt, er scheint aus dem Nichts heraus plötzlich dagewesen zu sein. Vielleicht gab es ihn nicht, so lange ich ihn nicht brauchte, oder ich habe ihn nur nicht gesehen, ein kahles, unbeheiztes Zimmer hinter einer gesichtslosen Tür ohne Schild. Nun gibt es Möbel und offenes Feuer, ich bin gern in diesem Raum, das Zuhören macht mich friedlich, auch verletzlich, doch fürchte ich mich nicht. Ich wiege mich in Sicherheit und merke nicht, dass ein Gedanke, den ich vor vielen Jahren entschlossen dorthin verbannt habe, aus seinem unterirdischen Gefängnis entkommen ist, dass er in dunklen Gewölben herumschleicht und auf die Nacht wartet, in der ich ohne ersichtlichen Grund aufwache und er mich völlig unvorbereitet trifft, mit solcher Wucht, dass er mir den Atem nimmt. Groß und haarig und hässlich hockt er auf meiner Brust und legt mir seine schmutzverkrusteten Hände um den Hals.

Ich renne ins Badezimmer, halte den Kopf unters kalte Wasser, ziehe mich hastig an und verlasse das Haus. Erst dann fällt mir ein, dass ich keine Ahnung habe, wie spät es ist. Die Straßen sind leer, es ist dunkel, ein leiser

Wind treibt sommertrockenen Staub vor sich her. Ich gehe rasch und ohne anzuhalten, ich habe einen weiten Weg vor mir, und die Angst ist ein Motor, der erst zur Ruhe kommen wird, wenn ich Gewissheit habe, Wissen, Sicherheit, sicher ist der Tod und um ihn weiß ich, doch er beantwortet keine Fragen. Man muss die richtige stellen, und man weiß nie, ob es die richtige ist, bevor man die Antwort gehört hat. Die Frage wühlt sich durch meine Eingeweide, mein Magen krampft sich zusammen. Ich konzentriere mich auf meinen Atem, zwinge ihn in einen Rhythmus mit meinen Schritten, zwei aus, zwei ein, zu schnell, drei aus, drei ein, eine gerade Zahl, ich brauche eine gerade Zahl, sonst komme ich durcheinander, vier aus, vier ein, mein Atem ist zu kurz, meine Beine auch, alles zu kurz, nur der Weg ist lang, Siebenmeilenstiefel, wie viele Meilen sind ein Kilometer oder umgekehrt, das wusste ich mal, ein Wissen, das mir nicht genützt hat. Ich überquere eine Brücke, höre Möwen schreien, Fischlein nehmt euch in Acht, an einer Straßenbahnstation sitzt ein bärtiger Mann und schläft, vor ihm fünf braune Papiersäcke mit braunem Papier darin, ein Taxistand mit sieben Taxis, in denen die Taxifahrer schlafen, ein schlafender Supermarkt, eine schlafende Tankstelle, der Supermarkt schläft bei Licht, die Tankstelle im Dunkeln, bald bin ich da und werde klingeln, was mache ich, wenn er nicht aufmacht, nicht aufwacht, wie seine Klingel wohl klingt, ich stelle mir ein dezentes Summen vor, zu leise, zu leise. Keuchend stehe ich vor dem Haus, das Blut pulsiert in meinen Adern, die Fassade pulsiert, Fenster flimmern, die Balkone wölben sich unbotmäßig nach außen. Ich warte, bis mein Kreislauf sich beruhigt hat und die kühlen, silbernen Knöpfe neben den Namen wieder stillstehen,

berühre sie vorsichtig mit den Fingerkuppen, taste mich aufwärts bis zur Nummer elf, drücke so fest und lange, dass sich ein kreisrunder Abdruck am Finger bildet, niemand sagt *Hallo* oder *Wer ist da,* aber der Türöffner summt flott wie ein fleißiges Bienchen. Er muss wach gewesen sein.
Oben ist die Wohnungstür angelehnt, sie öffnet sich auf den Druck meiner Hand hin ohne jeden Widerstand und völlig geräuschlos. Im dunklen Vorraum ziehe ich sofort die Schuhe aus, während mir Szenen aus Horrorfilmen durch den Kopf gehen, die ich nie gesehen habe. Ich stecke meinen Kopf durch die Tür zum Wohnzimmer, der Sessel vor der Stereoanlage ist leer, vielleicht liegt er doch im Bett, wen hat er erwartet? Ich will meinen Vater nicht im Bett sehen. Meine Gedanken nehmen eine absurde Richtung, doch dann nehme ich aus dem Augenwinkel eine Gestalt wahr, sie steht auf dem Balkon und zeichnet sich deutlich gegen den nun heller werdenden Himmel ab. Ich gehe hinaus und stelle mich neben ihn. Wir schauen eine Weile gemeinsam auf die Straße hinunter, auf der es nichts zu sehen gibt.
Was machst du hier, um diese Zeit?, frage ich, eine Frage, die eigentlich er mir stellen müsste.
Ich sehe zu, wie es hell wird.
Warum bist du nicht im Bett? Kannst du nicht schlafen?
Ich kann oft nicht schlafen. Ich habe Probleme … mit dem Schlafen.
Probleme, ja? Mit dem Schlafen?
Ja, mit dem Schlafen.
Sonst hast du wohl keine, oder?
Ich kann genau hören, wie meine Sätze klingen, wie die Bisse eines kleinen, bösartigen Nagetieres, spitze Zähne, die sich in weiches Fleisch schlagen.

Du hast ja keine Ahnung, sagt Vater und wendet sich von mir ab.
Genau. Ich habe keine Ahnung. Weil mir nämlich nie jemand etwas erzählt hat in dieser Scheißfamilie.
Ich gehe um ihn herum, will ihm ins Gesicht sehen, doch er senkt den Kopf, betrachtet seine nackten Zehen, die aus den einstmals weißen Krankenhauslatschen hervorragen.
Niemand außer Franjo hat überhaupt mit mir geredet, ich meine, wirklich geredet, aber der ist ja tot, also kann er mir nichts mehr erzählen. Er kann mir nicht sagen, was passiert ist und wie es passiert ist, er ist nur ein stummer Fisch.
Ich öffne und schließe den Mund ein paar Mal lautlos, Vater schluckt hörbar, sein Adamsapfel wandert auf und ab.
Sag etwas, sag endlich etwas. Ich kann kein Schweigen mehr hören, kein Schweigen und keine Lügen.
Vater leckt sich mehrmals mit der Zunge über die Lippen, er hält sich mit beiden Händen am Geländer fest, seine Finger schließen sich so fest um das Gestänge, dass die Adern hervortreten.
Franjo ist nicht ertrunken, oder? Nicht im Roten Meer. Er war ein hervorragender Schwimmer, weißt du noch?
Ich stocke, mein Mund ist so trocken, dass ich kaum schlucken kann, das Blut rauscht in meinen Ohren, in meinem Magen liegt ein erkalteter, schwarzer Brocken Lava.
Wie hat er es getan? Rasierklinge, Schlaftabletten, Brücke? Nein, nicht Brücke, da unten wäre ja Wasser gewesen, nicht wahr, und er war ein hervorragender …
Hör auf!

Seine Stimme ist wie ein Schlag ins Gesicht, nicht einfach nur laut, sondern brutal und gewalttätig wie das Brüllen eines eingesperrten Raubtieres. Er hat sich vom Geländer abgestoßen, steht zitternd und schwer atmend da, wir beide zittern in der plötzlichen Stille, diesem Loch, das sein Schrei im Morgen hinterlassen hat, mir ist kalt, ich friere.

Hör auf, sagt er noch einmal, ruhiger jetzt, dann dreht er sich um und verschwindet im Wohnzimmer, wo ihn die darin gespeicherte Nacht verschluckt.

Ich stehe allein am Balkon und spüre, wie die Düne bricht. Sie bricht unter meinen Füßen, die Sandmassen rutschen unaufhaltsam den Abhang hinunter und ich mit ihnen, ich bin eines von Milliarden Sandkörnern, unverfestigtes Sedimentgestein vulkanischen Ursprungs, hilflos ausgeliefert den Launen des Windes, den gewaltigen Bewegungen der Düne, winzig, bedeutungslos. Eine unmessbare Zeit verstreicht, dann steht mein Vater wieder neben mir. Er zündet sich einen Joint an, nimmt einen tiefen Zug, schaut nicht auf die Straße, sondern auf den Horizont, an dem sich ein paar verloren wirkende Baumspitzen und der graue Streifen einer Autobahn im Morgendunst verlieren.

Er hat einen Strick genommen. Den, an dem Magda immer eure Schaukel aufgehängt hat, als ihr noch Kinder wart. Auf dem Dachboden.

Er verschluckt sich am nächsten Zug, hustet lange.

Gleich am Morgen, nachdem er aus Ägypten zurück war.

Ich sehe ihn nicht an, starre auf die Autobahn, versuche ihre Konturen scharf zu stellen. Die Autos haben noch die Scheinwerfer an, kleine, schnell dahinflitzende Lichtpunkte.

Deine Mutter hat ihn gefunden, mittags, als sie vom Einkaufen kam. Sie dachte, er schläft noch.
Seine Stimme wird so leise, dass ich ihn kaum verstehen kann. Ich wende den Kopf und sehe, dass er weint, lautlos.
Ich habe Musik gehört. Miles Davis. Den ganzen Vormittag.
Mein Kopf wird mit einem Mal sehr schwer, nichts ist in ihm als diese Schwere, die ihn ganz ausfüllt, er fällt zur Seite, auf die linke Schulter meines Vaters, massig und rund, ein wenig schwammig, ein Polster, in den mein Kopf hineinsinkt und immer weiter hineinsinken möchte, bis ich ganz darin verschwinde.

26

Hurghada, 14. Juli 1986

Liebe Anna,
leider habe ich vergessen, mir die Adresse von diesem Ferienlager aufzuschreiben, deshalb schicke ich den Brief nach Hause. Auch wenn du ihn erst lesen kannst, wenn wir beide wieder zurück sind, schreibe ich dir trotzdem, denn ein Brief direkt von hier, wo ich das Meer hören und sehen kann, ist etwas anderes, als wenn wir daheim in unserem Zimmer sitzen und ich dir davon erzähle. Jetzt ist es wirklich, dann wird es schon vorbei sein, nur eine Erinnerung.
Über eine Woche bin ich jetzt schon hier, es kommt mir vor, als wären es höchstens drei oder vier Tage, die Zeit geht viel zu schnell. Wir sind durch die Wüste gefahren, um hierher zu kommen. Ich hab die ganze Zeit aus dem Busfenster gestarrt,

weil sie mir so gefallen hat. Die Wüste ist das Gegenteil vom Meer, oder seine andere Hälfte, wie Mann und Frau. Gemeinsam zeugen sie alle anderen Landschaften – Gebirge und Flusstäler und Wälder und Grasland. Einmal haben wir angehalten und durften für eine halbe Stunde aussteigen. Wir bekamen heißen, starken Tee, und ich ging ein Stück weg vom Bus und den anderen. Es war sehr still. Anders als bei uns am Marsweg am Sonntag, wenn keine Autos fahren, weißt du. Diese Stille ist irgendwie größer, viel mehr als die Abwesenheit von Geräuschen, fast wie Musik. Wie die Stille unter Wasser. Man kann ihr zuhören.

Das Tauchen hier ist fantastisch, Korallenriffe und ihre Bewohner! Noch nie habe ich so eine Vielfalt verschiedener Arten gesehen: Doktor- und Kaiserfische, Kugelfische, Igelfische, der seltene Napoleon-Lippfisch, aber ich will dich nicht langweilen. Gleich am zweiten Tag bin ich eine Weile an der Seite eines Mantarochens getaucht, sehr große Tiere, die ihre Flossen wie Vogelflügel benutzen. Ihre Bewegungen sind unglaublich elegant, sie sind wahre Akrobaten, völlig friedfertig und ernähren sich von Plankton. Ich habe auch eine Gruppe von Büffelkopf-Papageienfischen gesehen, die würden dir gefallen, sie haben schöne, leuchtende Farben, die sich im Laufe ihres Lebens ändern. Sie können auch das Geschlecht wechseln, stell dir vor! Der Mensch ist eine armselige Art.

Gestern waren wir dann endlich beim Wrack. Das Schiff hieß Carnatic, es war ein großes Dampfschiff mit zwei Masten für eine Hilfsbesegelung. Auf einer Fahrt von Suez nach Bombay 1869 ist es auf einem Riff aufgelaufen, in der Mitte auseinandergebrochen und gesunken. Circa zweihundert Passagiere waren an Bord, außerdem Wein- und Wasserflaschen, Baumwolle, Kupfer und ziemlich viel Gold. Ungefähr dreißig Menschen sind ertrunken, die anderen konnten gerettet werden.

Das Gold wurde von Helmtauchern der britischen Marine geborgen, ein Teil blieb allerdings verschwunden.
Ich habe versucht, mir vorzustellen, wie das für die Fische gewesen sein muss, als dieser riesige Fremdkörper auf einmal am Riff herunterrutschte, bis in zwanzig Meter Tiefe. Ob sie ihn für ein Lebewesen hielten, einen überdimensionalen, unbekannten Feind? Als würde ein UFO plötzlich durch das Dach unseres Hauses stürzen. Doch was die Fische uns unter anderem voraushaben, ist, dass sie sehr anpassungsfähig sind – sie haben aus dem Eindringling ein Haus gemacht. Sie leben in dem Schiff, wie sie in Höhlen und Felsformationen leben. Ich bin in das Innere des Schiffs eingedrungen und habe sie dabei beobachtet, wie sie durch die großen Fenster der Heckgalerie aus und ein schwimmen, im Wechsel von blauem Licht und Schatten, es ist wunderschön! Der Rumpf ist dicht bewachsen mit Stein- und Lederkorallen, an denen Fische knabbern, zwischen den Stahlträgern des Decks hat man das Gefühl, in einer riesigen, alten Kirche zu sein. Eine Fischkirche.
Die anderen stöberten ewig in den Scherben der Flaschen und den Resten menschlicher Habseligkeiten herum, aber ich fand das langweilig, also blieb ich im Heck und schaute durch eines der Fenster hinaus. Ich sah einen Schwarm Glasfische mit ihren durchsichtigen Körpern und einen mürrischen, mittelgroßen Zackenbarsch, der mich nicht beachtete. Dann kam ein Rotfeuerfisch, ich glaube, den hab ich dir mal in einem Buch gezeigt, ich mag ihn sehr. Er hat rötlichbraune und weiße Querstreifen und eine große, fächerförmige Brustflosse mit langen Stacheln, sehr auffällig. Ich verhielt mich still, denn wenn sie sich angegriffen fühlen, stechen diese Fische manchmal zu, und aus ihren Stacheln kommt Gift – es ist für den Menschen nicht tödlich, aber sehr schmerzhaft. Ich hielt mich also an einem der Fensterrahmen fest und blieb reglos. Doch auch der Feuerfisch blieb stehen, direkt neben mir, kräu-

selte nur dann und wann ein wenig seine Flossen, tat sonst nichts, als würde er auf etwas warten. Ich fühlte mich ein wenig unbehaglich, nicht wegen der Stacheln, ich weiß nicht warum, ich dachte: Was willst du von mir? Dann hörte ich ihn. Bleib hier, sagte er. Ist schön hier. Immer schwimmen. Bleib. Ich kann nicht bleiben, sagte ich, wenn ich bleibe, sterbe ich. Sterben, ja, sagte der Fisch, ich auch. Vielleicht heute noch. Macht nichts. Sehr schön, kein Lärm. Genug zu essen. Ich kann nicht essen, was du isst, erklärte ich ihm. Schon probiert?, fragte er. Nein, gab ich zu. Kleine Krebse, sehr gut. Schwimmen, schlafen, in den Korallen. Schön. Bleib hier. Seine Stimme begann mich schläfrig zu machen, schwimmen, schlafen, dachte ich, warum nicht, sehr schön hier, in den Korallen, ein Haus in den Korallen … dann berührte mich plötzlich jemand von hinten an der Schulter, ich erschrak so heftig, dass ich eine völlig unkoordinierte Bewegung machte, der Feuerfisch flüchtete, zum Glück ohne mich zu stechen. Es war natürlich der Typ, der das Tauchcamp leitet, er bedeutete mir, dass unsere Zeit um wäre und wir nach oben müssten. Ich dachte nur: Warum spricht er nicht, warum gestikuliert er so komisch?

In der Nacht konnte ich dann nicht schlafen, aber du weißt ja, das kommt bei mir oft vor. Ich musste die ganze Zeit an den Fisch denken, an seine sanfte Stimme und an das Wrack. Es erinnerte mich ein bisschen an dieses alte, unbewohnte Haus, das komplett von Efeu überwuchert war und keine Fensterscheiben mehr hatte, erinnerst du dich? Oben auf dem Bierhäuselberg, irgendwann haben sie es dann abgerissen.

Weißt du, wie Delphine schlafen? Ihre beiden Gehirnhälften wechseln sich beim Schlafen ab, etwa alle zwei Stunden. Dabei schließen sie nur das der schlafenden Gehirnhälfte gegenüberliegende Auge und bewegen sich langsam an der Wasseroberfläche weiter.

Hey, Anna, ich hoffe, es gefällt dir im Ferienlager. Ich kann mir nicht wirklich vorstellen, was man da macht, aber alles ist besser als ein Sommer am Marsweg, oder? Letztes Jahr hatte ich ein richtig schlechtes Gewissen, als ich weggeflogen bin.
Grüße aus dem Roten Meer
Franjo

27

Gestern habe ich mir neue Schuhe gekauft. Die Dschungelschuhe hat Idaho endgültig vernichtet, meine Pumas haben links und rechts jeweils ein großes Loch in der Sohle, und die Kellnerinnenschuhe kann ich wirklich nur im Dienst tragen. Der Oktober war ungewöhnlich warm und sonnig, und ich konnte lange in Sandalen gehen, aber inzwischen herrscht typisches Novemberwetter, das Wasser sickert durch die Löcher, und ich bekomme kalte Füße. Ich konnte mich lange nicht entscheiden zwischen einem Paar neuer Pumas, die wirklich bequem waren, aber den Eindruck machten, als würde ich gleich bei Olympia zum Sprint über hundert Meter antreten, und schwarzen Schnürstiefeln, die ich irgendwie mochte, auch wenn ich mich darin ziemlich fremd fühlte, wie jemand anders. Ich schaute in den Spiegel und sah diese große, dünne Frau mit den langen, aschblonden Haaren und den zu großen Augen in Jeansmini und Schnürstiefeln und dachte, so darf man nur aussehen, wenn man Gitarre spielt und Songs schreibt. Ich kaufte die Stiefel und ging zum Friseur, um mir die Haare schneiden zu lassen.

Paul ist vor zwei Monaten nach Uelvesbüll gefahren, zurück zu seinem Vater. Ich weiß nicht genau, warum ich *zurück* sage, vielleicht hatte ich schon bei meinem Besuch vor einem dreiviertel Jahr das Gefühl gehabt, Eric Nolte hätte seinen Sohn gerne bei sich. Vielleicht hatte er da schon gespürt, dass mit seinem Körper etwas nicht stimmte, dass alles langsamer ging als sonst. Seit einigen Monaten spürte er Schmerzen in Muskeln, von denen er davor gar nicht gewusst hatte, dass sie existierten, eine Steifheit in Armen und Beinen morgens beim Aufwachen, die er auf die feuchte Witterung, aufs Alter schob, solange es nicht schlimmer wurde. Ein alter Freund, Arzt in Husum und regelmäßiger Käufer seiner Bilder, hat ihn schließlich dazu überredet, sich untersuchen zu lassen. Es wurde Parkinson diagnostiziert.
Als Paul von der Diagnose erfuhr, sagte er mir, der eigentliche Schock für ihn sei, dass sein Vater überhaupt eine Krankheit habe, die über einen Schnupfen hinausgeht, er könne sich nicht erinnern, dass das bisher je vorgekommen war. Solange er denken konnte, war sein Vater für ihn das Inbild für unzerstörbares Leben gewesen. Angesichts der Nachricht von einer schleichenden, kaum heilbaren Krankheit musste er erkennen, dass dieses Inbild aus einer Sehnsucht geboren worden war, die nach dem Tod seiner Mutter nach und nach die Realität verdrängt und ihn dazu verleitet hatte, seinen Vater für unsterblich zu halten. Wie lange es dauern wird, bis er überhaupt nicht mehr malen kann, ist ungewiss.

Paul hat mir die Zeichnungen dagelassen. Am Tag seiner Abreise stand er mit der blauen Mappe unter dem Arm vor meiner Tür, ich konnte sie riechen, Graphit und Papier. Ich will sie loswerden, sagte Paul, doch als ich die Hände nach ihnen ausstreckte, zögerte er. Willst du sie überhaupt? In seiner Frage und seinem Blick lag mit einem Mal so viel Verletztheit, dass es mir die Sprache verschlug. Ich konnte sehen, dass er diese Frage nicht hatte stellen wollen, dass sie ihm herausgerutscht war mitsamt seiner sorgsam verborgenen Kränkung. Es gab keine Antwort. Ich zog einfach die Mappe unter seinem Arm hervor, nahm seine Hand und wollte ihn in die Wohnung ziehen, doch er schüttelte den Kopf. Ich will sie jetzt nicht sehen. Das musst du alleine machen. Tut mir leid. Ich nickte. Dann lehnte ich die Mappe gegen die Tür und wir umarmten uns. Wir sind fast gleich groß, und wenn wir uns umarmen, legen wir den Kopf auf die Schulter des anderen, immer mit dem Gesicht nach außen, ich weiß nicht warum. Es erinnert mich an Tiere, die nur in Positionen Sex haben, in denen sie auf das Herannahen von Feinden achten können. An diesem Abend, während unserer letzten Umarmung, fragte ich mich die ganze Zeit, ob Paul die Augen geschlossen hatte wie ich oder ob er sie weit offen hielt, ob er Ausschau hielt nach Feinden, ich konnte an nichts anderes denken. Ich hätte ihn gerne gefragt, aber die Zeiten für solche Fragen sind vorbei.

Den restlichen Abend verbrachte ich damit, die Zeichnungen zu sichten. Ich legte sie in der ganzen Wohnung auf dem Boden aus, ließ nur eine kleine Gasse frei. Ich ging hin und her, stand herum, setzte mich auf den Boden und stand wieder auf, ließ meinen Blick über die Gesichter wandern, ohne hängenzubleiben, widerstand der Versuchung, mich auf einzelne näher einzulassen. Ich wollte sehen, was man vielleicht nur sah, wenn man nicht direkt auf ein Gesicht fokussierte, wenn man daran vorbeischaute oder es durch eine Drehung oder eine andere zufällige Bewegung für kurze Zeit ins eigene Gesichtsfeld geriet. Eine Zeit lang hatte ich das Gefühl, gar nichts zu sehen außer einen Haufen Bleistiftstriche, fremde Striche auf weißem Papier, ich legte Miles Davis auf, um irgendeine Verbindung herzustellen, Assoziationen zu wecken, aber nichts passierte. Ich stand ratlos, die Hände an den Hüften, als ich aus dem rechten Augenwinkel das Bild einer Frau ohne Mund entdeckte. Schlagartig kam die Erinnerung an den Platz, an dem das Bild in meiner Wohnung in Kairo gehangen hatte, im Vorzimmer gegenüber der Küchentür, und an das Gespräch mit Paul. Warum hat sie keinen Mund, hatte ich ihn gefragt, und er hatte geantwortet: Ich weiß es nicht, ich habe sie so geträumt. Aber vielleicht weißt du es? Ich drehte den Kopf und sah der Frau direkt ins Gesicht. Sie sah überhaupt nicht aus wie meine Mutter.

Idaho habe ich zu meinem Vater gebracht. Ich werde den misstrauischen Blick nicht vergessen, mit dem sich die beiden bei ihrer ersten Begegnung bedachten. Vater stemmte sich mit beiden Armen in den Türrahmen, als wollte er ihn versperren, einen Moment lang dachte ich wirklich, er würde uns nicht hereinlassen. Was willst du denn mit dem Hund?, fragte er mich. Idaho schnüffelte mit eingezogenem Schwanz an seinen Hosenbeinen und winselte. Brauche jemanden, der sich um ihn kümmert, sagte ich und drückte ihm die Styroporbox mit dem mitgebrachten Eis in die Hand. Bevor wir ins Wohnzimmer gingen, holte ich einen Fetzen aus der Abstellkammer und wischte Idaho die Pfoten ab, sehr zu seiner Verwirrung. Als wir vor der Anlage saßen, betrachtete Vater ihn kopfschüttelnd, während Idaho die ungewohnten Gerüche an den Möbeln inspizierte.

Ich, sagte Vater. Mich um ein Tier kümmern. Ich kann mich doch nicht mal um mich selbst kümmern.
Er beugte sich vor, jetzt wieder mit der Langsamkeit eines alten Mannes, dem jede Bewegung Schmerzen im Rückgrat bereitet, streckte die Hand aus, um Idaho am Kopf zu streicheln, Idaho schnappte nach ihr. Vater erschrak nicht, zuckte nicht zurück, er zog nur die Hand erstaunlich flink ein Stück weg, streckte sie erneut vor, Idaho schnappte wieder zu, aber Vater war schneller, das Geräusch der leer aufeinanderklappenden Zähne schien ihn zu amüsieren, eine Art Grinsen ließ seine Mundwinkel ein wenig auseinanderwandern, und er zog eine Augenbraue hoch, eine Mimik, die ich noch nie an ihm gesehen hatte. Das Spiel ging weiter, auch Idaho fand nun Gefallen daran, er knurrte, sprang vor und zurück, bellte Vaters Hand an wie einen Knochen, drehte sich mehrmals um sich selbst, Vater sagte: Oho! Was denn, was denn, was denn, mit einer Stimme, die ich kaum kannte, die eine sehr schwache, verschwommene Erinnerung in mir auslöste, wie etwas, von dem man nicht weiß, ob man es erlebt oder ob man es erzählt bekommen hat. Ich schlich in die Küche und deponierte eine Ladung Hundefutter auf dem Kühlschrank.
Seither kümmert sich Idaho um meinen Vater. Täglich lockt er ihn aus dem Haus, aus seiner Höhle, die gut abgeschirmt in seinem Brustraum liegt, in der Nähe der aufsteigenden Aorta vielleicht. Er sorgt dafür, dass er an die Luft kommt, die schwüle, frische, milde, schneidende, geht mit ihm die Wege, die er noch nie gegangen ist, immer ein Stück weiter: zum Würstelstand, zum Café, in den Park, ans Wasser. Manchmal begleite ich sie, an den Wochenenden, ich beobachte, wie sich Vaters Hautfarbe langsam verändert, seine Bewegungen, die Stimme,

wenn er nach Idaho ruft, der ungestüm nach vorne prescht, sobald er das Wasser sieht; er schwimmt gern. Vielleicht bringt er meinem Vater das Schwimmen bei, nächsten Sommer.

Bei meinen Besuchen im Internetcafé habe ich über eBay ein gebrauchtes E-Piano erstanden. Es ist hässlich, kein Vergleich mit Großvaters schwarz glänzendem Instrument mit den Jugendstillampen darauf, auch der Klang lässt durchaus zu wünschen übrig, aber das tut seiner Wirkung auf mich keinen Abbruch. Wenn ich abends nach Hause komme, gilt mein erster Blick der Tastatur, die stumm und hoheitsvoll auf mich wartet, etwas Erhabenes geht von ihr aus, das mich anfangs einschüchterte. In den ersten Tagen drückte ich einfach darauf herum, ohne das Klavier einzuschalten, vor den richtigen Tönen hatte ich Angst, vor den falschen erst recht. Meine Finger glitten suchend über die Tasten, sie suchten die alten Wege, die vergessenen Bewegungen, meine Hände fühlten sich ungelenk an, eingerostet wie die einer alten Frau, plump geworden vom jahrelangen Tragen schwerer Tabletts. Als ich schließlich den Mut fand, das Gerät aufzudrehen, war ich enttäuscht. Nicht vom minderwertigen Sound, von meinen Fehlern oder der Tatsache, dass mir nur Anfänge oder Teile von Stücken wieder einfielen, sondern davon, dass es mich nicht so befriedigte, den Anfang des *Wilden Reiters* oder Teile von *Rondo alla Turka* noch spielen zu können, wie ich gedacht hatte. Ich ließ es also wieder bleiben, begnügte mich mit dem Blick auf die Tastatur, wartete. Manchmal stand ich nachts auf, setzte mich im Dunkeln in die andere Ecke des Zimmers und schaute sie an, sie schimmerte hell und leicht, schwebte lautlos atmend im

Raum, verbreitete ihre elegante, unnahbare Aura. Ich erzählte Paul in einem Brief davon. *Ich weiß nicht, was ich spielen soll*, schrieb ich, *die Melodien von früher gefallen mir nicht mehr. Das kommt vor*, schrieb Paul zurück, *dass einem die Melodien von früher nicht mehr gefallen. Hast du schon versucht, neue zu spielen? Oder gibt es keine neuen?* Ich verstand überhaupt nichts. Was meinte er? Natürlich konnte ich mir neue Noten besorgen, aber ich hätte nicht gewusst welche. Ich fühlte mich auf den Arm genommen. Dann kam der erste November, und aus einer dummen, sentimentalen Anwandlung heraus, vielleicht weil Nebel am ersten November die gleichen Reflexe weckt wie Schnee zu Weihnachten, ging ich auf den Friedhof, um das Grab von Franjo und Großvater zu besuchen. Es herrschte Betrieb wie auf einem Jahrmarkt, die Leute kamen auf den geschotterten Wegen kaum aneinander vorbei. Ich flüchtete, noch bevor ich überhaupt beim Grab angekommen war, machte einen langen Spaziergang. Danach saß ich zuhause herum, konnte mich zu nichts entschließen, räumte ein bisschen auf, obwohl es nichts aufzuräumen gab, legte Dinge von einem Platz an einen anderen und zurück, setzte mich wieder hin und tat gar nichts. Es war stiller als in einem Grab. Vorhin auf dem Friedhof hatte ich mir Stille gewünscht, jetzt rückte sie mir auf den Leib, war so dicht wie der Nebel vor dem Fenster, so kompakt, dass ich glaubte, sie anfassen zu können. Sie kam näher und näher, drückte meinen Brustkorb zusammen, nahm mir den Atem, wenn ich noch länger so sitzen blieb, mich nicht bewegte, würde sie mich verschlingen mit der Unausweichlichkeit der Zeit, die die Stunden frisst, die Sekunden und Tage, mitleidslos. Ich spürte Panik in mir aufsteigen, so wie man spürt, dass man gleich kotzen muss, ich wollte aufspringen und davonlaufen, hinaus auf die Straße, unter den freien Himmel, irgendwohin, doch dann hörte ich etwas. Es war sehr leise, ich wusste zuerst nicht, ob es vielleicht nur Einbildung war, ein Irrtum meiner überreizten Nerven, ob es überhaupt da war. Es war auch nicht auszumachen, woher es kam, es war nicht ortbar, schien keine Quelle zu haben, kam nicht von draußen, nicht aus einer anderen Wohnung über oder unter mir. Da waren Töne, einzelne Töne, die keinen Zusammenhang hatten, nichts ergaben, frei schwebend in mir, um mich herum. Mein Blick fiel auf die Tastatur. Langsam und vorsichtig ging ich hin, setzte mich, drückte den Knopf, unter dem vom *Power* nur noch *Pow* zu lesen war, und horchte. Das Klavier summte elektrisch. Ich versuchte einen Ton, laut und misstönend zerbrach er die Stille. Ich horchte wieder, versuchte einen neuen Ton, dann noch einen. Ein G, ein Fis. Da waren sie. Zwei kleine, verlorene Töne in einem unendlichen Raum. Sie klangen einsam. Wieder ein G. Ein C und ein D. Töne wie graue Kieselsteine. Ein F, flaschengrüne Glasscherbe, ein Fund, ein kurzes Glitzern. Immer wieder brach ich ab, horchte, begann von vorne, suchte nach einer Übereinstimmung, nach etwas, das sich so selbstverständlich anfühlen würde wie gehen oder atmen. Einen Fuß vor den anderen setzen. Fast unmerklich begannen sich die Töne zu verbinden, lehnten sich aneinander wie müde Kinder, hielten sich an den winzigen Händen, um sich nicht zu verlieren: eine Melodie. War sie neu? Sie kam mir vage bekannt vor.

Am nächsten Tag hatte ich genug vom Nebel. Ich stand früh auf, schmierte mir ein paar Brote, packte sie zusammen mit einer Flasche Wasser in meinen Rucksack und fuhr mit der Bahn nach Winzendorf. Von dort aus ging ich los. In den Dörfern am Fuß der Hohen Wand hing der Nebel tief über den Dächern, vermischte sich mit dem Rauch aus den Schornsteinen, dick und weiß senkte er sich noch weiter herab bis in die Gärten, über die Leintücher, die schlapp auf den Wäscheleinen hingen und aussahen, als würden sie nie mehr trocknen. Ein trübes Licht lag über der Landschaft, eine statische Dämmerung, die das Vergehen der Zeit ausblendete, die Geräusche verloren sich ohne Nachhall in der feuchten Luft. Ich ging rasch und stetig, der Weg stieg an, ich begann unter meiner warmen Jacke zu schwitzen, hielt trotzdem das Tempo, irgendwo da oben musste die Sonne sein. Der Nebel umgab mich, hüllte mich in sein dampfendes Kleid, machte das Atmen schwer. Nach etwa zwei Drittel des Weges wurde er dünner, riss in Fetzen, die mir vom Leib hingen, an Ästen hängen blieben. Es wurde heller, ein Sonnenstrahl fiel unvermittelt vor mir auf den Boden, ich schaute auf, eine matte, runde Scheibe stand am Himmel zwischen den kahlen Bäumen, wie hingeklebt. Dann, ein paar Kurven weiter, blendendes, gelbes Licht, das in den Augen weh tat, ich schirmte sie mit der Hand ab, betrachtete die aus dem Nichts aufgetauchte Landschaft. Der strahlende Sonnenschein gab der Szenerie etwas Unwirkliches, wie ein geschmückter Weihnachtsbaum an einem Strand. Ich legte den Kopf in den Nacken. Über mir wölbte sich die Ungeheuerlichkeit eines wolkenlosen, blauen Himmels, eine Kuppel aus Farbe und Durchsichtigkeit und Luft, aus Klarheit und Nichtverstehen. Etwas löste sich aus meinem Kopf, aus der Schale, in der meine Welt verborgen lag, hundertmal gefaltet, etwas löste sich und flog da hinauf. Ich stand so, bis mir der Nacken weh tat. Unter mir lag der Nebel, ein Meer aus weißer Gischt, einige

Bergspitzen ragten daraus hervor wie wachsame Kundschafter eines versunkenen Landes, und auch ich war wach, wacher, als ich es je gewesen war. Alles schien schärfere Konturen zu haben, die Grashalme, die Baumstämme und Berge und Felsen, oder vielleicht war ich es, die schärfere Konturen hatte und sich deshalb deutlicher vom Hintergrund abhob, eine ungekannte Dreidimensionalität entwickelte, aus der Welt herauswuchs oder in sie hinein. Ich legte mich ins Gras, es war trocken und warm. Hoch oben blitzte ein Flugzeug in der Sonne auf, teilte das Blau ohne ein Geräusch. Ich dachte an Franjo, an sein schlechtes Gewissen, als er nach Griechenland geflogen und ich zu Hause geblieben war. Nie wäre ich damals auf die Idee gekommen, dass er sich darüber Gedanken machte, dass es ihn beschäftigte, wie es mir ging. Unsere Beziehung schien nur so funktioniert zu haben – er trainierte, ich schaute ihm zu, er erzählte, ich hörte ihm zu, er fuhr weg, ich blieb zu Hause, für mich war es normal. Was hätte ich ihm schon erzählen sollen? Bis zur schwarzen Reisetasche gab es keinen Winkel meines Lebens, den Franjo nicht kannte, und als er verschwand, verschwand ich mit ihm. Als ich Wien zehn Jahre später verließ, verkehrte sich die Situation: Ich fuhr weg, und Franjo blieb zu Hause, doch das wusste ich nicht. Hätte ich es gewusst – wäre ich trotzdem gegangen? Hätte ich ein schlechtes Gewissen gehabt?

Fragen wie diese gehen mir durch den Kopf, seit ich die Wahrheit kenne, diese Wahrheit, der ich so lange nachgelaufen bin und die doch keine der Fragen beantwortet. In letzter Zeit ersetze ich den Begriff *Wahrheit* gerne durch das Wort *Tatsache.* Eine Tatsache ist etwas Einfaches, wie ein einzelner nackter Stein, die Wahrheit immer ein ganzes Gebirge, komplexe Formationen mit uneinsehbaren Schluchten, Geröll, schmalen Graten, von denen man leicht stürzen kann. Als Vater mir Franjos Brief gab, war er ein nackter Stein, er wog ziemlich schwer in meiner Hand. Doch während ich ihn las, wurde er mit jedem Satz leichter, und als ich fertig war, konnte ich ihn bequem in meine Manteltasche stecken wie einen kleinen, flachen Flusskiesel. Ich trug ihn nach Hause und legte ihn zu den anderen, die sich in letzter Zeit dort angesammelt haben, auf dem Fensterbrett im Vorzimmer, gleich neben der Eingangstür. Von dort aus geben sie ihre leisen Töne von sich, kleine Melodien, weder heiter noch traurig, ich höre ihnen zu und spiele sie nach, so gut ich kann.

Die Wände sind leer, immer noch.

Was wäre, wenn man allem Vertrauten den Rücken zukehrte, einfach so? Wenn man sich auf das Unerhörte einließe?

Katja Oskamp

Hellersdorfer Perle

224 Seiten/ gebunden mit SU
ISBN 978-3-8218-6110-4

Die Frau, Mitte dreißig, führt ein standesgemäßes Berliner Leben: Der Freund ist Theaterkritiker, die kleine Tochter wird geliebt, alles ist geregelt und gut. Bis die Frau eines Abends ihre Sachen packt und in eine Straßenbahn steigt. Am Ende ihrer Fahrt, am äußersten Rand der Stadt, betritt sie eine Kneipe. Am Tresen sitzt ein älterer Mann mit Stock, der sie vom ersten Augenblick auf rätselhafte Weise fasziniert ...

»*Hellersdorfer Perle* bleibt ein pralles, derbes Stück Prosa übers Auskosten und Abschweifen, über Macht, Verachtung und Idealisierung – kurzum: über die seltsamen Regularien der Leidenschaft.« *Anja Hirsch, Frankfurter Rundschau*

eichborn